LEONARD CARPENTER

CONAN

DER AUSGESTOSSENE

Dreiundfünfzigster Roman der Conan-Saga

Deutsche Erstausgabe

WILHELM HEYNE VERLAG
MÜNCHEN

HEYNE SCIENCE FICTION & FANTASY
Band 06/9047

Titel der Originalausgabe
CONAN THE OUTCAST
Aus dem amerikanischen Englisch übersetzt von Edda Petri
Das Umschlagbild malte Thomas Thiemeyer
Die Karten auf Seite 6/7 zeichnete Erhard Ringer

Umwelthinweis:
Dieses Buch wurde auf chlor- und
säurefreiem Papier gedruckt.

Deutsche Erstausgabe: 2/2001
Redaktion: F. Stanya

http://www.heyne.de
Printed in Germany 2001
Umschlaggestaltung: Nele Schütz Design, München
Technische Betreuung: M. Spinola
Satz: Schaber Satz- und Datentechnik, Wels
Druck und Bindung: Presse-Druck, Augsburg

ISBN 3-453-15615-3

HEYNE BÜCHER

Fantasy

Herausgegeben von Friedel Wahren

Ein Verzeichnis weiterer Bände dieser Serie
finden Sie am Schluss des Bandes.

Die Hyborische Welt Conans

NORDSEE
VANAHEIM
ASGARD
CIMMERIEN
HYPER-
BOREA
ZINGARA
AQUILONIEN
BRYTHUNIEN
NEMEDIEN
OPHIR
ARGOS
CORINTHIEN
ZAMORA
VILAYET
MEER
KOTH
SHEM
TURAN
STYGIEN
KUSH
WESTL. OZEAN
DARFAR
KESHAN
PUNT
IRANISTAN
ZEMBABWEI
AMAZON
ATLAIA

KHITAI
KUSAN
MEER VON
KHITAI
ÖSTLICHER OZEAN
MERU
UTTARA
KURU
VENDHYEN
KAMBUJA
MEER VON LEMURIA
ENDHYA
MEER VON MU
MU
SÜDLICHER OZEAN

Inhalt

Prolog

Am achten Tag des achten Monats des achten Zyklus seiner Regierung, während des siebten langen Jahres der Dürre, welche die Stadt heimsuchte, erwachte König Anaximander von Sark am Vormittag und hatte eine Vision.

Der König hatte tief und traumlos geschlafen. Das helle Tageslicht vergoldete bereits die schweren Vorhänge vor seinem Terrassenfenster. Er war später als gewöhnlich erwacht. Anaximander fühlte sich ausgeruht und sehr wohl, auch wegen der großen Palmwedel, die sich beständig über dem Kopfende seines Bettes bewegten und eine kühle Brise über seinen schlanken königlichen Körper schickten.

Die Sklavinnen, die ihm Kühlung zufächelten, waren schöne junge Frauen aus Zamora, mit honigfarbener Haut und bloßen üppigen Brüsten. Man hatte ihnen beigebracht, ihren Dienst stets schweigend zu verrichten, sodass lediglich das leise Rascheln der Palmwedel zu hören war. Die kühlende Brise durfte nur so leicht sein, dass sie keine Locke seines geölten Haupthaars oder des langen, gerade geschnittenen Barts bewegte; ansonsten hätten die Sklavinnen grauenvolle Folterungen über sich ergehen lassen müssen. Nur durch derart harte Strafen waren Sklaven nach Anaximanders Meinung dazu zu bringen, ihre Aufgaben Tag für Tag völlig makellos zu erledigen.

An diesem Vormittag schnippte der König nicht mit seinen gepflegten Fingern wie sonst, um Diener oder Konkubinen herbeizurufen, sondern er tat etwas Ungewöhnliches. Er erhob sich von dem harten kühlen Bett und hüllte seinen nackten Körper in die dünne seidene Decke, die auf dem Bett lag. Ohne all die Sklavinnen eines Blickes zu würdigen, schritt er zum Terrassenfenster und zog die Vorhänge beiseite. Dann trat er in das gleißende Sonnenlicht hinaus.

Nur zum Teil sah er, was er zu sehen erwartet hatte: Unter ihm war der für die Öffentlichkeit zugängliche Hof fast menschenleer. Einige Ausgestoßene und Bettler lungerten in dem schmalen Schattenstreifen an der Nordmauer des Palasts. Aus der Höhe war es nicht leicht zu erkennen, wie viele am Verdursten und wie viele nur faul waren. Jenseits des Hofs und den Reihen niedriger Unterkünfte erhob sich Sarks äußere Stadtmauer mit den zahnähnlichen Zinnen. Wie immer patrouillierten dort die Stadtwachen mit ihren kegelförmigen Helmen und bronzenen Schuppenhemden, die langen Speere mit den Bronzespitzen hochgereckt.

Doch außerhalb der Stadtmauer erblickte er etwas Ungewöhnliches. Erwartet hatte er den Anblick eines ausgetrockneten Flussbetts, inmitten sonnenverbrannter brauner Äcker und Felder, wo der rissige, unter der sengenden Wüstensonne gebackene Lehmboden an ein aus vielen Teilen zusammengesetztes Bild erinnerte. Doch stattdessen erhob sich auf der Ebene eine Stadt, so als wäre sie aus dem Boden gewachsen, während Anaximander geschlafen hatte. Oder war es nur die Vision einer Stadt?

Doch alles schien völlig echt zu sein: eine vornehme Stadt mit Ziegeldächern, umgeben von einer hohen Mauer aus hellem gebranntem Stein. Innerhalb dieser

Mauer standen prächtige Villen; weiße Kuppeln und schlanke Türme erhoben sich darüber. Weiße Vögel kreisten über der Stadt und ließen sich auf den dunkelgrünen Baumkronen nieder. In der Mitte der Mauer befand sich das Tor zur Stadt, ein mächtiger Torbogen mit schweren Bronzetüren, durch den sich die Bewohner drängten. Zwischen den Bronzetüren tauchte eine Kamelkarawane auf. Die Männer trieben die Tiere zur Eile an, da außerhalb der Mauer bereits eine andere Karawane wartete. Steuereintreiber mit behelmten Köpfen verhandelten wegen der Abgaben auf die Waren.

Am beeindruckendsten war jedoch der große blaue Fluss, der vor der Stadt glänzte. Die Ufer waren üppig begrünt. Die Wüstenbewohner füllten ihre Schläuche mit seinem Wasser, Frauen wuschen ein Stück weiter flussabwärts Wäsche.

Vor vielen Jahren hatte auch das Land vor Anaximanders Stadt Sark diesen Anblick geboten … bis der mächtige und großzügige Gott Votantha aus unerforschlichen Gründen der Stadt und ihren treuen Anbetern den Rücken gekehrt hatte, und damit auch seinem fähigen Diener König Anaximander. Voller Bitterkeit musste der König jetzt daran denken.

Aber an diesem schicksalsträchtigen Vormittag hatte nicht nur der König diese Vision. Das verrieten ihm die wie gelähmt dastehenden Wachposten auf der Stadtmauer. Er rief jedoch nicht den Waffenmeister, um die Säumigen zur Rechenschaft zu ziehen, weil auch ihm sonderbar zumute war. Er legte die Hand über die Augen, die von der geheimnisvollen Erscheinung wie geblendet waren.

Doch dann wagte er abermals einen Blick. Schon begann das Bild schwächer zu werden, und sein von der Sonne ausgetrocknetes Land schob sich vom Rand her vor die geheimnisvolle Stadt, die gleich darauf in den Hitzeschlieren verschwunden war.

Der König wandte sich von diesem trostlosen Anblick ab. Der Anführer seiner Leibgarde stand an der Schwelle des königlichen Schlafgemachs. Auch seine Augen waren groß vor Staunen über die Vision. Anaximander befahl ihm, sofort den Hohenpriester Khumanos zu holen.

Atemlos erschien der Priester kurz darauf vor dem König, der auf dem vergoldeten Faltstuhl Platz genommen hatte. Er trug sein Staatsgewand: Eine mit Goldfäden durchwirkte Zeremonienweste, dazu die mit Juwelen besetzte Tunika und den makellos gefältelten Rock. Dienerinnen widmeten sich hingebungsvoll der Pflege seiner Füße und Hände. Der Hohepriester war ein schlanker Mann mit dunkler Haut und für das hohe Amt erstaunlich jung. Wissbegierde funkelte in seinen Augen.

»Hast du von der Vision gehört, welche unser Gott mir gewährte? Hast du sie vielleicht selbst gesehen?« Der Priester nickte. »Es war das Bild unseres uralten Handelsfeinds, der Stadt Qjara, die viele Meilen nordöstlich von hier liegt«, fuhr der König fort. »Durch den Willen Votanthas wurde sie vor unsere Schwelle versetzt.« König Anaximander schüttelte den Kopf. »Die Stadt blühte, es gab reichlich Wasser und zwei Karawanen. Offenbar genießen Stadt und Bewohner die ungetrübte Gunst ihrer geliebten … Göttin.«

Diese Worte waren wie ein spitzer Dorn für Khumanos. Er wusste besser als alle anderen, wie sehr die Priesterschaft in den letzten Jahren beim König und der Stadt versagt hatte. Es war ihr weder gelungen, Regen vom Himmel zu erbitten, noch sonst irgendwelche Beweise für göttliches Wohlwollen zu erbringen, das für den Stadtstaat Sark Lebensblut und zugleich Stärke bedeutete. Obgleich Anaximander als Priesterkönig des Reichs laut Tradition und Titel das Oberhaupt der Priesterschaft war, trug er keinerlei Schuld, sondern allein die Priester, die sich zu gewissen Zeiten versammelten, um für die Schande ihrer Stadt zu sühnen.

Doch verteidigte sich der junge Priester jetzt nicht, sondern wirkte äußerlich ruhig, wenngleich auch besorgt. »Hoheit, die Vision rührt eindeutig von unserem großen Gott Votantha her. Es könnte eine Prophezeiung sein, doch auch eine Warnung. Wenn Ihr es wünscht, werde ich mit meinen Astrologen eine Deutung erarbeiten …«

»Nein, Priester. Ich werde dir sogleich die Deutung geben – eigentlich müsste sie allen offenbar sein.« Der König schien vor dem jungen Priester nicht allzu viel Achtung zu haben. Er blickte mit gerunzelter Stirn an den Sklavinnen vorbei, die seinen lockigen Bart kämmten. »Priester, als Erstes erkläre ich, dass ich mir wegen meiner Nachlässigkeit Vorwürfe mache. Vielleicht bin ich in den ruhigen Zeiten meiner Herrschaft den Versuchungen des Wohllebens zu sehr erlegen. Vielleicht war ich blind gegenüber den Bedrohungen meines Königreichs und dem Niedergang unseres Ansehens bei den benachbarten Stadtstaaten.«

Der Hohepriester holte tief Luft. »Aber, Sire, man könnte Schritte unternehmen, um …«

»Nein, dafür ist es zu spät«, schnitt der König dem eifrigen Priester das Wort ab. Dann schüttelte er ungeduldig die Hände der Sklavinnen ab, als wollte er so seine neue Entschlossenheit kundtun. »Jetzt verlangt unser Gott eindeutig ein Opfer von der Stadt, das mehr ist als das Schlachten einiger Säuglinge oder Jungfrauen auf der Stufenpyramide am Mittsommerabend … mehr, als Brunnen und Wasserstraßen mit dem Blut verurteilter Verbrecher und gefangener Nomaden rot zu färben. Nein, es fordert ein wahres Opfer, eines wie unsere heiligen Legenden aus grauer Vorzeit berichten. Indem Gott Votantha uns diese Vision schickte, verlangt er als ein ihm zustehendes Opfer ein ganzes blühendes Königreich … seinem göttlichen Ratschluss nach ist es der Stadtstaat Qjara!«

Der König hatte sich erhoben und überragte seine zitternden Sklavinnen. »Mit ist jetzt klar, dass wir große Segnungen zu erwarten haben, wenn wir dieses Opfer darbringen. In den Hügeln wird Regen fallen und unsere Brunnen und Zisternen füllen. Die Flüsse werden über die Ufer treten und unsere Felder bewässern. Karawanen werden wieder auf den alten Straßen durch Sark ziehen, nicht mehr durch Qjara, und uns regen Handel und Reichtum bringen. Dann endlich wird Votantha versöhnt sein und mit seiner göttlichen Gunst die Stärke unserer Stadt im Krieg vermehren und unseren Handel aufblühen lassen.«

»Mein König …« Khumanos wagte nicht, den ekstatischen Visionen seines Monarchen zu widersprechen, doch er war tief beunruhigt. »Falls Ihr einen Krieg plant, solltet Ihr daran denken, dass die Stadt Qjara über eine sehr starke Verteidigung verfügt. Ich habe gehört, eine Elitegruppe der Tempelkrieger, welche den Eid auf ihre Göttin geleistet haben, verteidigen sie. Eine Belagerung würde sehr lang und kostspielig …«

»Belagerung? Ich habe nicht von Belagerung gesprochen. Du, Khumanos, solltest besser als jeder andere wissen, wovon ich gesprochen habe.« Der König musterte seinen Priester mit drohenden Blicken. »In der Priesterschaft werden – wie auch in den Königshäusern – seit Jahrhunderten Geheimnisse weitergegeben.«

Dann wandte er dem Hohenpriester den Rücken zu, schritt zum Terrassenfenster und blickte hinaus auf die menschenleere Wüste, die sich bis zu den schroffen Berggipfeln hin erstreckte. »Laut uralter Überlieferung sollen Reiche in der Wüste im Osten von der Hand eines Gottes – unseres Gottes Votantha – zerschmettert worden sein. Damals beliebte es Votantha, sich weitaus schrecklicher zu zeigen als heute.

Ein gewaltiger Donnerschlag traf die legendären Städte in grauer Vorzeit: Pesk, Elgashi und Ib der Edomiten verschwanden vom Angesicht der Wüste als Bestrafung für ihre Sünden und Gotteslästerungen. Wenn ich die Geschichte richtig deute, dürften sie vor allem gegen unsere stolze Stadt Sark und gegen meine königlichen Vorfahren gesündigt haben.«

Anaximander drehte sich um. Vor dem Hintergrund der sonnenüberfluteten Terrasse wirkte seine Silhouette stolz und unnahbar. »In jedem Fall stießen Votanthas Priester Flüche gegen die feindlichen Städte aus. Zur Ehre ihrer Vernichtung veranstalteten sie öffentliche Freudenfeste, wahre Orgien. Auf jeden Donnerschlag, der vom Himmel kam, folgten eine Wiederauferstehung unseres heiligen Glaubens und eine neue Epoche der Blüte und der Erweiterung unserer Stadt.« Der König verstummte. »Khumanos, meiner Meinung nach verkündet uns unser Gott, dass es wiederum höchste Zeit für ein derartiges Wunder sei.«

»Das mag so sein.« Der Hohepriester sprach leise und etwas heiser. »Ich hoffe nur, dass mein König versteht, dass ein solches Wunder nicht allein eine göttliche Wohltat oder Gunst ist, auch nicht nur eine Zurschaustellung des Glücks der Stadt. Es wäre ein Jahrtausendereignis – nicht weniger bedeutend als ein Besuch unseres Gottes Votantha auf der Erde, bei dem er seine wahre und Furcht einflößende Seite zeigte.«

»Nun gut, Priester«, sagte Anaximander kalt. »Ich bin froh, dass uns beiden gewahr ist, worum es geht. Ich möchte dich daran erinnern, dass in den vergangenen sechs Jahren drei ehemalige Hohepriester, allesamt sehr viel älter und erfahrener als du, auf der großen Stufenpyramide ihr Herzblut vergossen haben. Alle drei opferten sich vergeblich, da sie die Dürre nicht beenden konnten. Daher bin ich der Meinung, dass die Zeit gekommen ist für das, was du beschrieben hast: einen ausgedehnten Besuch des schrecklichen lebendigen Gottes.«

Der König trat aus dem gleißenden Licht. Khumanos vermochte jetzt seine feinen Züge deutlicher zu erkennen. »Ich weiß, dass dafür notwendige Vorbereitungen zu treffen sind. Auch eine beträchtliche Menge Geld und Arbeit, welche du mit Sicherheit so klein wie möglich halten wirst. Ich denke über diese Angelegenheit schon seit längerer Zeit nach, wie du gewiss vermutet hast. Doch in Anbetracht des himmlischen Zeichens am heutigen Morgen gibt es keine weiteren Fragen.« Er legte die Hand fest auf die Schulter seines Dieners. »Priester, ich befehle dir, den Weg zu eröffnen.«

»Es wird geschehen.«

Khumanos verneigte sich vor dem König und ging langsam zur Tür. Bei jedem Schritt musste er gegen die wachsende Furcht ankämpfen, die ihn zu lähmen drohte.

Kapitel 1

DER UNREINE

Die Marsch lag still und schläfrig in der Hitze des Nachmittags. Über den Rohrkolben erhoben sich nicht weit entfernt die goldgelben Mauern Qjaras. Keinerlei Lärm von der Stadt störte die friedliche Natur. Die Luft lastete schwer auf dem Schilfgürtel um den See. Bienen, Libellen und Wespen surrten umher.

Ein Mann stand im See. Sein breiter Rücken glänzte bronzefarben über dem blaugrünen Wasser. Er fischte. Lautlos stand er da, bis er blitzschnell ins flache Wasser schnellte und mit einem Dreizack-Speer zustieß. Nach kurzem Plätschern holte er heraus, was er in den schlammigen Boden gebohrt hatte. Diesmal hing ein langes grünlich braunes Ding am Speer, das sich verzweifelt wand und kringelte.

Schnell trug er den Fang hinüber zu einem sonnengebleichten Felsvorsprung, der wie ein knorriger Fingerknöchel aus dem Wasser aufragte. Dort hing ein Leinensack, der bereits randvoll mit den sich windenden Wesen gefüllt war. Dorthinein stopfte er den letzten Fang und zurrte den Strick am oberen Ende fest.

Er schüttelte das Wasser aus seiner blauschwarzen Mähne und holte hinter dem Felsvorsprung ein etwas zerfetztes Lendentuch und einen schweren Gurt hervor, an dem ein Langschwert und ein Messer hingen.

Mit einer geschmeidigen Bewegung legte er sich beides um die muskulöse Mitte. Dann steckte er den Speer durch die Schlaufe des Sacks, den er schulterte. Mit schnellen lautlosen Schritten ging er am Ufer entlang.

Sein Lager befand sich ein Stück weiter flussabwärts, an einem schattigen Ufer mit Büschen, die Moschusduft verströmten. An dieser Stelle sprudelte der Fluss über die Steine hinweg und bildete einen kleinen Wasserfall.

Der Hüne mit der rabenschwarzen Mähne entfachte aus der Glut inmitten federleichter Asche, umrandet von Steinen, ein Feuerchen und schöpfte mit dem verbeulten schwarz angelaufenen Bronzehelm, der ihm als Kochkessel diente, frisches Wasser aus dem Fluss. Langsam holte er nach und nach den Fang des heutigen Tages aus dem Sack und nahm alles mit dem Messer auf dem entrindeten Baumstamm aus, der ihm als Tisch diente.

Bei dieser Arbeit erlahmte nie seine Wachsamkeit. Wie ein Jäger aus grauer Vorzeit nahm er sämtliche Geräusche und Gerüche um ihn herum wahr. Unvermittelt stieg ihm der Geruch des Schlamms in die Nase, den jemand aufgerührt hatte. Weiter oben am Ufer raschelte es leise, Zweige knackten. Dann sah er in den Büschen im zitternden Schein des Feuers Schemen, die weder Vogel noch Tier waren.

Ohne sichtbare Sorge erhob sich der Hüne und warf weitere Zweige aufs Feuer. Langsam drehte er sich dabei um und ließ die stahlblauen Augen über die Büsche schweifen. Dann sprang er unvermittelt in einen Busch und zerrte eine sich wild wehrende Gestalt heraus, der er ein Messer an die Kehle gesetzt hatte. Sein Opfer war ein haselnussbrauner, mit Schlamm bedeckter und nahezu nackter, quietschender kleiner Junge.

»Wen haben wir denn hier?« Der Hüne legte die Waffe weg. »Ich dachte, ich hätte genügend Frösche und Sumpfhunde gefangen, mehr wollte ich eigentlich nicht.« Er sprach mit dem shemitischen Dialekt, der in den Wüsten im Osten sehr verbreitet war.

»Lass ihn los!«

Ein älterer schlaksiger Junge trat aus den Büschen heraus und baute sich angeberisch auf. Er sprach einen ähnlichen Dialekt. »Falls du versuchst, ihn zu fressen, warne ich dich. Denn dann hängen wir deine Haut über die Stadtmauer!« Er hielt ein kleines Messer aus Feuerstein in der Faust. Hinter ihm tauchten zwei weitere Kinder auf.

»Ihn fressen? Warum sollte ich das wollen? Nein, wer würde eine derartige Magenverstimmung wagen? Höchstens dann, falls ihr kleine Schurken meine Vorräte verspeist.« Er lockerte den Griff, hielt den Jungen jedoch weiterhin um die Mitte fest. Auf Armeslänge wehrte dieser sich mit Händen und Füßen. »Glaubt er tatsächlich, ich würde ihn fressen?«

»Du bist doch ein Troll, oder?«, meinte der ältere Junge trotzig. »Ein bösartiger Riese aus dem Norden.«

»Ich bin kein Troll! Ich bin Conan der Cimmerier – in meinem Volk auch kein Riese, und bösartig bin ich nur, wenn mein Kopf nach einer durchzechten Nacht schmerzt.«

»Wie ich es mir dachte. Alle wissen, dass die Cimmerier und andere Völker im Norden Menschenfresser sind.« Mit hochnäsiger Verachtung deutete der Junge auf den Helm-Kessel, in dem es über dem Feuer brodelte. »Zumindest bist du ein Dschinn und du isst unreine Speisen.«

»Pfui! Ja, wenn ich diesen Burschen essen würde, wäre das Essen in der Tat unrein!« Damit ließ er den

Jungen los, der sofort zu seinen Gefährten rannte. Sie alle musterten den Mann aus dem Norden mit unverhohlenem Misstrauen.

»Ich habe im Kessel mehr, als ich essen kann. Gewiss bleibt noch eine Menge übrig.« Er hob den Dolch auf, wischte ihn am Lendentuch ab und rührte damit im Kessel herum.

»Was ist es denn?«, fragte ein kleiner Junge, der sich ängstlich hinter dem Anführer versteckt hielt.

»Das? Ein schmackhafter Eintopf aus Krebsen und Flussaalen.« Der Mann, der sich Conan nannte, spießte einen Krebs im Kessel auf und hielt ihn über die dampfende Suppe.

»Wie unrein!«, erklärte der dritte Junge mit Piepsstimme. »Die Priester der Einzigen Wahren Göttin würden deinen Kopf zwölfmal gegen die Altarsteine schlagen, wenn sie dich beim Essen dieses Ungeziefers erwischten oder wenn du es auch nur eingestehen würdest.«

»Was für ein Blödsinn!«, erklärte der Cimmerier. »Ihr Stadtbewohner seid in der Tat töricht, wenn ihr nicht das gute Essen aus dem Fluss verspeist – oder es einsalzt, falls auch für eure Stadt schlechte Zeiten anbrechen.« Er schob den Messerrücken unter den Lederriemen des Helms und nahm ihn vom Feuer. »Lebt ihr Jungs innerhalb der Mauern Qjaras?«

»Ja«, antwortete einer der Kleinen. »Ich bin Jabed. Mein Vater heißt Japeth und ist Kameltreiber, allerdings …« Die Miene des Jungen verdüsterte sich. »Vor mehreren Jahren ist er fortgegangen, um Kamele zu kaufen, ist aber noch immer nicht zurückgekehrt. Meine Mutter flicht Binsenkörbe für den Markt, um uns zu erhalten, bis Vater zurückkommt und uns reich macht. Wenn ich heimgehe, bringe ich ihr Binsen mit«, fügte er hinzu und zeigte sein kleines Messer aus Feuerstein, mit dem man das Schilf sehr gut schneiden konnte.

»Mein Vater war Dachdecker und starb nach einem Sturz vom Dach«, erklärte der ältere Junge. »Meine Mutter flicht auch Körbe, und ich bringe ihr auch Binsen. Aber eines Tages werde ich Tempelkrieger der Einzigen Wahren Göttin sein!« Er zeigte ein etwas größeres Steinmesser, das er in einem Beutel am Gürtel verstaut hatte, als steckte ein Schwert in der Scheide. Stolz stand er da. »Eines Tages bin ich vielleicht ein berühmter Tempelkrieger wie Zaius der Held.«

Der Cimmerier lachte. »Eure Priesterkrieger sind gut gekleidet und hervorragend ausgebildet. Doch glaube ich, dass ihre Kampftechniken etwas merkwürdig sind, da sie durch mehr Tabus behindert werden als die Vorschriften für die Ernährung.«

»Ein Dutzend von ihnen kann jederzeit hundert Wüstennomaden auslöschen. Darauf kannst du dich verlassen!«, erklärte der Junge heißblütig.

Conan blieb gelassen. Er blickte den Jungen an. »Kann der Sohn eines Dachdeckers oder einer Körbeflechterin in diese vornehme Bruderschaft eintreten?«

»Das kann ich in der Tat!«, antwortete der Junge. »Der Eintritt in die Priesterschaft hängt allein von den Leistungen in der Tempelschule ab ... und vom Mut und dem Erfolg in Wettkämpfen.«

»Gut.« Der Cimmerier nickte. »Vielleicht besteht dann doch noch Hoffnung für alle. Wie heißt du, Junge?«

»Ich bin Ezrel.« Dann deutete er auf die jüngeren Gefährten. »Jabed, Felidamon und ...Inos.« Letzteres war das Kind, das sich hinter Ezrel versteckt hatte.

Conan nickte wortlos. Er hatte den Eindruck, dass Inos ein Mädchen war. Allerdings war es nicht leicht zu erkennen, da Inos die gleiche schmutzige bodenlange Dschellabiya trug wie die anderen.

»Bist du ein Krieger?«, fragte Jabed. »Was für eine Waffe ist das?«

Conan hob das Messer neben sich auf. »Es ist ein gutes kräftiges Ilbarsi-Messer, das ich von den Berghirten im Süden der Vilayet ... im Tausch erworben habe. Wie du siehst, ist die Klinge zum Griff hin dicker. Das gleicht die Kürze aus, wenn man ... Feuerholz spaltet. Das Messer ist ein hervorragendes Werkzeug, um Zweige zu schneiden, Löcher zu graben, Tiere zu häuten und zu zerteilen. Ja, man kann es sogar als Spieß über einem Feuer verwenden, und dennoch ist die Klinge so scharf, dass ich mich damit rasieren kann. Ein Mann sollte so ein Messer stets an seiner Seite haben.« Er beugte sich vor und warf die Klinge in die Glut. »Man weiß nie, was man damit fängt.«

Er holte das Messer aus der heißen Glut heraus und blies die Asche fort. Er hatte etwas Längliches aufgespießt, das dampfte und in Blätter gewickelt war. Offenbar etwas Essbares, das er in der heißen Asche gebacken hatte. »Süße Erdknollen und Sumpfrettiche, seht ihr? Und Lauch.«

Er holte weitere Leckerbissen aus der Asche. Nachdem diese etwas abgekühlt waren, ließen die Kinder sich überreden, sie zu kosten. Doch man musste schon so tapfer wie Ezrel sein, um als Erster von der Aal- und Krebssuppe zu essen.

»Pfui, heiß und scharf«, beschwerte er sich. Doch er wehrte nicht ab, als Conan ihm einen großen Krebs auf die Rindenscheibe legte, die als Teller diente. Dann folgten die anderen seinem Beispiel. Sogar die furchtsame Inos knackte die Krebse und saugte das zarte Fleisch heraus. Die Kinder aßen gierig. Conan verzehrte deshalb nur eine kleine Portion, die hauptsächlich aus Sumpflauch bestand.

»Du musst weit gereist sein«, meinte Felidamon. »Warst du in Städten, die größer sind als Qjara?«

»O ja. Ich war in Aghrapur, Belverus, Tarantia ... und vielen anderen übergroßen Bienenstöcken. Am nächsten liegt Shadizar. Vielleicht gehe ich dorthin, sobald die Pässe nach Norden wieder frei sind und eine Karawane dorthin zieht.«

»Shadizar die Verruchte nennt man sie«, meinte Jabed nachdenklich. »Aber in der Tempelschule wird nie über diese Stadt gesprochen. Warum, Conan?«

»Nun, dort gibt es großen Reichtum, aber auch großes Elend. Mittellose Männer und Frauen betteln und sterben vor den Füßen reicher protziger Stutzer.«

»Wie ist das möglich?«, fragte Felidamon erstaunt. »Zwingen die Priester sie nicht dazu, ihren Besitz zu teilen?«

Conan lachte. »Nein, die Priester sind die Reichsten und Schlimmsten. Und Shadizar ist ein Sklavenmarkt. Die Sklaven leben unter grausamen Herren, doch manche Freie sind schlimmer dran als die Sklaven! Viele ehrliche Menschen sind Diebe – es gibt in Shadizar sogar eine Zunft der Diebe. Stellt euch das vor!«

»Die Leute in unserer Stadt sagen, dass ein einzelner Fremder, so wie du, ein Dieb sein muss. Willst du deshalb nach Shadizar?« Ezrel schaute den Cimmerier bei dieser spitzen Bemerkung furchtlos an.

Conan war verblüfft. »Nun, angenommen, ich wäre ein Dieb, gäbe es in Shadizar am meisten zu stehlen, da dort habgierige Kaufleute, durch Lotus berauschte Aristokraten und sehr reiche Magier leben.« Er sammelte die Reste des Essens ein und warf sie ins Feuer. »Ja, in einer solchen Stadt gibt es viel mehr zu stehlen als in einem kleinen Kamelbad wie Qjara.«

»In Qjara würdest du in keinem Fall ein Dieb sein wollen«, erklärte Ezrel. »Die Tempelkrieger würden dich zu Katzenfutter verarbeiten.« Als er Conans finstere Miene sah, fügte er hinzu: »Doch wenn du versprichst, nicht zu stehlen, könntest du mit uns in die Stadt kommen. Dann musst du nicht auf Zweigen schlafen.« Er deutete auf den Busch, unter dem Conans Decke lag.

Der Cimmerier schüttelte den Kopf. »Nein, mein Junge, ich glaube nicht, dass die führenden Leute in deiner Stadt möchten, dass ich mich in der Stadt aufhalte – zumindest nicht außerhalb des Karawanenviertels. Und ich habe keine Lust, ein Dutzend Männer zu töten, nur um mich zu beweisen. Nein, ich werde außerhalb der Stadtmauern verweilen.«

»Aber Conan«, mischte sich Felidamon ein. »Du könntest dich in Qjara niederlassen und ein nützliches Handwerk erlernen. Vielleicht Kamelzucht oder …« Sie blickte auf die Glut und dachte an die Mahlzeit. »… Kochen in einer der Karawansereien.«

»Du meinst, für Reisende Mahlzeiten zubereiten und dafür Geld nehmen … und nur das tun, nichts anderes?« Conan betrachtete erstaunt ihre gerunzelte Stirn. »Doch was wird geschehen, wenn ich es leid wäre zu kochen, was mit Sicherheit bald so sein wird? Ich bin kein Sklave, der sich endlos abmüht, um die Launen anderer zu befriedigen.« Nachdrücklich schüttelte er die blauschwarze Mähne. »Und wenn ich nicht vor eurer Göttin Saditha auf den Knien rutsche, würde ich auch Ärger bekommen. Nein, es ist besser, wenn ich Qjaras friedlichen Schlaf nicht störe.« Er blickte zu den Schatten am Flussufer. »He, es ist schon spät. Wascht euch den Schmutz im Fluss runter, ehe ihr nach Hause geht.« Ezrel hatte ebenfalls gesehen, dass die Sonne im Westen untergegangen war, und war aufgestanden.

»Du willst also doch nach Shadizar gehen?«, fragte Inos plötzlich. »Welche Stadt gefällt dir besser, Conan, Shadizar oder Qjara?«

»Für einen Mann wie mich ist Shadizar der beste Ort.« Conan blickte etwas wehmütig auf das kleine Kind hinab. »Doch ehe du gehst, will ich dir noch etwas sagen: Schätze, was du hast, mein Kind!« Er legte der Kleinen kurz die Hand auf die Schulter. »Verlasse niemals Qjara, um nach Shadizar der Verruchten zu gehen. Und bete, dass nie ein Sklavenfänger dich dorthin verschleppt.«

Kapitel 2

TAL DES FEUERS

Der Hohepriester Khumanos schritt schwerfällig über das verdorrte Land. Einem flüchtigen Betrachter wäre sein Gemütszustand wohl nicht aufgefallen, doch der dunkle Mann aus dem Süden wusste, dass es nicht allein die Hitze war, die seine jungen Gliedmaßen so schwer wie Blei machte. Nein, der Schweiß auf den Schultern rührte nicht von der Sonne her, ebensowenig war die Kehle so ausgedörrt, weil er durch glutheiße Schluchten wanderte. Khumanos schenkte seiner trostlosen Umgebung keinen Blick. Ein in der Hitze waberndes Bild flößte seinem Herzen Todesangst und Qualen ein.

In seiner Angst suchte Khumanos Solon auf, weil nur er ihm einen Weg aus dieser Pein weisen konnte. Der heilige Einsiedler war uralt und unglaublich weise und hatte schon in der Wüste gehaust, als Khumanos' Vater noch gelebt hatte. Er war gewiss kein Gott, doch auch nicht nur ein Sterblicher … In der Vergangenheit hatten die Tempelvorstände den Weisen um Rat gebeten. Er war als Orakel geachtet, ein reiner Born des fanatischen Eifers, der im Herzen eines jeden nach dem Göttlichen Strebenden wohnt.

Khumanos hielt an einem der seltenen schattigen Plätze inne. Die Sonne hatte die Felswand am Rand eines tiefen ausgetrockneten Wadis noch nicht erwärmt, da sie nach Nordwesten ausgerichtet war. Vorsichtig nahm er einen kleinen Schluck aus dem bereits schlaffen Wasserschlauch. Er war nicht sicher, ob er auf dem richtigen Weg zu Solon war. Er wusste nicht einmal, ob es einen solchen Weg gab, auch nicht, ob Solon noch lebte. Der Überlieferung nach musste er in diesem Teil des Landes dem ausgetrockneten Flussbett zur Quelle folgen, um die Behausung des weisen Alten zu finden.

Er glaubte, auf dem richtigen Weg zu sein, da der Einsiedler angeblich in einem Tal des Feuers lebte und die Schlucht vor ihm in der Tat so aussah, als wäre sie aus erstarrtem Feuer geformt worden. Rote Sandsteinklippen ragten zu beiden Seiten auf. Ihre vom Wind gebildeten Formationen glichen Flammenzungen. Der feurige gelbe Sand im Flussbett wechselte sich mit roten Kieselsteinen ab. Als er diese berührte, versengten sie die Seiten seiner Sandalen wie glühende Kohlen. Die spärliche Vegetation in den Felsspalten war trocken und dunkel. Die unerbittliche Sonne hatte alles zu Asche verbrannt.

Plötzlich endete die Schlucht. Doch nirgends war eine Spur eines Menschen zu entdecken. Er musterte die Felswände, die wie das Innere eines Brennofens rot verkrustet waren. Doch dann sah er einen Weg.

Während irgendeiner urzeitlichen Flut oder durch eine Lawine hatten Geröll und Felsbrocken das Wadi verstopft. Wenn Khumanos dem ausgetrockneten Flusslauf weiter folgen wollte, musste er die steile und gefährliche Wand, die fast doppelt mannshoch war, erklimmen. Bei einem Sturz würde er entweder sterben oder mit zerschmetterten Gliedmaßen am Boden liegen und in dieser einsamen feindlichen Wüste elendiglich verdursten.

Khumanos sah sich der Herausforderung und Prüfung seines Glaubens gegenüber. Doch im Vergleich zu der unsäglichen Furcht, die seine Seele bedrängte, war er über diese abmessbare Gefahr beinahe froh. Er schlang den Wasserschlauch über die Schulter und sprang auf einen Felsbrocken. Dann begann er hinaufzuklettern.

Nahe dem oberen Rand der Schlucht hatte ein großer Findling, der sich nach vorn neigte, die Öffnung verschlossen. Khumanos wusste, dass er bei diesem Überhang sterben würde. Seine Fingerspitzen waren wund, er atmete keuchend, und der heiße Fels, an dem er wie ein Säugling an der Mutterbrust hing, verbrannte seine Brust und das Kinn. Dann lockerte sich auch noch der kleine Stein, auf dem seine Füße Halt gefunden hatten. Hinab konnte er nicht klettern. Entweder musste er in die Tiefe stürzen oder dort hängen bleiben, bis die gnadenlose Hitze ihn wie ein Insekt austrocknen würde. Der Wüstenwind würde dann seine zu Papier gewordene Hülle fortwehen.

Verzweifelt blickte er nach oben. Nur einen Hoffnungsfunken hatte er noch. Aus dem gleißenden Felsbogen über ihm ragte aus einer Ritze ein Zweig hervor. Er war weiß und fingerdünn und schien keine Kraft zu haben, aber er befand sich in Reichweite. Doch höchstwahrscheinlich würde er, wenn er den Tritt wechselte und nach dem Zweig griff, eine Steinlawine auslösen, die ihn unweigerlich mit in die Tiefe reißen würde … und in den Tod. Aber vielleicht auch nicht.

Wiederum wurde sein Glaube auf die Probe gestellt … der Tod war nur eine Hand breit entfernt. Nach einem langen Gebet zu Votantha griff der Hohepriester Khumanos zaudernd nach dem Zweig.

Vielleicht war es gar kein Zweig, sondern eine ausgetrocknete Wurzel, in der noch ein zäher Hauch

Leben war, denn sie trug sein Gewicht. Erde und Geröll rieselten an Khumanos vorbei. Einige Krumen trafen seine Augen und den Mund. Doch er bemühte sich, ihnen keine Aufmerksamkeit zu schenken. Allmählich fasste er Vertrauen zu dem dünnen Halt und zog sich über den überhängenden Felsbrocken langsam nach oben. Atemlos, doch ungemein erleichtert erreichte er den oberen Rand des Damms.

Dahinter war das Gelände sandig. Er sah, wie die Schlucht weiter vorn eine Biegung machte. Der ausgetrocknete Flusslauf hatte sich noch tiefer in die roten Felswände hineingefressen, doch etwas anderes, weit näher, erregte seine Aufmerksamkeit.

In der roten Felswand erblickte er den Eingang zu einer Höhle. Unter ihr stand eine Pyramide aus dunklerer roter Erde, vermengt mit Knochen und Abfall, so als hätte jemand vor kurzem dort gegraben. Oben auf der Pyramide saß im Schneidersitz ein Mann in einer schmutzigen weißen Tunika.

Das musste Solon sein! Khumanos fühlte sich doppelt gesegnet, weil er den Eremiten gefunden und überlebt hatte. Dankbar fiel er auf die Knie und schickte lange Dankesgebete zu Votantha. Als er wieder aufschaute, war der Mann vor der Höhle aufgestanden und deutete ungeduldig auf die rechte Seite. Dabei wehten die Fetzen seines Gewandes im Wind. Khumanos sah einen schmalen Pfad, der zur Höhle hinaufführte.

Khumanos eilte in die Richtung, die der weise Alte ihm gewiesen hatte. Der Pfad war schlecht. Mehrmals musste er von einem Stein zum nächsten springen. Die Abfallpyramide stank entsetzlich. Er sah Kürbisstengel, leere Schalen von Kaktusbirnen, Gebeine von Schlangen und Kröten. Einige Knochen waren sehr groß und hatten eigenartige Formen. Langsam kletterte der Priester zu einem Sandsteinmonolithen, der sich gegen den blauen Himmel wie eine rote Flamme abzeichnete.

Vor dem Eingang hielt er inne. Plötzlich fühlte er sich angesichts des alten Weisen gehemmt. Aus der Nähe bot der Einsiedler einen grotesken Anblick. Er war gebückt, verwelkt. Sein Gewand war schmutzig und zerrissen, die ungepflegten Nägel glichen Klauen, an den Füßen hatte er dicke Schwielen. Sein Gesicht war von Runzeln wie von einem Netz überzogen, der Mund fast zahnlos. Nur ein weißer Haarkranz begrenzte den kahlen Schädel. Offenbar waren Kopf und Stirn zu lange der Sonne ausgesetzt gewesen, die Haut war stark gerötet und schälte sich teilweise. Doch seine Bewegungen waren geschmeidig, ohne jegliche Spur von Hinfälligkeit. Der hagere Alte war die Verkörperung altersloser Männlichkeit.

»Verzeih mir«, sagte Khumanos schließlich. »Ich suche einen Einsiedler, der in dieser Wüste lebt…«

»Ich bin Solon«, unterbrach ihn der Alte und lächelte wohlwollend. »Ich habe dich seit der Mittagszeit beobachtet. Ich hätte dir einen sicheren Pfad um den ausgetrockneten Wasserfall zeigen können. Doch Bittstellern helfe ich niemals. Es ist gut, dass du das Klettern überlebt hast, weil es beweist, dass dein Glaube an Votantha stark ist.«

Der Alte sprach schnell, als hätte er sich nach menschlicher Gesellschaft gesehnt. »Es ist geraume Zeit her, dass ein Hohepriester den Weg aus der Stadt hierher fand, um mir seine Ehrerbietung zu erweisen. Welchen Tribut hast du mitgebracht?«

»Ehrwürdiger, Liebling Votanthas!« Khumanos fiel auf die Knie und presste die Stirn auf den harten Boden vor den Füßen des Priesters. Doch dieser hob ihn ungeduldig auf. Schnell griff Khumanos in seine

Tunika und holte ein Päckchen hervor, das in ein mit Goldfäden durchwirktes Tuch gewickelt war. »Ich bringe dir seltene köstliche Speisen: gewürzte Datteln, kandierte Brüste von Singvögeln, weiche grüne Feigen und einen Laib Brot mit Honig und Sesam.«

Der Alte riss ihm das Päckchen aus den Händen und ging damit auf den dunklen Höhleneingang zu. Khumanos stand auf, folgte ihm und wollte den Kopf einziehen, um durch den niedrigen Eingang die Höhle zu betreten. Doch gleich hinter dem Eingang hockte Solon sich hin und lud ihn nicht ein, hereinzukommen. Der Hohepriester kniete sich geduldig draußen in der heißen Sonne nieder.

»Erhabener, ich wünschte, ich könnte behaupten, mein Glaube sei stark«, sagte Khumanos. »Doch bin ich das Opfer sündiger Ängste.«

»Dann ist es gut, dass du in die Wüste gekommen bist.« Solon stopfte sich mit den Klauenfingern die Leckerbissen in den zahnlosen Mund.

»Weißt du«, meinte der Einsiedler, nachdem er hinuntergeschluckt hatte, »dass diese Wüste der Ursprung von allem Mystischem und Heiligen ist? Ein Pilger kommt her, um die harte, nackte Wirklichkeit zu sehen ... doch muss er feststellen, dass diese Wirklichkeit mehr Masken trägt als eine Horde corinthischer Vermummter. Die östliche Wüste ist das Land der Fata Morganen, der Halluzinationen, der Sternschnuppen und der Fieberträume. Nahrung ist spärlich und was man hier findet – Wurzeln, Pilze und Kaktusblüten –, vergiftet den Verstand und eröffnet grauenvolle innere Visionen.« Solon aß beim Sprechen weiter, wodurch er nur schwer zu verstehen war.

»Und dennoch«, fuhr er fort, »weiß der wahre Mystiker, dass es keine stärkeren Drogen gibt, um Dämonen und Visionen heraufzubeschwören, als

Schmerzen, Erschöpfung und Hunger. Und Votantha weiß, dass dieser Ort einen fast unerschöpflichen Vorrat aller dreier Dinge bietet! Hier in der Wüste wirkt die Leere wie ein Aufruf für die Dämonen, die im Innersten einer Menschenseele lauern.« Solon hatte sämtliche Köstlichkeiten verspeist, ohne dem Gast etwas anzubieten. Jetzt wischte er sich mit dem golddurchwirkten Tuch, in welches das Päckchen gehüllt gewesen war, die Lippen ab. »Hier in diesen trostlosen Höhlen liegen die Knochen und Gedärme der Erde offen da und zeigen ihren wahren, ungezähmten Charakter. Komm, folge mir.« Er winkte Khumanos und schritt gebückt voran in die dunkle Höhle.

Die Augen des Hohenpriesters waren immer noch von der Sonne geblendet, sodass es ihm schwer fiel, den Weg zu erkennen. Mehrmals stieß er sich den Kopf an Vorsprüngen der ohnehin niedrigen Decke. Nur langsam gewöhnte er sich an die Dunkelheit und sah, dass die Vorsprünge bleiche Knochen, hart wie Fels, waren, die in die weicheren Sandsteinwände eingebettet waren. Vielleicht hatte man den Sandstein auch weggekratzt, um die Höhle zu vergrößern und die Knochen deutlicher zu machen.

Solon ging tiefer in die Höhle, die allmählich auch Khumanos erlaubte, aufrecht zu gehen. Seltsame Skelettteile ragten aus den Wänden hervor. Fische, die Schlangen glichen, Vögel mit Echsen gepaart und andere Geschöpfe, die Khumanos noch nie gesehen und von denen er auch nie gehört hatte. Alles wirkte wie ein Albtraum und besonders gespenstisch im rötlichen Schein der Abendsonne, die in den Höhleneingang schien. Allmählich nahm der Hohepriester weitere Einzelheiten wahr. Der Einsiedler hatte das fettige, golddurchwirkte Tuch um den nahezu kahlen Schädel gewickelt und unter dem Kinn verknotet. Er erklärte dem Besucher die Wunder der Höhle.

»Wie du sehen kannst, diente dieser Berg einst der Bestattung der Drachen – falls nicht eine Lawine oder Sintflut diese Ungeheuer hier ausrottete.« Stolz zeigte er auf die Knochen an der Decke, die einem Balkon glichen. Gekrümmte Zehen- und Fingerknochen, Rippen und Wirbel führten zu einem riesigen Kopf mit scharfen Fängen, der am Ende einer Wand hing. Aus dem Boden der Höhle ragte ein messerscharfer Hauer hervor, umgeben von kleineren scharfen Zähnen. Es war das Skelett eines riesigen Fisches mit langem Kopf, dessen Bauchhöhle den Raum bildete, in dem die beiden standen. »Diese Ungeheuer pflegten einst die Wüste zu bevölkern«, erklärte der Weise. »Und wer weiß, vielleicht werden die Götter sie irgendwann wieder ins Leben zurückrufen.«

Solon deutete auf Knochen, die als Schaufeln und Spitzhacken dienten. »Mit diesen Werkzeugen habe ich die Höhle vergrößert und die kunstvollen Arbeiten der Götter bloß gelegt. Und hier ruht die Quelle meiner Kraft und meine Belohnung für die schwere Arbeit.«

Er winkte Khumanos zu einer Nische und schob den schmutzigen Fetzen beiseite, der als Vorhang diente. Dahinter befand sich eine natürliche Wasserquelle. Von einem weißen Knochen in der Decke tropfte Wasser langsam in eine Schale, die aus einem hohlen Schädel eines Ungeheuers bestand. Der alte Einsiedler schöpfte mit der hohlen Hand Wasser daraus und trank es geräuschvoll. Dann bedeutete er Khumanos gastfreundlich, den winzigen Rest aus dem Schädel zu trinken. Doch der Hohepriester lehnte höflich ab und trat einige Schritte zurück.

»Ehrwürdiger«, sagte er. »Ich bin zu deinem heiligen Schrein gekommen, um von deinem Born der Weisheit zu trinken, nicht von deinem spärlichen Wasser. Unser großer Gott Votantha hat mich durch die Vision König Anaximanders vor eine gewaltige Aufgabe gestellt … doch weiß ich nicht, ob ich die Entschlusskraft besitze, sie durchzuführen.«

»Ich weiß, welche Qualen du leidest«, sagte Solon. »Die Himmel bekriegen sich. Zeichen und Omina wollen uns darauf vorbereiten, dass die Stunde naht, in der sich Votantha unserer Sphäre erneut zeigen will. In der Tat ein ungeheuerliches Ereignis. Für einen Menschen ist es ein seltenes Privileg, vor einen lebendigen Gott treten zu dürfen und ihn von Angesicht zu Angesicht zu schauen.« Auf allen vieren kroch er in eine Ecke der Höhle und setzte sich mit untergeschlagenen Beinen auf eine schmutzige Matte. »Selbstverständlich besteht die Möglichkeit, dass man dabei sein Leben einbüßt …«

»Es ist nicht allein das Sterben, das mir Angst macht«, gestand Khumanos und fiel vor dem Weisen auf die Knie. »Nach der unverdient großen Ehre, den Unvergleichlichen zu erschauen, darf ich wohl kaum an meinem unbedeutenden Leben hängen. Es ist mehr die Angst vor dem Augenblick … Wie wird die wahre Gestalt des Gottes sein? Und wie kann ich – eine Motte vor einem Wirbelsturm – mich behaupten? Ferner …«, er neigte voll Scham seinen geschorenen Kopf, »… wohnt in meiner Seele eine unwürdige Angst, ein Zögern, einen derartigen Schrecken auf andere Sterbliche loszulassen, welche – zumindest bis zum letzten grauenvollen Moment – unseren Glauben nicht kennen und die ihre schwächeren, milderen Götter verehren.« Der junge Priester schüttelte entschieden den Kopf. »Wenn dem so ist, werden sie nie und nimmer die Pracht und die Herrlichkeit zu schätzen wissen, welche auf sie zukommt …«

»Du meinst die Opfer«, erklärte Solon mit fester Stimme. »Die Bewohner der Stadt, welche geopfert werden soll?«

»Ja.« Khumanos schlug die Augen nieder. »Qjara ist ein Handelsplatz im Norden, welchen Votantha in seiner Weisheit für unser Opfer mit viel Regen und Karawanen beglückt hat.«

»Eine Stadt der Ungläubigen«, sagte Solon.

»Ja, das ist in der Tat so.« Khumanos nickte mit ernster Miene. »Ich weiß nichts über die Stadt, aber ich stelle sie mir ähnlich vor wie Sark, mit Bauern und Kaufleuten, Männern, Frauen und Kindern …«

»Ein Haufen Ungläubiger«, wiederholte der Einsiedler. »Doch ich glaube, ich verstehe – du möchtest nicht, dass sie sterben, ehe sie Votantha als ihren Herrn anerkannt haben, und sich damit die Gelegenheit verscherzen, danach zu seinen Füßen zu dienen. Das ist sehr fromm von dir, mein Sohn.« Solon lachte krächzend. »Doch die Antwort ist leicht und durch unseren heiligen Glauben vorgegeben. Biete der Stadt eine Missionierung von deinem Tempel aus an, in der man ihr den wahren Weg aufzeigt. Gib den Bewohnern eine Gelegenheit, zu unserem Glauben überzutreten, ehe das Ende kommt.«

Khumanos schüttelte den Kopf. »Viele würden das ablehnen, zumindest für die nächste Zeit. Die meisten Stadtstaaten der Shemitischen Liga haben ihre eigenen Götter, wie du sicher weißt – und in Qjaras Fall ist es eine Göttin. Sie hängen starrköpfig an ihrem Glauben …«

»Das ist unwichtig«, unterbrach ihn Solon barsch und klaubte mit einem schmutzigen, eingerissenen Fingernagel Essensreste zwischen den Zähnen hervor.

»Sobald du ihnen die Wahl ermöglicht hast, sind sie an der Reihe. Wählen sie, nicht Votantha zu folgen, sind sie unwürdig und verdienen die Qualen der Ungläubigen im nächsten Leben.«

»Aber, Ehrwürdiger, verstehst du denn nicht? Sie sind unschuldig!« Khumanos schaute den Einsiedler an. Tränen standen in seinen Augen. Ihm versagte die Stimme, so groß war die Qual in seiner Seele. »Ehrliche aufrechte Männer, junge Frauen und kleine Kinder! Kann ich diese tatsächlich der rachsüchtigen Wut des Lebenden Gottes ausliefern, ohne ihnen ausreichend Gelegenheit zu geben, ihn anzunehmen und Frieden zu schließen?«

»Ich verstehe sehr wohl, Khumanos«, sagte Solon und betrachtete ihn mit ernster Miene. »Deine Sünde ist in der Tat sehr groß. Im Herzen mangelt es dir an dem eisernen Glauben, dessen ein Hohepriester Votanthas bedarf.« Der junge Priester schluchzte. »Du bist jung«, fuhr der Einsiedler ungerührt fort. »Dein Herz birgt immer noch die idyllischen Vorstellungen des Lebens auf Erden: die reichen Gaben der Natur, die Freuden ehrlicher Arbeit und der Familie, der fleischlichen Liebe der Weiber ... Du hast noch nicht lange genug gelebt, um in den lodernden Feuern des Glaubens zu brennen und gehärtet zu werden.« Der Alte wühlte in einem Bündel unter seiner Matte, in dem er Zaubermittel und Fetische aufbewahrte. »Eine schwer wiegende Schwäche, doch verständlich. Hier habe ich etwas, das deine Qualen lindern wird.«

»Du ... hast etwas, um mich davon zu befreien?« Khumanos betrachtete den Alten mit tränenfeuchten Augen.

»Das habe ich in der Tat.« Solon holte einen heiligen Gegenstand hervor, der aus der Ferne einem kurzen, stumpfen Dolch glich. »Diese Klinge vermag es, die schmerzlichen Bande der Jugend und die deiner unstillbaren Sehnsüchte zu zerschneiden.«

Der alte Einsiedler kroch vorwärts. Khumanos erkannte, dass die Klinge einst wohl ein Kurzschwert gewesen war, das nahe dem schweren Bronzegriff abgebrochen war. Die verbliebene Klinge war stumpf und wies viele Scharten auf. Solon hielt sie so, als wäre sie noch eine vollständige Waffe.

»Und was willst du damit tun?« fragte Khumanos ängstlich.

»Das hier ist das legendäre Schwert von Onothimantos, dem man einen geheimnisvollen Zauber zuschreibt. Kennst du seine Kraft?«

»Nein.« In Khumanos stieg Panik auf. Unwillkürlich wich er zurück. »Wozu dient es?«

»Das ist im Grunde sehr einfach. Es wird deine jugendliche Seele töten und dich von ihren Qualen erlösen.« Solon stand zwischen Khumanos und dem Höhleneingang. »Keine Angst, es wird dir für lange Zeit große Erleichterung bescheren. Dein Geist und dein Körper sind dann frei für das Werk, das vor dir liegt.«

»Was? Du willst einen Teil von mir ... töten? Aber wie kann das geschehen? Wird es wehtun?« Der Hohepriester war offensichtlich nicht bereit, sich so schnell einem magischen Ritus zu unterziehen. Nervös wich er vor dem Einsiedler zurück.

»Alles ist möglich, solange du an Votantha glaubst«, erklärte Solon mit tückischem Grinsen und schlug just in diesem Augenblick zu. »Und alles ist die Schmerzen wert!«

Der junge Khumanos hatte erwartet, mit der verbliebenen stumpfen Klinge des einstigen Schwerts verwundet zu werden. Doch warf er sich nicht schnell genug zurück, um dem Schlag des Einsiedlers zu entgehen. Der alte Solon machte einen verblüffend behenden Satz, gleich dem eines Degenfechters, und schlug nicht mit der stumpfen Spitze, sondern mit der Klinge zu, als hätte diese noch die volle Länge. Dem jungen Priester traten die Augen aus den Höhlen. Der Schmerz war grauenvoll, da er spürte, wie ein unsichtbares Langschwert seinen Körper durchbohrte.

Die Geisterklinge traf ihn genau ins Herz, den Sitz seiner Gefühle. Mit einer geschickten Drehung zertrennte sie sämtliche innewohnenden edlen Bestrebungen nach Höherem. Alle irdischen Leidenschaften schrien in seiner Brust vor Schmerz auf. Sein Gesicht verzog sich zu einer Grimasse, weil die Qualen fast unerträglich waren. Als die stumpfe Klinge gegen seine Brust prallte, ohne eine sichtbare Wunde zu hinterlassen, war seine Seele bereits tot.

»Jetzt verstehe ich«, erklärte der Hohepriester Khumanos seinem Angreifer eiskalt und wischte den Rost von seiner Tunika. »Du hattest Recht. Jetzt ist alles viel klarer.« Er sank vor Solon auf die Knie. »Doch nun musst du mich lehren, wie ich den Weg öffnen kann.«

Solon legte die Zauberwaffe neben sich und nahm wieder mit untergeschlagenen Beinen Platz. Dann erklärte er dem Priester sorgfältig sämtliche Einzelheiten über die zu ergreifenden Schritte. Während er sprach, verging viel Zeit. Schon verblasste das Tageslicht draußen. Im Sonnenuntergang schimmerte das gesamte Tal golden und karmesinrot, sodass es in der Tat einem feurigen Kessel glich. Solon musste in der Höhle eine Lampe aus einem Schildkrötenpanzer entzünden, die mit Schildkrötenöl gefüllt war, damit sein Schüler die Zeichnungen erkennen konnte, die er in den Sand gekratzt hatte. Im flackernden Schein der Lampe schienen die Schatten der hervorragenden Knochen an den roten Wänden der Höhle zu tanzen.

»So muss es ausgeführt werden. Nur so! Solltest du auch nur den kleinsten Fehler begehen, wird der Zorn des Gottes auf dich fallen und dich so strafen, wie du es nicht einmal in deinen Träumen erahnen kannst.« Solon verwischte sorgfältig die letzten Zeichnungen vom Höhlenboden. »Das Götzenbild ist der Schlüssel.«

»Ich habe verstanden«, sagte Khumanos und erhob sich. »Wie bist du, Solon, zum Bewahrer dieses zeitlosen Wissens geworden?«

»Ich war in Sark ein Priester und jünger als du, als unser Gott die Stadt Ib heimsuchte. Ich war nicht der Hohepriester, er wurde geopfert. Aber ich war sein Helfer. Mich hatte er als Späher ausgesandt, um die Stadt aus der Ferne zu beobachten und die Ankunft Votanthas sogleich zu melden. Ich erinnere mich deutlich an die Rituale.«

»Die Stadt Ib wurde vor sieben Jahrhunderten zerstört, Solon.«

»Möglich. Nachdem ich die Nachricht überbracht hatte, verlor ich den Verstand und wanderte eine Zeit lang durch die Wüste. Entkräftet erreichte ich diese Höhle und wartete auf den Tod. Du musst wissen, dass auch ich damals sehr unerfahren war und mir der Glaube fehlte. Das Schwert von Onothimantos hat mich gerettet.«

»Aufgrund seiner Macht bist du ohne Seele?«, fragte Khumanos.

»Das ist möglich. Ich musste die Klinge eigenhändig gegen mich führen, vielleicht habe ich es stümperhaft ausgeführt. Ich vermute, dass seitdem ein Teil meiner Seele wieder zurückgewachsen ist, wie ein Schanker, der nicht vollständig ausgemerzt wurde.«

Der Einsiedler zuckte mit den Schultern und lächelte hinterhältig. »Doch wie du siehst, hat es mir nicht geschadet, sondern genützt! Durch die Gnade Votanthas erfreue ich mich eines überaus langen Lebens.«

»Ja, lang genug, glaube ich.« Khumanos beugte sich unvermittelt vor und packte den Einsiedler am Hals und an einer Schulter. Dann hob er ihn in Augenhöhe. »Du hast die Bürde deines Wissens weitergegeben.« Er schleppte Solon zu den Fängen eines Drachen, die unten an der Wand hervorragten, und presste den Alten so kräftig dagegen, dass sich der spitze Hauer tief in dessen Schädel bohrte. »Und nun bist du zu nichts mehr nütze.«

Khumanos schenkte dem schlaffen Körper Solons keinerlei Beachtung mehr, sondern sammelte die spärliche Habe des weisen Lehrers ein. Dann schritt er zum Höhleneingang und hinaus in die sternenhelle Nacht, um den Weg für den unversöhnlichen Gott zu bereiten. Mit allem, was er an diesem Tag erworben hatte, sah er keinerlei Schwierigkeiten mehr, seine Lebensaufgabe auszuführen: seinem Gott Votantha zu dienen, dem mächtigen Baum der Münder.

Kapitel 3

DIE KARAWANSEREI

Die barfüßige Tänzerin sprang vor dem Feuer in die Höhe, drehte sich, löste geschwind einen der durchsichtigen Schleier von den Lenden und warf ihn ins Feuer. Er entzündete sich und schwebte wie ein Traum zum Himmel empor. Dann zerfiel er und verschwand in der sternenbesetzten Nacht.

Sharlas Tanz glich den flackernden Flammen. Jedenfalls sah es Conan so, ihre leichten Schritte und Pirouetten zum durchdringenden Klang der Flöten und Zimbeln. Staunend sah er, wie der Feuerschein ihre blasse Haut rosig anhauchte. Um den Hals nicht zu sehr recken zu müssen, stellte er seinen Stuhl etwas weiter nach hinten.

Qjaras Viertel der Karawanen bestand aus niedrigen Gebäuden und schmalen Gassen, die auf einen großen staubigen Hof innerhalb des Zolltores mündeten. Dort befanden sich ein Wassertrog, die Stallungen und ausreichend Platz für die Kamele und Pferde etlicher Karawanen. Auch die Zelte der Kameltreiber standen dort, da diese lieber im Sand bei ihren Tieren aßen und schliefen als in der Karawanserei. Diese Herbergen waren nach vorn hin zu den Feuerstellen offen. Zeltdächer und Planen boten Schutz gegen Sonne oder gelegentliche Sandstürme.

Heute war ein ruhiger Abend, da zu dieser Jahreszeit nicht viele Karawanen die Wüste durchquerten. Nur eine Karawane war gekommen, die nach Westen weiterziehen wollte und keine sehr kostbare Ladung barg, wenn man nicht – wie die Stygier – Salz für so kostbar hielt, um deswegen Kriege zu führen. Abgesehen von einem Feuer war der Hof dunkel. Conan konnte von seinem Platz aus die Sterne bis zu der hoch aufragenden Stadtmauer funkeln sehen. Auf der anderen Seite befand sich eine niedrige Mauer, welche das Viertel der Karawanen vom übrigen Qjara trennte.

Der Tanz näherte sich dem Höhepunkt. Das Gelächter und die Reden der Betrunkenen ebbten ab. Das Interesse der Kameltreiber war gefährlich gesteigert. Doch Sharla verstand ihr Handwerk. Sobald eine Hand ihr zu nahe kam, warf sie mit einer blitzschnellen Fußbewegung dem Aufdringling Sand in die Augen und drehte sich weiter.

Wieder flog ein Schleier ins Feuer und schwebte als verlöschender feuriger Halbkreis zum Himmel. Von den ursprünglichen sieben Schleiern waren noch zwei vorhanden – wenn Conan richtig zählte und sein Verstand nicht vom Wein benebelt war. Wie viele Becher Arrak er am heutigen Abend bereits gekippt hatte, vermochte er nicht zu sagen. Es war schier unmöglich, die wirbelnden Schleier der Tänzerin genau zu zählen.

Der Auftritt näherte sich schnell dem Ende. Die Nomaden der Karawane, die schon seit Ewigkeiten keine Frau mehr gesehen hatten, waren aufgestanden und umringten die schöne Tänzerin. Sharla jedoch bewegte sich stets außerhalb der Reichweite der Männer.

Die Krönung ihres Tanzes, als sie den letzten Schleier den Flammen opferte und nun nackt war, währte kaum einen Herzschlag, dann war Sharla hinter dem Wandschirm und in den dicken Mauern der Karawanserei verschwunden. Unvermittelt endete auch die schrille Musik.

Als sie bald darauf wieder erschien, hatte sie ihre üppige Gestalt in ein seidenes Gewand gehüllt. Um ihre Verehrer kümmerten sich bereits andere weniger scheue Frauen in der Karawanserei, die die Männer mit Getränken und Liebkosungen versorgten. Sharla schritt zu dem langen geölten Tisch unter dem Zeltdach, an dessen Stirnseite Conan saß.

»Wirt, einen großen Becher mit einem kalten Getränk«, rief sie. »Und für diesen Fremdling keinen Arrak mehr!« Sie legte den Arm um die Schultern des Cimmeriers. »Er muss nüchtern bleiben, um mich zufrieden zu stellen.«

Dann nahm sie auf dem Stuhl neben Conan Platz und wich auch nicht zurück, als dieser die Hand um ihre Mitte legte. Mit strahlenden Augen blickte sie auf die anderen Gäste und war offenbar stolz darauf, dass der Hüne aus dem Norden sie so offen für sich beanspruchte.

»Nun, Conan, wie hat dir mein Tanz gefallen?«, fragte sie ihn. »Hat er dich an die schlimmen Nächte im fernen Shadizar erinnert?«

Conan lachte. »So ein Tanz im Sumpf Shadizars, von einer Maid wie dir … nein, die Schwachköpfe dort würden ihn niemals zu schätzen wissen. Alle wären viel mehr damit beschäftigt, sich gegenseitig die Kehlen aufzuschlitzen oder die Börsen zu rauben – oder diesem Schicksal zu entgehen. Doch hier in der Wüste …« Er streichelte den Rücken der Tänzerin und ihren schmalen Nacken. »Ja, hier gleicht so ein Tanz einem Wunder, einem unbezahlbaren Juwel.«

»Oh! Ich habe heute nur für dich getanzt.« Sharla

schien noch nicht ganz mit seinem Lob zufrieden zu sein. Sie entwand sich seiner Berührung und griff nach ihrem Becher.

»Dein Tanz ... Mädchen, glich dem Flug der Sterne am nächtlichen Firmament!«, mischte sich ein Fremder ein. »Er glich dem Galopp der schnellsten und kostbarsten Rennkamele in Afghulistan! Meine liebreizende Schöne, ich bin Memchub.« Der Sprecher war ein dicklicher Mann mit kurzem Bart in den Seidengewändern des östlichen Shem. Conan hielt ihn für einen Kaufmann, dem der Großteil der Karawane gehörte, die zur Zeit in Qjara Rast machte. Vorsichtig legte der Kaufmann Sharla die Fingerspitzen auf die Schulter. »Würdest du dich zu mir setzen, könnte ich dir noch mehr über deinen Tanz sagen. Ja, ich würde dein Talent mit Ellaels hellen Sternen über uns vergleichen und ...«

»Nein, danke für dein Lob«, schnitt Sharla ihm das Wort ab. »Bitte lieber eine der anderen Frauen hier, dir Gesellschaft zu leisten. Ich bin Künstlerin und werde eines Tages im Tempel der Einen Wahren Göttin tanzen oder im vornehmen Shadizar – und heute Abend habe ich einen Begleiter.« Sie nickte mit dem Kopf zu Conan, der sich aufsetzte, um ihren Worten Nachdruck zu verleihen.

»Begleiter? Ich sehe nur einen feinen jungen Ochsen! Ich habe vielen wie ihm Arbeit gegeben und könnte auch jetzt einige für meine Karawane brauchen.« Der Shemite blickte an Conan vorbei zu Sharla. »Doch als Künstlerin sehnst du dich gewiss nach Feinerem – wie nach einem Gespräch, das dir ein weltgewandter und kultivierter Mann zu bieten vermag, der dir auch seltene Geschenke macht und dir kostbares Geschmeide schenkt.« Er schob die bestickte Seidenweste beiseite und schüttelte die pralle Börse, die dort angebunden war. »Hübsche Goldmünzen aus fernen Ländern.«

»Das reicht!«, sagte Conan und packte den Kaufmann kräftig an der Schulter. »Die Künstlerin möchte ihre Ruhe haben …«

»Er hat Recht«, meinte Sharla. »Aber, Conan, Meister Anax will nicht, dass du seine Gäste ohne Not verletzt. Lass ihn los, sofern er verspricht, sich zu benehmen.« Dann blickte sie Memchub an und sagte lächelnd: »Wenn du Gesellschaft suchst, wird Babeth mit Sicherheit glücklich sein, dich zu unterhalten.«

Die Hure Babeth kam schnell herbei, als sie ihren Namen hörte, und verließ sogleich den weniger begüterten Kameltreiber auf der Bank in der Nähe. »In der Tat werde ich glücklich sein, die Gesellschaft eines so hochgebildeten Aristokraten genießen zu dürfen«, sagte sie zu Memchub und schürzte die vollen, mit rotem Beerensaft gefärbten Lippen. »Es wäre für mich ein seltenes Vergnügen, Zeit mit einem Mann zu verbringen, der nicht an seinem Kamel lehnt, während er einem Mädchen den Hof macht.«

Der Kaufmann massierte die leicht lädierte Schulter und blickte Babeth dankbar an. Er wagte nicht mehr, die Augen zu Sharla zu erheben. Diese machte beide kurz miteinander bekannt und schickte sie in eine Nische. Dann wandte sie sich wieder dem Cimmerier zu, der weiterhin dem Arrak zugesprochen hatte.

»Warum so nachdenklich?«, fragte sie. »Träumst du wieder von deinen geliebten hyborischen Ländern? Ich nehme an, im Vergleich mit diesen ist alles in diesem Wasserloch eine matte Sache.« Sie legte ihm die zarte helle Hand auf die von der Sonne gebräunte Schulter und schob die karmesinroten Fingernägel unter die bestickten Ränder seiner kurzen offenen Weste. »Doch würdest du am Leben in dieser Stadt mehr teilnehmen, würdest du es gewiss erträglicher finden. Warum verbringst du diese Nacht nicht bei mir innerhalb der Stadtmauern, Conan, anstatt mit mir nur durch die Dattelgärten der Oase zu spazieren?«, fragte sie mit zuckersüßer Stimme. »Ich hasse den Gedanken, dass du, wenn du mich verlässt, zurück in dein einsames Lager in der Wüste gehst.«

»Hmmm, das fühlt sich gut an«, meinte der Cimmerier. »Kratz mich ein wenig tiefer.« Er drehte die kräftigen Schultern unter den Fingern der Tänzerin. »Nein, Mädchen, ich fühle mich in meinem Lager außerhalb der Stadtmauern wohler. Ich bin im Grunde meines Herzens ein Beduine und bevorzuge Sand als Kissen und die Sterne als Decke.« Er nickte zu den ums Feuer sitzenden Gestalten, die würfelten.

»Außerdem«, fuhr er gleich darauf weniger lyrisch fort, »würde man sich zuflüstern, dass ich mich von einer Frau aushalten lasse. Das würde weder deinem noch meinem Ruf zuträglich sein. Denk dran, Sharla, ich bin ein fahrender Geselle, ein Söldner, der sein Schwert verdingt. Mit der nächsten Karawane nach Norden ziehe ich weiter.«

»Ja, ich verstehe. Selbstverständlich hast du Recht.« Sie zog die Finger zurück und setzte sich betont zurückhaltend neben ihn. Gleich darauf begann sie mit dem Wirt Anax zu plaudern, der sich in der Nähe herumtrieb. Conan war dabei ausgeschlossen und er fragte sich, wie tief er sie beleidigt hatte. Dabei war er sich durchaus bewusst, dass die eigene Bequemlichkeit seine Handlungen weit mehr beeinflusste als ihre Ehre.

Der ständige Nachschub an Arrak, den er sich von den wenigen Drachmen leistete, die er von der letzten Karawane noch besaß, spülte die meisten seiner Sorgen hinunter. Schon bald hatte er Sharla vergessen, da ein anderes weibliches Wesen seine Aufmerksamkeit fesselte. Sie saß in einer Ecke und sprach mit Frauen und Männern, die in der Nähe saßen.

An der offenen Seite der Karawanserei standen unter Zeltbahnen lange Tische und Bänke in der Mitte und weiter außen runde Tische und Korbstühle. Davor befand sich der Hof mit den Feuern. Teppiche und Kissen lagen dort für die Menschen, die lieber wie in einem Wüstenzelt auf dem Boden sitzen wollten. Hinten im zivilisiertesten Teil wurden die Getränke verkauft. Dort führte auch eine Steintreppe zu den teureren Unterkünften hinauf. Neben dieser Treppe saß an einem runden Tisch die Frau, die Conan so fesselte.

Sie war wie eine Wüstennomadin gekleidet und trug ein langes dunkles Gewand mit Kapuze. Mund und Nase waren verschleiert, die mit Kajal geschwärzten dunklen Augen glänzten wie das Gefieder eines Pfaus. Sie nippte an einem kleinen Becher und unterhielt sich kurz mit jedem am Tisch.

Die meisten Frauen arbeiteten in der Karawanserei, die Männer waren Stammgäste. Sie setzten sich einzeln oder zu zweit an den Tisch der geheimnisvollen Frau. Dann lief ein kurzes Ritual ab, bei dem Geld oder Geschenke eine Rolle spielten. Gelegentlich konnte Conan ihr perlendes Lachen hören, das die Flöten der Musikanten übertönte.

Die Frau umgab ein Hauch von Zurückhaltung und Anstand, dennoch blickte sie mehrfach in Conans Richtung. Es war, als könnte sie die Augen nicht von ihm wenden. Er hatte sogar einmal den Eindruck, als sei sie nach einem Blickwechsel errötet. Ihm war nicht klar, ob sie ihn zu sich rufen wollte. Doch nachdem die letzte Besucherin gegangen war, stand der Cimmerier auf und ging langsam zu ihr.

»Ich bin Conan, ein Reisender aus Aquilonien.« Er setzte sich in einen Sessel und lächelte in ihre geheimnisvollen Augen. »Du scheinst hier jeden zu kennen, doch ich habe bis jetzt noch nicht deine Bekanntschaft gemacht. Deshalb bin ich gekommen. Sag mir, was machst du, wenn die Leute zu dir kommen?«

Offenbar verlegen schlug sie die Augen nieder und errötete. »Machen?«, stieß sie hervor. »Nun, ich prophezeie ihnen ihr Schicksal.«

»Aha, du bist eine Seherin!« Unwillkürlich wich Conan zurück, nicht nur, weil er jeglicher Zauberei abgrundtief misstraute, sondern auch, weil ihm andere Runenwerfer in der Vergangenheit so viele unerklärliche Dinge für seine Zukunft vorausgesagt hatten. Doch dann wies er sich zurecht. Wie konnte eine so zarte und wunderschöne junge Frau ihm übel gesonnen sein?

Lächelnd lehnte er sich über den Tisch. »Nimmst du für deine Dienste Geld?«

»Nein.« Sie schüttelte den Kopf und schien über diese Frage erstaunt zu sein. »Nein, für mich ist es lediglich ein Zeitvertreib … eine Handfertigkeit, welche ich noch nicht vollständig beherrsche. Ich möchte nicht, dass jemand meine armseligen Voraussagen allzu ernst nimmt.«

»Es ist also alles nur zum Scherz.« Conan nickte. »Gut, denn … wie heißt du eigentlich?«

»Ich? Ich bin Inara.«

Wieder nickte der Cimmerier. »Denn, Inara, ein langer klarer Blick in die Zukunft würde meiner Meinung nach auch sehr viel Leid und Schicksalsschläge enthüllen.«

»O ja«, stimmte sie ihm eilfertig zu. »Das habe ich erlebt. Zum Glück scheint das Schicksal der meisten Menschen in Qjara in der nächsten Zeit recht … unbedeutend zu sein.« Sie sprach etwas nervös und vermied es immer noch, ihn direkt anzuschauen. »Ich erzähle ihnen meine Visionen nur zur Unterhaltung und damit ich üben kann. Ich verlange keinerlei Bezahlung, doch gelegentlich ...« Sie hob mit zwei Fingern den Schleier und nahm einen kleinen Schluck aus dem Becher, der fast leer war. »... lasse ich mir einen Becher des samarischen *Narcinthe* bezahlen, der mich wach hält.«

»*Narcinthe,* der Wein aus Jasminblütenblättern?« Conan nahm ihren Becher und schnupperte daran. Ein schwerer Duft schlug ihm entgegen. »Ziemlich berauschendes Zeug.« Er hielt den Becher hoch und gab dem Wirt ein Zeichen. »Anax, bring uns noch zwei.«

»Das wird mein zweiter Becher. Ich trinke nie mehr als zwei«, erklärte Inara und blickte ihm über den Schleierrand in die Augen. »Ich bin eigens deshalb hergekommen, weil es ihn im bäuerlichen Viertel nicht gibt.« Wieder errötete sie und schlug die Augen nieder. »Dieser Trank gewährt mir das zweite Gesicht.«

»Was? Willst du damit sagen, dass der *Narcinthe* dir erlaubt, in die Zukunft zu schauen?« Der Cimmerier schüttelte den Kopf. »Ich habe noch nie gehört, dass Jasmin eine derartige Wirkung hat. Die Vergangenheit auslöschen – ja, das bringt Wein fertig ... aber die Zukunft enthüllen?«

Bei seinen Worten musste sie lachen. »Ich lese die Zukunft nicht aus einer Schriftrolle oder aus einem Zauberspiegel. Aber es ist in der Tat der *Narcinthe,* der mir diese Visionen bringt.«

»Und was für Visionen sind das?«

Inara schüttelte den Kopf. »Ich sehe nur Dinge bei Menschen und spüre irgendwie, was mit ihnen geschehen wird. Es hat auch mit meinen Gefühlen ihnen gegenüber zu tun.«

»Und was siehst du so?«

»Ich brauche etwas Zeit und muss genau hinschauen. Zum Beispiel der Mann dort drüben ... der das Würfelspiel am langen Tisch beobachtet.«

»Ja, der Turanier.«

»Richtig, der mit dem grünen Turban. Er trägt das Band eines Sklaven um den Hals.«

»Nein, das trägt er nicht«, sagte Conan und blickte Inara verblüfft in die Augen. »Sprechen wir vom selben Mann?«

»Ich sehe ein bronzenes Band, das um seinen Hals geschmiedet ist«, erklärte Inara. »Das ist meine Vision.« Sie trank einen Schluck. »Das bedeutet, er war ein Sklave.«

»Oder wird einer sein, richtig?«

Sie schüttelte den Kopf. »Das Band ist alt und abgewetzt. Daher glaube ich, dass es aus einer früheren Zeit stammt. Wäre es neu und glänzend, könnte es in seiner Zukunft sein.« Sie blickte den Cimmerier über den Schleier hinweg an. »Außerdem habe ich ihn gefragt. Er zeigte mir die Narben am Hals aus den Jahren, ehe er sich freikaufen konnte.«

»Hmm«, meinte Conan. »Das beweist aber wenig. Wir brauchen nicht unbedingt Seher, um die Vergangenheit zu erkennen, zumindest nicht, solange sie lebendige Erinnerung ist.«

»Mir beweist es viel. Ich bemühe mich auch sehr, stets die Wahrheit zu sagen.«

»Ja, ich bin sicher, dass du daran glaubst, Mädchen – aber wie kannst du unterscheiden, was du tatsächlich siehst und was eine Vision ist? Was ist mit dem Turbanträger?«

»Ihn umgibt ein gewisser Schimmer. Ich sehe nur deutlich, wenn ich alles von einem bestimmten Winkel aus betrachte – und nur, wenn ich diese alkoholischen Getränke aus dem Osten zu mir nehme.« Sie trank ihm mit dem kleinen Becher zu.

»Und was ist mit dem Mann unterhalb des Turbanträgers? Der Würfelspieler. Ein übel aussehender Bursche mit der Narbe über dem Auge?«

»Er ist nicht da.« Auf Conans verblüfften Ausdruck hin, fuhr sie fort. »Ich sehe, wie sich der Becher bewegt und die Würfel fallen, doch kaum die Hand, welche den Becher schüttelt, und vom Besitzer gar nichts.« Mit ernster Miene schüttelte sie den Kopf. »Er wird bald tot oder vermisst sein. Und schon sehr bald verschwindet er aus der Welt der Geister.«

»Hmm, unheimlich.« Conan musste diese Erklärung kurz verdauen, doch dann fragte er: »Und was ist mit der Frau, die an seinem Arm hängt und lacht?«

»Sie trägt ein Kind unter dem Herzen«, sagte Inara. »Das Kajal um ihre Augen ist wegen vieler Tränen verlaufen.«

»Ja, deine Gabe ist vielleicht doch echt.« Conan blickte die Frau herausfordernd an. »Und was zeigen dir die Geister, wenn du mich betrachtest? Es muss sehr fesselnd sein.«

»Nun, nichts.« Als sie sah, dass er ihr nicht glaubte, fuhr sie fort: »Und überhaupt sind diese Dinge nicht immer wichtig. Oft haben sie überhaupt keine Bedeutung, sind nur ... eine Laune.« Sie wich seinem Blick aus.

»Raus mit der Sprache, Mädchen! Mir ist schon Schlimmeres bevorgestanden und ich habe es glatt überlebt.«

»Wenn ich ... wenn ich dich anschaue«, stammelte sie, »sehe ich dich als Krieger in einer Rüstung, sonst nichts.«

»In einer Rüstung?«, murmelte Conan. »Ich hoffe, sie war vollständig.«

»Nein«, gestand sie ein und errötete heftig. »Nur mit Brustharnisch und Beinschienen. Dazu ein Goldhelm mit Federbusch und mit einem goldenen Schwert ... Deine Waffe ist überaus kostbar.«

»Na ja ...« Er betrachtete seine untere Körperhälfte und zog den Sessel näher an den Tisch. Dann stützte er die Ellbogen darauf und verschränkte die Arme. »Das ist keine Schande, schätze ich. Angeblich kämpfen einige corinthische Adlige so. Vielleicht bedeutet es, woran ich ohnehin glaube, dass ich nämlich nach Norden gehe und dort in ungeahnte Höhen aufsteige.«

Als sich ihre Blicke kreuzten, brachen beide unwillkürlich in schallendes Gelächter aus. Sie konnten gar nicht aufhören. Alle Gäste blickten erstaunt zu ihnen hin. Die junge Frau lehnte sich auf dem Sessel mit einer Haltung zurück, die keineswegs ihrem züchtigen Gewand entsprach. Der Cimmerier ergriff ihre zarte Hand. Als er sie wieder frei ließ, tat er es so behutsam, als schenke er einem wilden Vögelchen die Freiheit.

»So, Inara«, stieß er schließlich hervor. »Und was hält deine Familie von deinen okkulten Fähigkeiten daheim ... im bäuerlichen Viertel?«

Sie schüttelte den Kopf. »Dort will niemand davon hören. Meine Familienmitglieder sind fromme Anhänger der Einen Wahren Göttin, und Rechtschaffenheit ist für sie Gesetz. In unserem Haus sind keinerlei Geister erlaubt ... weder die Weingeister noch die mystischen.« Sie stellte den Becher auf den Tisch. »Wenn ich es nicht länger ertragen kann, komme ich hierher, um Freunde zu treffen.«

»Verstehe.«

»Und die Menschen hier haben weitaus interessantere Geschicke als meine Familie.«

Conan ließ die Blicke über die Gäste schweifen. Keiner, der zuvor zu ihnen geschaut hatte, als sie so laut gelacht hatten, blickte jetzt herüber. Selbst die Tänzerin Sharla hatte sich zu Babeth und dem Kaufmann Memchub gesellt. Um ihren vormaligen Beschützer zu beschämen, flüsterte sie jetzt dem reichen Mann etwas ins Ohr. Babeth saß auf der anderen Seite und wirkte etwas vernachlässigt.

»Sag mir, Inara, was enthüllen deine Visionen über den Karawanenbesitzer neben der Tänzerin?«

»Ich sehe keinen Mann«, antwortete Inara schnell. »Sharla lehnt am weißen Bauch eines wiederkäuenden Kamels in kostbarer Kleidung.«

Wieder lachten beide schallend, doch plötzlich ergriff Inara Conans Hand. »O nein!«, stieß sie hervor. »Tempelkrieger – sie dürfen mich hier nicht finden!«

Conan sah die Soldaten in hellblauer Tunika vor der Karawanserei. Es waren schlanke Männer mit gestählten Körpern und langen Schwertern in der Scheide über den Schultern. Es war ein halbes Dutzend. Sie schwärmten hinter dem Feuer aus und schritten durch die Gäste. Dabei musterten sie den einen oder anderen genauer und stellten barsche Fragen. In jeder ihrer Bewegungen war die Überheblichkeit und die Disziplin nicht zu übersehen. Sie trugen keine Rüstungen außer knappen Silberhelmen mit Wangenschutz und schmalem Nackenschutz.

Inara wich mit angstvollen Augen in die Ecke zurück, um sich möglichst unsichtbar zu machen. »Keine Angst«, flüsterte Conan ihr zu. »Ich sorge für eine Ablenkung. Nutz die Gelegenheit und lauf davon.«

Conan schützte die Seherin mit dem breiten Rücken, als er aufstand. Dann stolzierte er durch die Gäste zu Sharla und ihrer Begleitung.

»Na, Conan, jetzt hast du das Früchtchen Inara kennen gelernt!«, sagte Sharla. »Verrate mir, wie dein Schicksal mit diesem verschleierten kleinen Miststück verlaufen ist.«

Conan antwortete nicht, tat, als wäre er furchtbar empört, und riss sie von Memchubs Schoß. Dann packte er den Kaufmann am seidenen Ärmel. »Du Schurke«, brüllte er. »Jetzt wirst du sehen, dass die Strafe für den Raub einer Frau schlimmer ist als der Diebstahl eines Kamels.«

Er riss den unglücklichen Karawanenbesitzer von der Bank und schleuderte ihn auf den Tisch, wo das Würfelspiel stattfand. Wütende Schreie folgten. Gleich darauf prügelten sich mehrere Männer. Umstehende feuerten sie an. Darunter auch die Tempelkrieger.

»Halt! Sofort aufhören!«, ertönte eine harsche Stimme. Der Cimmerier drehte sich um, um sich den anstürmenden Gegnern zu stellen. Anfangs dachte er, die Tempelkrieger hätten die Klingen gezückt, doch dann sah er, dass sie mit den Metallscheiden wie mit Streitkeulen auf die fluchenden, sich prügelnden Gäste einhieben.

Dem ersten Soldaten wich er mühelos aus. Er sprang beiseite, duckte sich unter dem Hieb und rammte dem Gegner die Schulter in die Körpermitte, sodass dieser auf den nächsten Tisch flog, mitten zwischen die Gäste. Daraufhin prügelten sich noch mehr Männer.

Der nächste Tempelkrieger war ein härterer Gegner als der erste. Er hatte ein viereckiges Kinn, entschlossene Züge und einen Goldrand am Helm, was auf einen höheren Rang schließen ließ. Blitzschnell bewegte er sich und schien Conans Angriffe vorauszuahnen. Einmal streifte er sogar mit der Scheide die Braue des Cimmeriers, doch dann stieß ihn der vor Wut schäumende Hüne aus dem Norden mit dem Ellbogen tief in das Knäuel der Kämpfenden hinein.

Conans Strategie war, sich am Rand entlang zu bewegen. Er bahnte sich den Weg, indem er unschuldige Schaulustige beiseite stieß oder als Schutzschild gegen die Tempelkrieger benutzte. Damit stiftete er weitere Verwirrung. Doch dann hielten die Kämpfenden abrupt inne. Das Zischen eines aus der Scheide gezogenen Schwertes war unmissverständlich. Dann ertönte der Ruf: »Stirb, Dieb!« Ein Schwert sauste durch die Luft, ein gellender Schrei ging in Gurgeln über.

Conan drehte sich um und bahnte sich einen Weg durch die plötzlich wie erstarrt dastehenden Kämpfer. Dann sah er es. Ein Gast lag mit dem Gesicht nach unten im Sand des Hofs. In seinem Rücken klaffte eine Schwertwunde. Seine Schuld war unbestreitbar, denn in der rechten Hand hielt er einen Kurzdolch und in der linken eine prächtige pralle Geldbörse, die er abgeschnitten hat.

Über dem Leichnam stand der hoch gewachsene Tempelkrieger. Von seiner langen glänzenden Klinge tropfte noch Blut. Mit dem weichen Stiefel rollte er den Toten auf den Rücken und vergewisserte sich, dass dieser sich nicht mehr rührte. Aus dem Gürtel holte er ein Seidentuch und reinigte damit die Klinge, dann warf er das blutverschmierte Tuch auf die Brust des Leichnams. Der Karawanenbesitzer Memchub beugte sich hinab und hob seine Geldbörse auf. Conan sah, dass der Dieb der Würfelspieler mit der Narbe über dem Auge war, dem Inara den Tod vorausgesagt hatte.

»Seht alle her! Das ist die Folge von ungebührlichem Benehmen und Aufruhr! Ehrt von nun an den Frieden der Einen Wahren Göttin!« Der Anführer der Tempelkrieger musterte die Anwesenden mit strengen Blicken. »Es gibt noch andere, die sich nicht einwandfrei benommen haben, Fremdlinge aus anderen Ländern, die unsere zivilisierte Lebensart nicht gelernt haben. Hütet eure Schritte in Qjara!« Seine eiskalten grauen Augen bohrten sich in die Conans.

»Was willst du, aufgeblasener Schreihals, du Töter kleiner Taschendiebe?«, rief Conan laut. »Wagst du es auch, mich mit Faust oder Stahl herauszufordern, nicht nur mit deinen Worten?«

»Für heute genügt der Tod einer widerwärtigen Kreatur, um den Frieden für die Nacht zu sichern«, erklärte der Tempelkrieger und wischte nochmals sein Schwert mit einem Seidentuch ab, ehe er es zurück in die Scheide steckte, die ihm einer seiner Soldaten entgegen streckte. Dann sprach er zu allen Anwesenden: »Verlasst die Karawanserei, kümmert euch um eure Geschäfte und mischt euch nicht in unsere ein.«

Conan war verblüfft, als die Menge diese Worte mit Jubel beantwortete.

»Heil Zaius, größter aller Tempelkrieger! Heil der Göttin Saditha! Allen heil!«

Dann zerstreute sich die Menge und gehorchte dem Befehl des Tempelkriegers. Conan hörte begeisterte Flüsterstimmen ringsum.

»Hast du gesehen, dass der Dieb einen Dolch hatte und versuchte, Zaius zu töten?«

»Das war der Zwanzigste – Zaius wird der größte Tempelschwertträger aller Zeiten sein!«

Verwirrt von diesem seltsamen Verhalten, unterdrückte Conan seinen Zorn und schwieg. Als er den Blick umherschweifen ließ, sah er, dass Inara fort war.

Somit hatte er sein Ziel erreicht. Er staunte über ihre Prophezeiung bezüglich des Toten. Mit Sicherheit bewies es, dass sie seherische Fähigkeiten besaß. Er wollte gerade die Karawanserei verlassen, als ihn die Worte zweier Tempelkrieger wie ein Blitz trafen.

»Die Gerüchte waren doch falsch. Die Prinzessin Afriandra ist nicht hier.«

KAPITEL 4

SCHEIK SHARTOUMS SKLAVEN

Der Hyrkanier Tulbar wachte aus leichtem Schlaf auf. Stumm blieb er liegen und lauschte den lauten Atemzügen der Umliegenden und der Zeltleinwand, die im Nachtwind flatterte. Die genaue Stunde vermochte er nicht zu schätzen, da der Mond noch nicht aufgegangen war – zumindest nicht hoch genug, um seinen Schein auf die Zeltspitze zu werfen. Doch wenn Tulbars Instinkte ihn nicht verlassen hatten, würde die Mondscheibe bald über den schroffen Bergen im Osten stehen. Dann würde es Zeit sein, aufzubrechen.

Seit Tulbars Kindheit war der Schein des Mondes für ihn wie der der Sonne gewesen. Es war kein Zufall, dass Ulla, die Mondgöttin, in seiner Heimat die Schutzpatronin für den Clan der Diebe und Abenteurer war. Ob Tulbar die Bauernhöfe oder Burgen plünderte – stets hatte der Mond über ihm geschienen und sämtliche Unternehmungen gesegnet. Er hatte ihm halb um die Welt den Weg erleuchtet, und jetzt, da die Dinge am dunkelsten zu sein schienen, würde der Mond seinen größten Triumph anzeigen.

Auch sein Freund Hekla würde dem Ruf des Mondes folgen. Vermutlich lag der kleine Dieb auf seinem Lager hinten im Zelt wach wie er und wartete. Keine Ketten hielten sie fest, auch keine Gitterstäbe oder dicke Mauern. Sie waren auch nicht so elend dran wie die Sklaven Shartoums, die sich von den wenigen aufgeblasen umherschreitenden Wachen einschüchtern ließen. Sobald es hell genug war, um die Umgebung zu erkennen, würden sie aufbrechen.

Tulbar vermochte kaum zu glauben, wie viel Glück er und Hekla hatten, gerade vom Scheich von Shartoum gefangen zu werden. Im Süden der Wüste war es kein großes Verbrechen, eine Karawane zu überfallen. Tulbars Vergehen bestand darin, ein Rivale Scheich Fouaz' zu werden, indem er eine Kamelkarawane in dem Gebiet überfiel, das der Shartoumi als seinen Jagdgrund betrachtete. Großherzig hatte der Scheich Tulbar und seinen Gefährten das Leben geschenkt und sie lediglich gefangen genommen. Gewiss hatte er dabei auch die weitere Verwendung der beiden im Auge gehabt.

Gelegenheit dazu bot sich sehr schnell, als eine Schar Soldaten aus einer Stadt, die Sark hieß, den unheimlichen dunklen Priester Khumanos und mehrere seiner Schüler begleiteten und am Außenposten des Scheichs am salzigen Binnensee eintrafen. Für Fouaz war der Verkauf seiner eigenen Leute in die Sklaverei noch natürlicher als Diebstahl. Der Scheich ließ seine vielen Frauen im Harem neue Gewänder aus der Seide, den Perlen und den goldenen Stoffen anfertigen und besticken, die Khumanos in großen mit Messing beschlagenen Truhen abgeladen hatte. Gleichzeitig rief er an die zweihundert Männer aus den Zwiebelgärten und Dattelplantagen zu sich. Wie Vieh zusammengetrieben, marschierten sie unter der Aufsicht der Sarkad-Wachen in die dunstigen Berge im Osten.

Tulbar und Hekla mussten ebenfalls mitgehen. Anfangs hatten die Hyrkanier ihre Häscher verflucht und sich dagegen gewehrt, Proviant, Werkzeuge und Zelte zu schleppen, welche die Sarkaden ihnen aufbürdeten. Sobald es ihnen gelingen würde, Pferde oder Kamele zu stehlen, wollten sie in die offene Wüste fliehen. Doch dann machte während des Marsches langsam ein Gerücht die Runde, wonach die Sklaven Edelmetalle und kostbare Steine in den Minen oben in den Bergen schürfen sollten, wohl um die Schatztruhen Anaximanders zu füllen, des Königs im weit entfernten Stadtstaat Sark.

Diese Nachricht ließ die beiden Hyrkanier die Bündel und Wasserschläuche eifrig tragen. Welche Abenteurer waren besser geeignet, eine derartige Gelegenheit auszunutzen? Sie würden die Schatzmine finden, sich die Taschen füllen und verschwinden – und vielleicht eines Tages mit eigenen Sklaven oder Kämpfern zurückkehren und den Hauptschatz herausholen. Der Marsch war mühsam. Etliche Sklaven – hauptsächlich Frauen und alte Männer – blieben entkräftet liegen und starben. Doch Tulbar und Hekla marschierten eifrig weiter.

Je länger sie marschierten, desto mehr veränderte sich die Landschaft. Berge erhoben sich vor ihnen, die seltsamerweise nicht kahl waren, sondern üppig grün. Flüsse mit gelbem Sand und grünen Schlingpflanzen brachten Wasser in lange fruchtbare Täler, die sich durch die Wüste schlängelten. Man sah Wiesen und Büsche, aber auch Sumpfdorngewächse und abgestorbene Bäume. Vögel oder Fische schien es hier nicht zu geben, zumindest sah man keine. Auf den Wiesen jedoch wimmelte es von Nagetieren, Fröschen, Kröten, Schildkröten und großen, laut summenden Insekten. Oft aßen die Sklaven, was die Soldaten mit dem Bogen erlegten. Obgleich es manchmal nicht leicht zu bestimmen war, ob das Beutetier Hase,

Murmeltier oder Wasserratte war, so war das Fleisch wohlschmeckend und zart.

Im Lauf des Marsches bot die Wüste immer seltsamere Bilder. Einige Pflanzen waren ungewöhnlich üppig und prall – manche Blätter waren dick wie Kissen, andere glichen Fingern, die nach wehrlosen Opfern griffen. Es gab faszinierende Kakteen und Bäume, deren Äste Knoten aufwiesen, die so groß wie Menschenköpfe waren. Tulbar beobachtete, wie der Priester Khumanos vor diesen niederkniete und Gebete murmelte.

Bei dem reichlichen Wasser, dem Mark der Pflanzen und den seltsamen Beutetieren war der Marsch in diesen Tälern weitaus leichter als in der offenen Wüste. Allmählich wurden die Schluchten enger und die Felswände schroffer. Doch immer noch bewässerten die Flüsse das Land.

Offensichtlich waren heiße Mineralquellen die Ursache dieser Üppigkeit. Der uralte Weg, auf dem sie marschierten, führte an einer Quelle vorbei: Es war eine niedrige Höhle mit dicken Schwefelablagerungen. Sie glich einem offenen Rachen mit gelben Fängen. Die grünlichen Lippen umschlossen einen sprudelnden Teich mit braunem Schaum und dahintreibenden Moospolstern. Ein kochend heißer Bach ergoss sich über gelb verkrustete Kiesel und schickte Dampfwölkchen in die Luft. Widerlicher Schwefelgestank schwängerte die Luft. Obgleich sich kein Lufthauch regte, schien es Tulbar, als schwankten die üppigen Gewächse am Teichrand.

Dennoch erwies sich das Wasser als trinkbar. Sie füllten die Schläuche und marschierten weiter hinauf in die Höhen.

Schließlich erreichten sie ein ödes, kahles Gelände, unmittelbar unterhalb schroffer grauer Felswände.

Dort lag die Mine. Die langen Halden auf dem Berghang zeigten, dass hier schon vor vielen Jahren geschürft worden war. Allerdings glichen die Gesteinsbrocken mit Erz keinem Edelmetall, das Tulbar je gesehen hatte. Die Schächte waren durch große ovale Steinplatten verschlossen und darüber hinaus hatten Priester sie durch kunstvoll verknotete Schnüre mit Wachssiegeln gesichert. Nachdem die Priester mit beeindruckendem Ritual die Siegel entfernt hatten, mussten alle Sklaven schwer arbeiten, um die Schächte zu öffnen.

Ein großer Stein geriet außer Kontrolle und zerschmetterte zwei Männer, ehe er liegen blieb. Der Erzpriester Khumanos war davon ebensowenig beeindruckt wie von den Toten, die der Marsch gefordert hatte. Allerdings führte einer seiner Schüler das bekannte Ritual durch, um die Seelen der Verschiedenen schnell fortzuschicken.

Es gab drei Schächte in der Schlucht, die mehrere hundert Schritte auseinander lagen. Die Schachtöffnungen mussten lediglich von Spinnweben und Unkrautbüscheln befreit werden. Fette weißliche Spinnen hockten im Unkraut und bissen gnadenlos zu. Diese Bisse waren sehr schmerzhaft. Wenn auch niemand das Alter der Minenschächte kannte, so waren die Leitern doch in gutem Zustand. Daher mussten die letzten verkrümmten Bäume im Tal nicht gefällt werden.

Als Tulbar zum ersten Mal in einen Schacht einstieg, machte er eine seltsame Entdeckung. Je weiter er in den Berg ging, desto mehr wurde das schwächer werdende Tageslicht durch einen eigenartig grünen Schimmer in der Mine ersetzt. Dieser Schein kam vom Gestein, nein, vom Moos, wie ihm jemand erklärte. Doch schon bald fand er heraus, dass das Licht am stärksten an den frisch geschürften Stellen war. Es war ein gespenstischer Anblick, dieses grünlich schimmernde Gestein, das sich im Schoß der Erde beinahe warm anfühlte und zu blassem weißlichem Geröll wurde, sobald man es in Körben nach oben ans Tageslicht schaffte.

Die natürlichen Lichtquellen ersparten den in der Mine Arbeitenden den Gestank und die Gefahren von Öllampen. Gleich am ersten Tag mussten die Sklaven in die Schächte steigen. Die Männer schlugen mit Hämmern Gesteinsbrocken heraus, welche die Frauen in Körben nach oben schafften. Das Erz lagerte in schmalen, sich lang dahinziehenden Adern dicht unter der Oberfläche, sodass man nicht tief schürfen musste, um es zu erreichen. Das schimmernde Zeug löste sich leicht aus der Wand. Es gab jede Menge natürliche Risse und Sprünge, sogar Nischen. In diesen Taschen befanden sich zum Staunen der Männer Ansammlungen pyramidenförmiger Kristalle, die durch die staubige Luft des Schachts smaragdgrünes Licht entsandten.

In Anbetracht der Mühen und Kosten, die der König Anaximander aus dem fernen Land nicht scheute, um das Metall zu gewinnen, musste dieses von seltenem Wert sein. Tulbar wunderte es daher, warum diese Minen nicht schon vor Jahrhunderten genutzt worden waren, zumal man das Erz so leicht gewinnen konnte. Warum waren zum Beispiel die Männer von Shartoum nicht hermarschiert und hatten es aus der Erde geholt? Eine teilweise Antwort fand der Hyrkanier darin, dass dieses Metall wohl eine überaus komplizierte Methode zur Veredelung erforderte und ein Wüstenbandit wie Fouaz dazu nicht imstande war.

Außerdem schienen die Minen ein Monopol der

Könige und Priester Sarks zu sein, welches durch todbringende Flüche und die Androhung militärischer Maßnahmen geschützt wurde. Zweifellos sollte dieser riesige Schatz für die Nachkommen der Dynastie in der Erde bleiben. Religiöse Riten spielten auch irgendwie eine Rolle. Zu verschiedenen Zeiten schickte man Tulbars Gruppe in drei verschiedene Minentunnel. Obgleich das geförderte Erz in allen dreien offensichtlich das Gleiche war, achtete der Erzpriester Khumanos peinlich genau darauf, dass die Erze nicht vermischt wurden. Bei Zuwiderhandlung erfolgte eine strenge Bestrafung. Die Gesteinsbrocken wurden in Packkörbe geladen, die mit verschiedenfarbigen Schnüren sorgfältig vernäht wurden. Es gab schwarze, rote und gelbe Schnüre. Die sarkadischen Wachen bestraften jegliche Schlamperei beim Packen oder Diebstahl unnachsichtig mit Auspeitschen.

Tulbar schätzte den Erzpriester Khumanos als einen eiskalten, überheblichen Mann ein. Er erteilte den beiden jüngeren Priestern, die ihn begleiteten, barsche Befehle in der kehligen Sprache Sarks. Obgleich auch diese Schüler sich von den anderen fern hielten, zeigten sie ganz gewöhnliche menschliche Schwächen. Sie kamen ihren priesterlichen Pflichten eifrig nach, waren zuweilen aber auch zornig oder hatten mit den Sklaven Shartoumis Mitleid. Khumanos dagegen führte seine Segnungen und Beschwörungen ohne jegliches Gefühl aus und schien nur bestrebt zu sein, alle Einzelheiten der Rituale bis ins Kleinste korrekt zu erfüllen. Obgleich er als Einziger der Sarkaden die Mundart der Beduinen Shartoumis sprach, richtete er das Wort höchst selten an einen Sklaven und gab niemals öffentliche Erklärungen ab über Belohnung, Bestrafung oder Hoffnung. Auf Tulbar wirkten die Beweggründe des Priesters, diese Expedition zu den

Minen durchzuführen, äußerst dunkel und geheimnisvoll.

Als Krankheiten die Sklaven heimzusuchen begannen, rückte Khumanos mehr ins Licht der Aufmerksamkeit. Anfangs waren es nur stark juckende Ausschläge und Wunden, die nicht heilen wollten. Das war unerklärlich, da die Arbeit keineswegs die Kräfte überstieg und das Essen durchaus genießbar war. Es gab auch genügend Wasser zum Trinken und zum Waschen. Tulbar und Hekla blieben von den meisten dieser Krankheiten verschont, doch mehrmals ernannten Sklaven Shartoumis Männer aus ihrer Mitte zu Gesandten, um den Erzpriester um Hilfe zu bitten.

Doch diese Hilfe kam nie. Khumanos erklärte, es gäbe keine Hilfe. An dieser Erklärung hielt er auch noch fest, als später ernsthaftere Krankheiten auftraten. Wassersucht, Lähmungen und Wechselfieber machten die älteren Sklaven und die Frauen arbeitsunfähig. Khumanos schob diese Krankheiten auf die giftigen Bisse der Spinnen in den Schächten und befahl allen, ihre Arbeitsplätze in den Minen sauberer zu halten.

Doch all die Härten der letzten Tage und Wochen spielten für Tulbar keine Rolle mehr. Schon bald würde dieses seltsame Abenteuer hinter ihm liegen. Dessen war er sicher. Jetzt erhellte der Mond ein Dreieck in der Zeltspitze über ihm. Das Licht reichte aus, um zwischen den Schlafenden durchs Zelt zu huschen. Gewiss war Hekla auch schon wach und wartete mit der Beute, welche die beiden durch geschicktes Stehlen auf die Seite gebracht hatten. Tulbar erhob sich lautlos.

Vorsichtig kletterte er über ein Dutzend schlafender Sklaven in Richtung Heklas Lager. Im Zelt hörte man nur das Stöhnen der Kranken und die schweren

Atemzüge derer, die einen schlechten Traum hatten. Tulbar sah keinen Grund, sich zu fürchten. Die Wachen waren im Lauf der Zeit unaufmerksamer geworden. Und die meisten hart arbeitenden Sklaven waren so erschöpft, dass man sie nicht einmal durch kräftiges Schütteln wecken konnte. Tulbar stieg über die Schlafenden, bis er vor Heklas Matte stand.

Der kleine Dieb schien ihn nicht gehört zu haben. Er hatte die räudige Kamelhaut über den Kopf gezogen. Das sah Hekla gar nicht ähnlich. Vielleicht war er krank. Vorsichtig, um den Freund nicht aufzuschrecken, legte Tulbar eine Hand auf den Schlafenden, um ihn zu wecken. Es gefiel ihm ganz und gar nicht, was er fühlte. Er hob die Kamelhaut an einer Ecke hoch und schaute darunter.

Das Licht …! In Panik riss der Hyrkanier die Kamelhaut hinweg und ließ sie fallen.

Die Edelsteine, die Kristalle, die sie aus der Mine gestohlen hatten und die Hekla bei sich versteckt hatte, warfen jetzt ihr strahlendes grünes Licht gleich einem Netz auf die Schlafmatte. Im Lauf der Nacht hatten sie sich offensichtlich durch die Beutel gebrannt, in denen sie versteckt waren. Voller Grauen sah Tulbar, dass sie weit mehr verbrannt hatten. Im Zentrum des grellen grünen Lichts lag Heklas winzige Gestalt. Nur verbrannte Knochen und etwas Asche waren von dem kleinen Dieb übrig. Scharfer Brandgeruch stieg Tulbar in die Nase. Er spürte die Hitze, die von den Kristallen ausging, als er die schweißnassen Handflächen darüber hielt.

Der grelle smaragdgrüne Lichtschein weckte nun auch die anderen Sklaven. Sie krochen vorwärts, um das verkohlte Skelett zu betrachten. Einige stöhnten oder schrien vor Schreck laut auf. Gleich darauf kamen die Wachen. Sie trieben die Sklaven in eine

Ecke des Zelts und sammelten behutsam die gestohlenen todbringenden Edelsteine ein.

Da Tulbar der Freund und Komplize des Diebs war, brachte man ihn vor den Erzpriester Khumanos. Dieser musterte ihn ohne Hass.

»Du bist unter uns ruhelos«, sagte der Erzpriester zum eingeschüchterten Dieb. »Du hast nie richtig zu Shartoumis Sklaven gehört und jetzt bist ohne Freund. Die Bürde der Pflichten, welche unser Gott Votantha auf deine Schultern geladen hat, ist nicht leicht zu tragen. Das verstehe ich.« Er nahm ein Amulett oder eine Art Talisman von seinem Hals. Es war eine uralte, bereits angerostete und abgebrochene Schwertklinge an einem Lederriemen. »Doch ich vermag dir einen Dienst zu erweisen. Dieser Zauber wird das Leid lindern, welches dich befallen hat.« Er zeigte mit dem Klingenstumpf auf Tulbar und näherte sich ihm.

Kapitel 5

HERAUSFORDERUNG IM MONDENSCHEIN

Tempeltänzerinnen sprangen und drehten sich zu den glockenhellen Klängen um das türkisfarbene Wasserbecken, das vor der Alabasterstatue der Einen Wahren Göttin Saditha lag. Die schlanken Priesterinnen tanzten auf bloßen Füßen im Kreis auf dem mit blauen Adern durchzogenen weißen Marmor. Sie waren keusch in fließende Gewänder gekleidet und trugen einen Kopfschmuck mit langen Bändern. Jede Tänzerin hielt vor der Statue inne, drehte eine Pirouette, warf ein Bein fast zum Spagat in die Höhe und tanzte weiter zum Klang der Flöten und Zithern.

Die Hitze des Tages wurde im Schatten der Vorhalle des Tempels mit dicken Säulen gemindert. An einem Ende thronte die Statue. Die Göttin war als anmutige Amazone dargestellt und hatte den Speerschaft fest neben den hübschen Fuß gestellt. Ihr Antlitz wirkte so ernst wie der Kriegshelm darüber. Die Tänzerinnen umkreisten das Wasserbecken in der Mitte. Dahinter befand sich ein Holzportal, das mit kunstvollen Schnitzereien verziert war und in den inneren Tempelraum führte. Am anderen Ende der Säulenhalle stand ein schwerer Tisch mit Obst, Käse und harten kleinen Brötchen. Jeder, der wollte, konnte sich dort bedienen. Es waren viele Menschen gekommen, um sich an den Tänzen zu erfreuen und der Göttin ihre Verehrung entgegenzubringen.

Conan hielt sich in der Nähe des Tisches auf, dicht vor einem Samtvorhang an der östlichen Säulenreihe. Er stand hinter den anderen Zuschauern, hatte jedoch die Schale mit den gewürzten Zitronen und dem frischen Obst in Reichweite. Diese Köstlichkeiten gab es im Viertel der Karawanen nur selten. Obgleich Sadithas Tempel angeblich alle willkommen hieß, war er nicht sicher, wie er aufgenommen würde, und verspürte wenig Neigung, nochmals in eine Schlägerei zu geraten. Tempelkrieger waren anwesend, ebenso hohe Beamte und kultivierte Qjarer. Diese Klasse der Einwohner bekam er nur sehr selten zu Gesicht. Alle Augen hingen wie gebannt an den Tänzerinnen, daher bemerkte nur Conan, dass sich eine Hand auf seinen Arm legte. Es war kein fester Griff, sondern eher eine verführerische Geste.

»Wie ich sehe, hast du heute deine Heldenrüstung abgelegt und bist ordentlich gekleidet«, sagte eine Frauenstimme.

»Ja, Mädchen, so ist es.« Der Cimmerier drehte sich langsam um. »Und du hast dich vom *Narcinthe* fern gehalten ... na gut. Crom!« Obgleich er die Stimme erkannt hatte, verschlug es ihm beim Anblick der Frau, die in einer schmalen Lücke zwischen dem Vorhang und der Säule stand, den Atem. »Dann ist es also wahr! Du bist nicht Inara, sondern die Prinzessin Af ... Afi ...«

»Afriandra«, half ihm die junge Frau lächelnd weiter. »Und was führt dich hierher, Conan aus einem fernen Land? Hast du dich entschlossen, der Einen Wahren Göttin den heiligen Lehnseid zu schwören?«

Der Mann aus dem hohen Norden beeilte sich nicht zu antworten. Er sog den Anblick dieser schönen jungen Frau dicht vor ihm ein. Afriandras Gesicht strahlte. Sie trug keinerlei Schminke, auch nicht die schwarze Kleidung und den Schleier der Wüstentöchter, sondern ein loses Baumwollgewand mit schmalen goldenen Bordüren am Ausschnitt, den Ärmeln und am Saum um die Knie. Eine Goldkette hielt es zusammen. Das hellbraune Haar hatte sie mit Perlenspangen zurückgesteckt und zusätzlich mit frischen blauen Blüten verziert. Goldene Armspangen und Ketten ringelten sich um die wohlgeformten Unterarme und die Waden über den Sandalen. Sie wirkte ungemein zwanglos, ja für eine Prinzessin beinahe kühn, wie sie durch den Vorhang hindurch unbefangen die Hand auf Conans Arm hielt und auf seine Antwort wartete.

»Ich bin gekommen, um den ersten Tempeltanz einer der Tänzerinnen aus der Karawanserei zu sehen«, erklärte er schließlich und nickte zu einer Tänzerin hinüber. »Es ist Sharla, die du auch kennst, glaube ich.« Er blickte umher, doch niemand der Anwesenden schien die Prinzessin hinter ihm zu sehen. Alle waren von den anmutigen Schritten und Sprüngen des rituellen Tempeltanzes wie gebannt.

»Ich bezweifle, dass ich sie so gut wie du kenne«, meinte die Prinzessin spitz. Sie betrachtete die Tänzerinnen hinter Conan und lächelte. »Sorge dich nicht, sie wird als Novizin aufgenommen werden … als eine Laienpriesterin, wie es üblicherweise genannt wird. Das ist nicht der höchste Rang, aber sicher im Schoß Sadithas.« Die Prinzessin blickte den Cimmerier an. »In vergangenen Visionen habe ich sie im Gewand einer Priesterin gesehen. Das habe ich ihr auch gesagt.«

»Hm, gut.« Conan rang sich zur nächsten Frage durch. »Die Priesterinnen Sadithas leben demnach nicht in völliger Keuschheit?«

»Nein. Keuschheit wird von der Priesterschaft nicht verlangt. Im Gegenteil, offene Verbrüderung wird ermutigt, um mehr Männer in den Kreis der an die Göttin Glaubenden aufzunehmen und dort zu halten.« Afriandra legte den Kopf schief. »Sharla tanzt das Ritual recht gut, doch sie muss lernen, die Hüften nicht so zu schwingen. Aber meine Mutter wird mit ihrem Stock dafür sorgen, wenn sie die Tänzerinnen ausbildet.«

»Deine Mutter, die Königin?«, fragte Conan und drehte sich um.

»Meine Mutter ist auch die Hohepriesterin Sadithas. Sie steht dort drüben.« Afriandra nickte mit dem Kopf zu einer in ein rosarotes Gewand gekleideten Matrone, die neben den Musikanten stand. »In Qjara ist es Tradition, dass der König die ranghöchste Priesterin heiratet.«

Conan runzelte die Stirn und musterte die recht üppige Frauengestalt misstrauisch. »Du bist ungewöhnlich geschickt, ehrliche Fremde in Lebensgefahr zu bringen, Mädchen. Nachdem ich mich mit dir verschworen habe, bin ich nicht nur einem König, sondern auch einer obersten Priesterin in die Quere gekommen. Dein abenteuerlustiges Bauernmädchen Inara war eine gefährliche Tarnung…«

»In der Tat, doch bin ich dir für deine Hilfe sehr dankbar. Wäre es außer Landes bekannt geworden, dass die Abenteurerin die Prinzessin von Qjara war, hätte der Skandal an weit mehr Orten Wellen geschlagen als nur im Tempelbezirk.« Sie blickte ihn mit ernster Miene an. »Ich weiß, dass ich dir trauen kann und du das Geheimnis wahren wirst… es ist doch noch ein Geheimnis, oder? Du schienst nicht sonderlich überrascht zu sein, als ich mich dir näherte. Spricht man bereits im Ausland über meine Verkleidung?«

»Nein, ich hörte rein zufällig, wie sich zwei deiner Tempelwachen deinen Namen zuflüsterten. Doch sie waren sich ihrer Sache nicht sicher.« Conans Stimme war kaum lauter als ein Flüstern. Bis jetzt hatte niemand in der Nähe sein Augenmerk auf sie gerichtet, und er wollte, dass das so bliebe.

»Großartig!« Afriandra seufzte. »Nun, diese Tarnung ist für mich ohnehin vorüber, da Zaius sie kennt.«

»Der große Tempelkrieger scheint dich streng zu bewachen«, sagte Conan. »Für mich ist er nur ein windiger Angeber und …«

»Er ist mehr als nur mein Wächter«, fiel ihm Afriandra ins Wort und warf ihr Haar zurück. »Meine Eltern wollen ihm meine Hand zur Ehe geben.«

»Was?« Conan hatte Mühe, seine Verblüffung zu unterdrücken. »Du meinst, König Semiarchos und Königin Regula würden ihre Stadt und ihre Tochter diesem aufgeblasenen Priesterwindbeutel geben?«

»Das ist eine Tradition. Wie ich schon sagte, wird die Blutlinie der königlichen Dynastie in jeder Generation durch den höchsten Würdenträger der Tempelhierarchie erneuert. Diesmal ist es kein männlicher Erbe, daher werde ich die Gemahlin des höchsten männlichen Offiziers des Tempels.«

»Wird dann die Herrschergewalt auf dich übergehen oder auf ihn?«

»Er wird König Zaius heißen …« Sie schüttelte den Kopf. »Doch ich muss mich bemühen, so viel Macht wie möglich auszuüben. Ich habe die Unterstützung meiner Mutter und auch die meines Vaters, allerdings nicht ihre vollkommene Achtung, da es in der Geschichte unserer Stadt nur wenige weibliche Herrscherinnen gegeben hat. Doch mit Sadithas Segen vermag ich die Macht meiner Familie aufrechtzuerhalten …«

»Und wie wird deine Zukunft aussehen?«, unterbrach sie Conan flüsternd. »Was enthüllen deine prophetischen Visionen, wenn du Zaius anschaust?«

»Ich habe ihn nie gesehen, wenn ich unter dem Zauber *Narcinthes* war«, antwortete Afriandra. »Neulich in der Karawanserei vermied ich es, ihn anzuschauen … damit er mich nicht erkennen möge.«

»Liebt er dich?«, fragte Conan.

Sie zuckte mit den Schultern. »Du hast Zaius gesehen. Kann er jemanden außer sich selbst lieben?« Plötzlich drückten ihre Finger, die in seiner Ellbogenbeuge geruht hatten, fester zu. »Conan, ich muss mit dir reden … wir treffen uns heute Abend! Kennst du den Innenhof an der Westseite des Palastes, außerhalb der hohen Mauer? Der mit dem Brunnen?« Sie sprach leise, doch eindringlich. »Komm bei Mondaufgang. Ich werde dort sein. Das verspreche ich.«

Nach einem verstohlenen Blick auf die Menschen in der Nähe musterte er die Prinzessin misstrauisch. »Und was dann? Soll ich für dich eine Flasche mit deinem Traumtrank hereinschmuggeln? Ich mache nicht den Laufburschen für dich.«

»Aber nein, sei nicht albern!« Entschieden schüttelte sie den Kopf. »Bring nur dich mit … Falls ich dich wieder in Rüstung sehen will, gebe ich dir Helm und Beinschienen … nein, das war nur ein Scherz«, fügte sie hinzu, als sie sein Zurückweichen bemerkte. »Wenn du kommst, werde ich freier über etwas sprechen können, das mir große Sorgen bereitet.« Sie griff in seine blauschwarze Mähne und zog seinen Kopf herab. Dann küsste sie ihn auf die Lippen. »Du kommst doch, oder?«

Der Mond schien von den Bergen im Osten, die weit hinter der Stadtmauer lagen. Die Sichel schien flüssigen Glanz auf die dunklen Hänge und Dächer auszuschütten. Das Wasser des Brunnens mit dem kleinen Teich im Zentrum des Platzes schimmerte wie Quecksilber. Dunkel hoben sich dagegen die Wasserlilien und Seerosen auf seiner Oberfläche ab.

Eine zarte anmutige Frauengestalt bewegte sich am Brunnen. Ihr Spiegelbild glitt von einer Seerose zur nächsten, als sie unruhig den Teich umkreiste. Suchend blickte sie umher. Das Haar hatte sie hochgesteckt, ihr durchsichtiges weißes Gewand schimmerte silbern im Mondlicht. In diesem trockenen Land hätte man sie für eine wunderschöne zarte Wassernymphe halten können.

An einer Seite des Teichs hing ein Zweig eines Olivenbaums tief herab. Dort setzte sie sich schließlich auf den steinernen Rand, ließ ihre Hand ins Wasser hängen und blickte wiederum suchend umher. Dabei seufzte sie mehrmals.

In der Krone des Olivenbaums über ihr erhob sich ein dunkler Schemen und verdunkelte den Mond. Lautlos sprang er unmittelbar neben ihr herunter.

»Afriandra! Nein, schreie nicht. Ich bin doch kein gefährlicher Unhold!« Schnell hielt er sie an der Schulter fest, als sie davonlaufen wollte.

»Conan! Wo kommst du denn her?«, fragte sie. Schnell hatte sie sich gefasst und begrüßte ihn überschwänglich, indem sie ihn umarmte.

»Ich musste vor Aufgang des Mondes kommen, um ungesehen an den Wachen der Tore vorbeizuschleichen«, erklärte er und setzte sich neben sie auf die kühle steinerne Umrandung. »Es ist nicht leicht, sich in deiner Stadt nachts zu bewegen, ohne Argwohn zu erregen.«

»Wie ich sehe, hast du dein Schwert mitgebracht.« Sie griff nach dem Heft des Ilbarsi-Schwertes an seiner Seite. »Hast du eine Falle befürchtet?«

»Eigentlich nicht.« Conan zuckte mit den Schultern. »Doch möchte ich nicht Opfer eurer Tempelgerechtigkeit werden. Zuvor würde ich mein Schwert schwingen, wenn es nötig wäre«, sagte er.

»Ist das der Grund, warum du außerhalb der Stadtmauern verweilst?«, fragte sie und blickte ihm in die Augen. »Nur, damit du den Tempelwachen nicht deine Klinge übergeben musst?«

»Schon möglich. Doch ist es nicht auf Dauer«, erklärte er und ließ die Augen über den Platz schweifen. »Ich warte auf die erste Karawane, die nach Norden zieht, nach Zamora. Ich hatte gehofft, in deiner Stadt jeglichen Ärger vermeiden zu können.« Er blickte auf ihre Hand auf seinem Arm. »Doch scheinen sich die Dinge gegen mich verschworen zu haben, mich in alles Mögliche verwickeln zu wollen.«

»Ach, Conan, hab keine Angst«, sagte sie und berührte seine Schulter. »Ich werde dich nicht in irgendwas hineinziehen oder dich von der Karawane fern halten.« Sie rückte ein Stück näher an ihn heran. »Es ist nur, dass ich so wenig Umgang mit Fremden habe oder mit Menschen, die weit gereist sind. Ein Mann mit deiner Erfahrung könnte mich vielleicht … mich in gewissen Dingen belehren … besser als jemand aus einer kleinen abgeschiedenen Stadt wie Qjara.«

»Du bittest mich nicht etwa, jemanden zu ermorden, oder?«, fragte er und entzog sich ihren Liebkosungen. »Vielleicht einen deiner königlichen Verwandten oder einen Intriganten im Tempel? Ich bin vieles, das gebe ich zu, und habe auch schon etliche getötet, doch lasse ich mich nicht für irgendwelche finsteren Intrigen verdingen.«

»Nein, nein, Conan!« Sie lachte leise und schmiegte sich wieder an ihn. »Ich wollte von dir lediglich einige

Auskünfte über das Leben in Städten im Allgemeinen und über … Religion.«

»Religion?«, wiederholte er argwöhnisch. »Falls du mich zu eurem Glauben bekehren willst…«

»Nein, nein«, versicherte sie ihm lachend und legte ihm die Fingerspitzen auf die Lippen. »Sag mir nur, was du von unserer Verehrung der Einen Wahren Göttin hältst? Ich weiß, dass in diesem Teil Shems Göttinnen selten sind …« Sie nahm die Finger von seinen Lippen, damit er antworten konnte.

»Sie sind in den meisten Teilen der Welt selten«, versicherte er ihr. »In den großen Reichen Hyboriens herrschen Göttinnen neben Göttern, zuweilen sogar mit größerer Macht.« Er dachte kurz nach. »Vielleicht haben diese Reiche nach den Eroberungen anderer Länder deren Gottheiten den ihren gleichgestellt. Doch verehren die shemitischen Stadtstaaten für gewöhnlich nur eine Gottheit und diese ist meist männlich. Es kann auch ein männliches Tier sein oder eine Mischung aus Mensch und Tier. Warum fragst du?«

Sie schüttelte den Kopf über seine Frage. »Sag mir nur, wie vergleicht sich unser göttliches Gesetz Sadithas mit denen in anderen Städten?«

Conan fiel die Antwort nicht leicht. »Um die Wahrheit zu sagen, Mädchen, finde ich eure Art in dieser Stadt beinahe erträglich. Ein Grund, warum ich mich einigermaßen wohl fühle, ist, dass ich eure Sitten und Gebräuche respektiere. In vielen shemitischen Ländern bekleidet der König auch das Amt des obersten Priesters und meist nützt er die Macht beider Ämter, um das Volk grausam zu unterdrücken.« Conans Stimme wurde beim Sprechen härter. »Dort gibt es unzählige Gesetze. Wer dagegen verstößt, wird äußerst hart bestraft. Zuweilen ist der Gott ein seniler Tyrann, ein unersättlicher Lustgreis, der ständig auf

Jungfrauen und kleine Kinder Appetit hat.« Mit finsterer Miene schüttelte er den Kopf. »Der Gott meiner Heimat, Crom, ist ganz anders. Dieser lässt einen Mann erst einmal richtig leben, ehe er über ihn das Urteil fällt. Auch Mitra bei den Hyboriern lehrt irdische Weisheit. Für gewöhnlich müssen bei der Verehrung der Götter im Süden alle Einwohner unter abstoßenden Ritualen und Verstümmelungen leiden …« Conan brach ab und schüttelte sich. »Ich halte mich von alledem fern, soweit es mir möglich ist.«

Afriandra nickte verständnisvoll. »Dann findest du uns hier offenbar nicht so grausam?«

»Hier? Nein! In Qjara traut man mir zwar nicht übermäßig, da ich ein Fremder bin, doch lässt man mich in Ruhe. Ihr schützt eure heimische Lebensart, und dabei haben eure Führer nicht zu viel Macht und Privilegien. Sie scheinen nicht allzu übel zu sein, abgesehen allerdings von jemandem wie Zaius, deinem Verlobten. Du hast den höchsten Rang aller Mädchen der Stadt und dennoch sitzt du hier mit mir …« Inzwischen hatte er die Arme um sie gelegt.

»Oh! Das habe ich befürchtet.« Sie sträubte sich ein wenig gegen seine Umarmung. Doch dann hob sie den Kopf. »Sag mir: Weißt du irgendetwas über Votantha, den Gott der Stadt Sark, die südwestlich von uns liegt?«

»Nichts außer dem, was ich dir bereits gesagt habe.« Achselzuckend zog Conan die Arme zurück. »Ich bin nie dort gewesen.«

»Meine königlichen Eltern haben von dort eine Botschaft erhalten. Sie ist mit Gold geschrieben und traf in einer goldenen Schatulle ein«, erklärte die Prinzessin. »Als eine Geste der Freundschaft des Königs der Stadt möchte der Staatstempel Sarks hier in Qjara eine religiöse Mission eröffnen. Eine Schule für Priesterschüler soll es sein, mit einem kleinen Heiligtum für die Anhänger Votanthas, nahe unserem großen Saditha-Tempel.«

»Vorsicht!«, warnte Conan. »Das könnte der erste Schritt sein, um euch zu erobern und untertan zu machen. Der Gott eines fremden Landes ist oft der erste Soldat eines Eroberungsheeres.«

»Eben dieses befürchte ich.« Afriandra seufzte. »Doch mein Vater ist von dieser Idee sehr angetan. Vielleicht erhofft er sich mehr Macht, um sich gegen meine Mutter durchzusetzen. Auch Zaius von den Tempelkriegern hat davon gehört und scheint sie ebenfalls zu begrüßen. Die beiden haben sogar davon gesprochen, Saditha und Votantha in einer göttlichen Ehe zu vermählen und beide anzubeten. Das wäre ein Band zwischen unseren Städten.«

»Dann macht sich deine Mutter für ihre Eine Wahre Göttin stark?«, fragte Conan. »Nun, sie sieht wie eine … bemerkenswerte Frau aus.«

»Das ist sie, in der Tat.« Afriandra schüttelte den Kopf. »Doch leider ist sie in Zaius, ihren Tempel-Helden, völlig vernarrt. Eins ist gewiss: Sie liebt ihn sehr viel mehr als ich. Und seine Ansicht in dieser Angelegenheit könnte sie dazu bringen, ihre Meinung zu ändern.« Afriandra schaute zu Conan auf. »Doch du sagst, dass dieser fremde Gott ein Tyrann wäre.«

»Ja, daran besteht für mich kein Zweifel. Und Zaius giert selbstverständlich nach mehr Macht, falls er König von Qjara wird.« Conan blickte ihr in die Augen. »Du musst dagegen kämpfen, Mädchen, wenn du an dem festhalten willst, was du hast.«

»Ja, das wird ein harter Kampf.« Wieder seufzte sie. »Ich glaube, ich kann mich gegen ihn behaupten. Aber zuweilen habe ich Angst bei dem Gedanken, dass er unter Sadithas Gesetz mein einziger Gatte sein wird, der einzige Mann, den ich je küssen kann! Ich habe mich immer nach einem sanften, zärtlichen Mann gesehnt, der sich nicht scheut, Gefühle zu zeigen und – ja, auch Leidenschaft.« Sie richtete sich auf, schmiegte sich an Conans breite Brust und küsste ihn auf die Lippen. »Ja, das ist gut«, meinte sie danach. »Vor Zaius' steifen Umarmungen und seinen harten, kalten Lippen fürchte ich mich.«

Conan atmete aus und streichelte behutsam Afriandras Rücken. »Nun, du wirst feststellen, dass Steife bei einem Mann nicht immer so tadelnswert ist«, sagte er und drückte ihre schlanke Gestalt an sich.

»Ja, aber nicht an den falschen Stellen«, widersprach sie. »Gut, bei einem Mann wie dir … Ich bezweifle nicht, dass du hart sein kannst, wenn du es willst, und dann auch an den richtigen Stellen. Doch gewiss kannst du auch sanft und nachgiebig sein, wenn es nötig ist …« Sie lehnte sich zurück an den Stamm des Olivenbaums und zog ihn mit sich. Dann küsste sie ihn leidenschaftlich und fordernd mehrere Minuten lang.

»Afriandra!«, ertönte plötzlich eine barsche Stimme. »So also vergnügst du dich am Abend! Erst die Schenken und Bordelle der Kameltreiber und jetzt gibst du dich einem unreinen Fremden im Schmutz hin!«

Wut und Enttäuschung klangen in diesen Worten mit. Ein großer Mann war durch ein Tor in der Mauer getreten und um den runden Teich herbeigelaufen. Wutschnaubend stand er vor den beiden. Es war der Mann, über den sie kurz zuvor gesprochen hatten: Zaius der Tempelkrieger.

»So entehrst du mich!«, fuhr er fort. »Mich, den obersten Helden des Tempels der Göttin Saditha! Soll ich eine befleckte Prinzessin zur Gemahlin nehmen?

Muss ich unter dem heiligen Hochzeits-Baldachin der Göttin die Reste nehmen, die ein dreckiger Ungläubiger bereits in den schmutzigen Fingern hatte?«

»Stirb, Schurke!«, rief Conan und sprang auf. Blitzschnell hatte er die lange blitzende Klinge aus der Scheide herausgerissen. Doch Afriandra hielt ihn verzweifelt am Schwertarm zurück. Er schleppte die Prinzessin zwei Schritte mit sich, dann blieb er vor Zaius stehen, der reglos mit finsterer Miene dastand.

»Conan, du darfst ihn nicht so töten!«, flehte ihn die Prinzessin an. Sie hatte sich auf die Knie geworfen. »Er ist der Göttin heilig!«

»So ist es, Fremder!«, bekräftigte Zaius. »Dieser Streit betrifft nicht dich. Scher dich davon! Es wäre eine furchtbare Sünde, ein Zeremonienschwert mit deinen unreinen Gedärmen zu beschmutzen.« Er schlug mit der Hand auf den kunstvoll verzierten Schwertgriff an seiner Seite. »Würde ich meine heilige Klinge mit einer so schwarzen, dreckigen barbarischen wie der deinen kreuzen, würde das über die gesamte Stadt Schande bringen.« Angeekelt deutete er auf die Ibarsi-Klinge in Conans Rechter.

»Die Worte eines Feiglings!«, sagte Conan. »Der sich hinter einer Frau versteckt – oder einer Göttin!«

»Ich verstecke mich hinter niemandem, ich stehe vor der Göttin«, erklärte Zaius. »Doch wie könntest du, ein Barbar aus fremdem Land, davon etwas wissen. Du weißt ja nicht einmal, wie man sich unter zivilisierten Menschen benimmt. Noch nie habe ich erlebt, dass ein Kretin aus dem Norden wie du einen auch nur halbwegs brauchbaren Sklaven abgegeben hat, ganz zu schweigen von einem freien Bürger in einem gottesfürchtigen Land …«

Mit rauem Kriegsschrei riss sich der Cimmerier von der Prinzessin los, schleuderte seine Waffe zu Boden und warf sich auf Zaius. Mit geballten Fäusten griff er den Tempelkrieger an. Wäre dieser nicht so behände ausgewichen, wie es nur einem hervorragenden Schwertkämpfer möglich war, hätte ein einziger dieser hammerartigen Schläge ihn zu Boden gestreckt, vielleicht sogar getötet.

Doch Zaius konnte nicht mehr tun, als dem Angreifer auszuweichen. Nie zuvor hatte er eine derartige Kampfkraft erlebt. Bei jedem Schlag, der ihn auch nur oberflächlich streifte, drehte er sich um die eigene Achse oder geriet ins Taumeln. Der Cimmerier trieb ihn zurück in eine Ecke des Hofs.

»Conan, hör auf!«, rief die Prinzessin ihrem Beschützer zu. »Es entehrt die Göttin. Du darfst ihn nicht einmal so beleidigen …«

Wiederum rettete Zaius schmachvoll die Fürbitte der Prinzessin. Keuchend, vornüber gebeugt, stand er in seiner zerrissenen grauen Tunika vor Conan und Afriandra. Er hatte das heilige Schwert ein Stück aus der Scheide gezogen. Doch schnell hatte er sich wieder gefasst.

»Mich beleidigen!«, rief er dem Cimmerier zu, der immer noch mit geballten Fäusten dastand, und steckte das Schwert zurück in die Scheide. »Wie kann ein Tempelkrieger von einem so niedrigen Stück Dreck beleidigt werden? Zu meinen priesterlichen Kampffähigkeiten gehört es nicht, sich bei einer Schlägerei in einer Schenke auf dem Boden zu wälzen! Würde ich so einem Großmaul in einem echten Kampf mit den Schwertern gegenüber stehen, würde ich ihm mit Freuden mein Können beweisen. Doch würde er es nie zu schätzen wissen und…« Conan stieß einen Wutschrei aus. Sofort wandte sich Zaius an die Prinzessin. »Afriandra, schicke diesen ungehobelten Burschen fort und komm mit mir, um vor dem heiligen Altar Sadithas Buße zu tun und …«

»Zaius, du elender Feigling, ohne jedes Rückgrat!«, sagte der Cimmerier leise, aber umso furchteinflößender. »Ich werde dir die blutigen Gedärme aus dem Leib reißen! Doch möchte ich dich nicht hier aufspießen oder in Stücke hauen, wo nur die Prinzessin es sieht. Es könnte sie über Gebühr aufregen. Aber ich fordere dich zu einem öffentlichen Zweikampf heraus, wie es eurer heiligen Sitte entspricht. Zweikampf mit Schwertern, bis zum Tod und außerhalb des Tempels deiner prahlerischen Göttin!«

»Ha«, stieß Zaius hervor. »Du bist in der Tat ein sagenhaftes Großmaul! Weißt du nicht, dass die heiligen Tempelzweikämpfe nur für diejenigen bestimmt sind, die im Glauben an Saditha geboren wurden? Ein fremder Ungläubiger kann solch einen Kampf nie und nimmer austragen. Es wäre eine schmachvolle Gotteslästerung. Und nun, verlasse uns, Barbar!«

»Ja, Conan, bitte geh!«, flehte Afriandra, die sich zwischen den Cimmerier und seinen Gegner gestellt hatte. »Ich habe dich um Hilfe gebeten – und jetzt flehe ich dich inständig an, Zaius und mich unserem unseligen Schicksal zu überlassen, unserer Stadt und unseres Glaubens willen.«

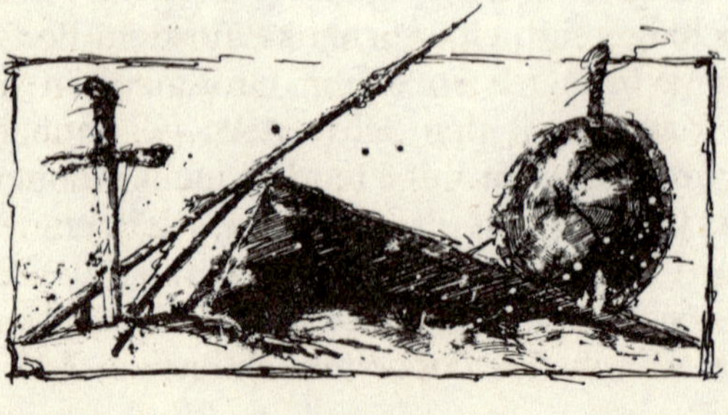

Kapitel 6

SCHMIEDEFEUER DER NIEDRIGEN GÖTTER

Der Erzpriester Khumanos stieg barfüßig den Hang hinauf, der aus rauer Vulkanasche bestand. Auf dem langen Marsch hatten sich an seinen Sohlen dicke Schwielen gebildet, die an den Rändern durch die Abnutzung weiß waren. Doch an einigen Stellen war die Hornhautschicht zu dünn für das scharfe Gestein. Mit jedem Schritt hinterließ er karmesinrote Blutspuren. Diese waren wie Markierungen für seine Schüler, daher vermochten sie ihm leicht zu folgen. Der heilige Mann jedoch setzte Fuß vor Fuß und blickte nie nach unten oder zurück.

Khumanos verlangte sich selbst viel ab, doch noch mehr von seiner Herde. Einige der Jünger waren bereits selbst barfüßig. Und die rasiermesserscharfen Kanten des schwarzen Glases und des schaumartigen Bimsgesteins, das diese Hänge bildete, zerfetzte die Schuhe der restlichen Männer und Frauen, die tief gebeugt unter der Last der Körbe dahintrotteten. In den Körben lag staubiges grünliches Gestein. Etliche brachen unter der schweren Last fast zusammen. Der Schweiß durchnässte ihre Kleidung. Für die Soldaten aus Sark, welche die Sklaven überwachten, war der Marsch ebenfalls beschwerlich, da sie unter dem Gewicht ihrer Waffen, des Proviants und der Wasserschläuche litten, die sie schleppten. Nur die beiden Jungpriester mussten nichts tragen. Allerdings oblag ihnen die lästige Aufgabe, gefallene Sklaven dazu anzutreiben, weiterzugehen, oder bei denen, die nicht mehr aufstehen konnten, das Todesritual durchzuführen.

Nachdem sie die Minen in den Bergen über Shartoum hinter sich gelassen hatten, waren sie durch die Ebene gezogen. Dieser Marsch war recht ereignislos verlaufen. Aufgrund des Waffenstillstands waren sie vor den räuberischen Reitern des gerissenen Scheichs geschützt. Sie hatten auch kein Zeichen anderer Banditen und rivalisierender Nomaden gesehen, welche in dieser Gegend des Binnensees ihr Unwesen trieben. Das schien ein großes Glück zu sein, da alle Sklaven das Erzgestein, das sie trugen, für überaus selten und kostbar hielten. Einige flüsterten sich zu, dass man ihnen gewiss am Ende des qualvollen Marsches einen Teil des Reichtums als Belohnung für treue Dienste geben würde.

Doch im Laufe der Zeit verstummten die Gespräche darüber, auch die über die Heimat am Meer Shartoums, und sie folgten Khumanos stumm und ergeben, als wäre er in der Tat ein heiliger Führer. Sobald jemand klagte oder bezweifelte, dass der Priester alles recht tat, vermochte dieser es, auf wunderbare Weise alle zu unverbrüchlichem Gehorsam zu bringen, nachdem er sich kurz mit ihnen unterhalten hatte. Daher hielten ihn auch die meisten für einen wahrhaft heiligen Mann und betrachteten die Härte der Gefangenschaft als eine schwere Prüfung ihrer Tugend. Ehrfürchtig sahen sie in Khumanos ein Beispiel der Selbstlosigkeit und Entsagung – und ahmten ihm nach, zumal sie auch keine andere Wahl hatten.

Nun türmten sich vor ihnen wiederum Berge auf.

Die schroffen Gipfelzacken, die sich vor dem Horizont in Shartoum abgezeichnet hatten, wurden von ihrem Volk »Kamine des Satans« genannt, weil nachts dort rötliche Feuer loderten und bei Tag übel aussehende dicke Rauchwolken aufstiegen. Jetzt führte der blutige Pfad zu dem höchsten missgestalteten Gipfel hinauf. In blindem Glauben, schwer beladen und fast am Ende ihrer Kräfte schleppten sie sich weiter. Es bedurfte schon eines fanatischen Priesters, um sie davon zu überzeugen, dass sie überleben würden.

Khumanos fand den Pfad, indem er wie zuvor allen Markierungen folgte, von denen man ihm erzählt hatte, die er jedoch noch nie selbst gesehen hatte. Nein, es war nicht ganz so wie zuvor – wie im Tal des Feuers –, denn damals hatte er eine sterbliche Seele besessen. Hoffnungen, Ängste und Sehnen hatten seine Entschlossenheit getrübt. Jetzt hingegen gab es für ihn nur ein Ziel. Seine Wahrnehmungen waren unbehindert, sein Urteilsvermögen im Dienst seines Königs und Gottes makellos.

Weit vorn erspähte er einen einzelnen Bauern, der am Hang des hohen Vulkans mühsam den spärlichen, doch fruchtbaren Boden bearbeitete. Die Halme der Hafergrütze leuchteten sattgrün vor den roten Wänden des engen Tales und waren mannshoch. Gleich darauf war der Bauer im Feld verschwunden. Khumanos wusste, dass ihm die Kunde über seine Ankunft vorauseilte.

Später führte der Priester seine Schar im Licht des Mondes über einen steinigen Hügel in ein breites, rundes vulkanisches Becken, umrandet von rauchenden Aschenkegeln und schwarzen Basaltsäulen. Weiter hinten sah es öde und trostlos aus. Aschenhügel, Zyklopenfelsen und rauchende Fumarolen. In der Nähe sprudelte ein schäumender Süßwasserfluss vom

Berghang. Es gab gepflügte Felder und vereinzelt auch Bäume. Zwischen den verstreuten, aus Lavagestein gebauten niedrigen Häusern liefen Menschen eilig umher. Sie wirkten etwas verängstigt. Khumanos wusste nun, dass man ihn erwartete.

Als die Schar die ebene staubige Fläche zwischen den Behausungen erreichte, sanken die Sklaven unter ihren schweren Lasten sogleich zu Boden. Nur ein Mann war zu sehen. Es war ein bärtiger Bauer, ein weiser Greis, mit spitzer Kappe, Schaffellmantel und Beinkleidern. Seine hohen geschnürten Stiefel schützten ihn gegen lose Bimssteine. Khumanos überließ es seinen Anhängern, Wasser zu holen, und ging mit entschiedenen Schritten auf den Alten zu.

»Hast du die Aufgebe erledigt, die dir aufgetragen wurde?«, fragte er ohne jegliches Grußwort. »Ist alles Gerät bereit?«

Der Mann nickte kurz. Sein runzliges Gesicht verzog sich zu einem Lächeln. »Unsere Sippe hat alles so ausgeführt, wie Eure Lordschaften befohlen haben. Alles wurde während dieser sieben Jahrhunderte sorgfältig erhalten.« Dann verneigte sich der Bauer. »Das Metall wurde mit Palmöl eingerieben, die zerbrechlicheren Teile wurden vor Hitze und Asche geschützt und alles gegen Diebe und Entweihung bewacht. Auch das Holz liegt bereit, wie Ihr es befohlen habt. Alles ist gut abgelagert. Schließlich wurde es vor siebzehn Jahren geschlagen.« Wieder lächelte der Alte schmierig und streckte die Hand aus, als erwarte er eine Entlohnung.

Khumanos erfüllte jedoch diese Erwartung keineswegs. »Zeig mir alles«, befahl er nur. Dann hob er drei Finger in die Höhe und winkte. Sogleich lösten sich drei sarkadische Soldaten aus der Schar der Sklaven um die Wassertröge und eilten zu ihm.

Der Alte hatte wortlos kehrtgemacht und das Dorf verlassen. Der Erzpriester folgte ihm mit den drei Soldaten. Anfangs gingen sie auf einem Steinpfad zwischen wogenden Getreidefeldern, dann verlief der Pfad über kahle Aschenflächen, wo aus Spalten Dämpfe emporstiegen und Schlammlöcher brodelten.

Je weiter sie gingen, desto stärker wurde die Wärme, die aus der Erde kam. Nirgends gab es mehr stehendes Wasser. Die Luft schmeckte nach Metall, der blaue Himmel war jetzt grau wie Blei, zweifellos wegen der Dämpfe, die ringsum aus der Asche aufstiegen. Dann standen sie vor einer gähnenden Spalte am Fuß dunkler Basaltklippen. Inmitten der wabernden Hitzewellen spuckte der Abgrund ständig dunklen, rollenden Rauch aus. Der Untergrund leuchtete gespenstisch rot. Die Rauchwolken bildeten hohe Säulen, ehe die Wüstenwinde sie hinwegtrieben.

Nahe dieser Erdspalte sah man Spuren menschlichen Fleißes. Riesige Tröge aus Metall und gigantische Gussformen, aus schwarzem Basalt gehauen, ragten wie Galgen empor. Ihre Angeln waren aus Stahl gefertigt. Zwischen hohen und dicken Wänden aus Bimsstein mit Dächern aus Schieferplatten lagen Stapel von langen Stangen und hölzernen Schöpfkellen und vielen Rollen schwerer Eisenketten. Obgleich alles öde und unter der Staubschicht verlassen aussah, hatte man dennoch den Eindruck, dass hier alles vor kurzem noch gewartet worden war, sodass man jederzeit die Arbeit aufnehmen konnte.

»Das Holz«, rief Khumanos dem Alten zu, der bereits vor einem der Schutzbauten stand. Er wirkte wie ein Zwerg inmitten dieser gigantischen Formen und hatte die Schultern aus Schutz gegen die Hitze hochgezogen. »Zeig mir das Holz, das bereit liegt.«

»Erst unsere Entlohnung«, erwiderte der Alte und

schlurfte zurück zum Erzpriester. Dort streckte er erneut die Hand aus.

»Erst das Holz«, erklärte Khumanos, ohne nach seiner Börse zu greifen.

»Wie Ihr wollt.« Achselzuckend machte der alte Bauer wieder kehrt und winkte Khumanos, ihm zu folgen. Dann führte er ihn um einen felsigen Hügel herum, der gegen die Hitze des Vulkans etwas Schutz bot. »Die Dämpfe aus den Spalten geben dem Holz die richtige Reife. Sie härten und erhalten es.«

»In der Tat«, meinte Khumanos und hielt sich dicht hinter dem Greis. Die Soldaten marschierten rechts und links von ihm. »Selbstverständlich werde ich deine Hilfe benötigen und die deiner Sippe. Ihr müsst uns zeigen und lehren, wie man mit allem umgeht.«

»Selbstverständlich«, sagte der Bauer und nickte über die Schulter nach hinten. »Dort ist Euer Holz.«

Er führte Khumanos und die drei Soldaten um einen Basaltblock herum. Vor ihnen lag eine Höhle, die in den Vulkan hineinführte. Deutlich sah Khumanos die Enden eines halben Dutzends dicker, entrindeter Baumstämme.

»Und die Räder?«, fragte Khumanos. »Sie gehören zu unserer Abmachung, aber ich sehe sie nirgends.«

»Sie sind auch in der Höhle, dort hinten im Schatten. Wenn Ihr näher tretet, werdet Ihr sie sehen.« Wieder streckte der Alte die Hand aus. »Doch nun das Gold, wie es in unserem uralten Vertrag steht.«

Khumanos nickte geistesabwesend und löste die Schnur, die er unter der Tunika um die Körpermitte gebunden hatte. Er holte eine Börse hervor, in der es verheißungsvoll klingelte, und legte sie dem alten Bauern in die Hand. Dann folgte er ihm zum Eingang der Höhle. Drinnen nahm er das Holz genau in Augenschein. Die Stämme waren weißlich gelb und klangen solide, als er daraufklopfte.

»Der Bauer! Er ist in der Höhle verschwunden!«, rief ein Soldat.

Die drei Soldaten hatten am Eingang der Höhle Wache gestanden, um zu verhindern, dass der Alte floh. Jetzt verschwanden sie ebenfalls in der Höhle, um den Alten zu verfolgen. Unflätige Flüche waren zu hören, sobald sich ein Sarkadier in der Dämmerung an den unsichtbaren Vorsprüngen der Höhlenwände den Kopf oder andere Körperteile stieß. Nach kurzer Pause ertönten wieder Flüche, dann wurde ein Licht entzündet.

Gleich darauf erschien einer der Soldaten wieder am Höhleneingang. Dort musterte Khumanos die Räder. Es waren etwa ein Dutzend mannshohe Holzscheiben, deren Ränder mit Bronzebändern versehen waren. Auch an den Naben gab es Bronzebeschläge. »Verehrungswürdiger, von dem Alten ist nichts zu sehen. Wir haben nur Tropfen einer Talgkerze auf den Steinen gefunden.« Der hochgewachsene Soldat zögerte. »Es ist schwierig, ihn in der Höhle zu verfolgen.«

»Wahrscheinlich gibt es Seitengänge und weitere Ausgänge weiter unten am Hang. Lasst ihn laufen.« Khumanos verließ die Höhle, um zurück zu den Sklaven zu gehen. »Es ist nicht wichtig. Die Gehilfen laufen immer weg«, sagte er. »Zweifellos werden sie sich verborgen halten, bis wir fort sind.«

Während der folgenden Tage wurde im Schlund des Vulkans eifrig geschafft. Die Sklaven schleppten das Erzgestein nahe an den Rand des rauchenden Spalts und legten es dort ab. Es gab drei unterschiedliche Erzablagen, wo die Ausbeute dreier verschiedener

Minen in große eiserne Tröge geschüttet wurde. Jedes Gefäß war so groß wie eine Barke. An jeder Ecke waren eiserne Ringe befestigt. Ein Ende war zu einer Zunge vorgewölbt.

In die Ringe wurden Ketten eingehängt und der Metalltrog dann mit langen Metallstangen hochgestemmt und direkt zum Rand des Höllenschlunds geschwenkt. Diese Arbeiten gingen nur langsam voran. Besonders dann, wenn sich der Trog dem Rand näherte, waren die aus dem Spalt dringenden Schwefeldämpfe und die Hitze für Sterbliche nahezu unerträglich. Die Sklaven arbeiteten in kleinen Gruppen für einen kurzen Zeitabschnitt. Dann wichen sie zurück und rangen nach Atem, während die nächste Schicht vorwärts kroch, um ihren Platz einzunehmen.

Doch im Vergleich zu den nachfolgenden Arbeiten war das Schwenken nahezu ein Kinderspiel. Die Ketten an den Ecken wurden mit einer viel längeren und schwereren Kette verbunden, die durch die Öse des riesigen Metallkrans lief, der neben der Feuergrube aufragte. Um diesem gigantischen Herrn zu dienen, mussten die unglücklichen Sklaven eine eiserne Förderhaspel drehen, die nur wenige Schritte vom Vulkanrand entfernt stand. Sie hatte das ungeheure Gewicht des Trogs mit dem Erzgestein in die Höhe zu heben. Danach wurden Kran und Trog wiederum mit Hilfe von Hebeln unter großem Risiko mit unsäglicher Mühe über den Feuerschlund bewegt.

Dort wurde die Förderhaspel durch die Sperrklinke gesichert. Mit einer schier endlosen Kette wurde der Trog herabgelassen, um in der Höllenhitze im Innern der Erde zu verweilen, bis das Erz glühte. Lange musste man nicht warten, da die Hitze so stark war, dass sie auch den eisernen Trog zu schmelzen vermocht hätte. Begleitet von den lauten Flüchen der Wachen zogen die Sklaven den Trog schon bald wieder hinauf. Langsam klickten die Zähne der Förderhaspel, während das Erz wieder zur Erdoberfläche gebracht wurde.

Sobald der Trog aus dem Bereich des Höllenfeuers gebracht war, sah man die rote Glut des Erzgesteins. Sogar der Trog glühte an einigen Stellen rot oder weiß.

Ehe das Erzgestein abkühlen konnte, eilten halbnackte Sklaven herbei und rührten mit langen Gabeln und Schaufeln im Gestein herum. Dabei gaben sie sich größte Mühe, außer Reichweite der sengenden Hitze zu bleiben, doch schon bald glühten auch ihre Werkzeuge an einem Ende rot.

Gleich darauf ging es zurück zum Höllenschlund. Wieder wurde der Trog hinabgelassen, erneut heraufgeholt, wurde in der Glut gerührt. Dreimal insgesamt, ohne Ruhepausen, stets unter den wachsamen Augen des Erzpriesters Khumanos und den Peitschenhieben der sarkadischen Soldaten.

Am Ende waren Gestein und Schlacken vollständig verbrannt. Wessen Augen noch nicht zugeschwollen waren, der konnte das geschmolzene Metall im Trog sehen. Es schimmerte grün und ein wenig rosig. Jetzt mussten die Sklaven den Trog ganz in die Höhe ziehen und vorsichtig auf die Seite schwenken, in der Tat äußerst vorsichtig, da ein Spritzer des flüssigen Metalls einem unglücklichen Sklaven unter lautem Zischen ein faustgroßes Loch in die Brust gebrannt hatte und bis ins Herz vorgedrungen war. Der Trog wurde auf ein hohes Eisengerüst abgesenkt, wo man ihn kippen konnte, sodass das geschmolzene Erz an einem Ende über die Zunge herausfloss.

Mit Hilfe des Gerüsts hoben die Sklaven das eine Ende des Trogs so hoch, dass auch der letzte Tropfen des geschmolzenen Metalls herausrann. Einem smaragdgrünen dampfenden Wasserfall gleich landete die Schmelze in einem großen eisernen Trichter, der in der oberen Öffnung einer Gussform steckte, deren Metallbänder sorgfältig geschlossen worden waren.

Kaum war die Gussform voll, erstarrte das Metall langsam. Aus den Nahtstellen der Form strömten unheimliches grünliches Licht und Dampf.

Bei Einbruch der Nacht war die erste Gussform auf diese Weise gefüllt. Khumanos befahl, Votantha Dankgebete zu schicken, und gab damit das Zeichen, dass die Arbeit für diesen Tag beendet war. Die Sklaven krochen zu ihren Schlafstellen. Sie waren vollkommen erschöpft, sämtliche Knochen und Muskeln taten ihnen weh. Bärte und Brauen waren versengt, bei jedem schmerzenden Atemzug spürten sie noch die höllische Hitze des Vulkans. Doch keiner war so entkräftet, dass er vergessen hätte, dass zwei weitere Erzgesteinshaufen darauf warteten, in den Höllenschlund hinabgelassen und durchgerührt zu werden.

Zwei Tage nach dem Guss war das Metall genügend abgekühlt, um die Verschlüsse an den Metallbändern zu lösen. Dann schoben die Sklaven mühevoll die zwei Teile der Gussform auseinander. Ein riesiger silberweißer Keil stand da. Die Sklaven vermuteten, dass er zu einer gigantischen Statue gehörte. Sogleich befahl Khumanos, eine Zeltplane darüberzulegen und fest zu verschnüren. Daraufhin luden die Sklaven den Keil auf eine Art Schlitten, den sie aus dem Holz in der Höhle gebaut hatten. Ehe man die Arbeit wieder aufnahm, mussten die Sklaven den Keil zum Haus des Alten schleppen. Dort nahmen Wachen Aufstellung.

Khumanos überwachte den Guss zweier weiterer Metallgebilde mittels der gleichen Methode. Wieder verwendete man den Trog, um sich von außen ähnelnde Gussformen mit flüssigem Metall zu füllen. Jedes Mal musterte der Erzpriester das Ergebnis leidenschaftslos, ehe er es für gelungen erklärte. Noch bevor die Soldaten oder die erschöpften Sklaven es näher betrachten konnten, ließ er alles verhüllen und wegschaffen. Im Laufe der Zeit beherrschten die Sklaven die einzelnen Handgriffe immer besser und die Arbeit ging etwas leichter von der Hand. Unfälle sortierten die Kranken und Schwachen aus, wodurch sich auch die Beschwerden verringerten.

Am dritten Guss arbeiteten sehr viel weniger Sklaven als am ersten. Khumanos hatte befohlen, dass ein Drittel der Sklaven die erste Statue den Berg hinunter schaffen sollte. Der zweite Abguss blieb im Haus des alten Bauern und wurde streng bewacht. Aus unerfindlichen Gründen befahl der Erzpriester, dass alle fertigen Teile getrennt aufbewahrt wurden. Diese Vorsichtsmaßnahme führte dazu, dass nur wenige Hände die Förderhaspel bedienten.

Die Arbeiten konnten hauptsächlich durch die Anstrengungen eines gewissen Tulbars, eines hyrkanischen Sklaven, so frühzeitig abgeschlossen werden. Khumanos hatte den Sklaven von einem mürrischen Aufrührer in einen zwar immer noch mürrischen, doch eifrigen Arbeiter verwandelt. Unermüdlich arbeitete er an der Förderhaspel und rührte noch im glühenden Gestein, wenn alle anderen Sklaven von der Hitze zurückgetrieben worden waren.

Als man beim letzten Guss den Trog mit dem geschmolzenen Metall hochzog, wuchs der Hyrkanier über seine bisherige Stellung als Anführer hinaus. Der große Trog stieß gegen einen Gesteinsvorsprung in der Nähe des Kraterrands, geriet infolgedessen aus der Bahn und drohte, gegen die Wand des Vulkans zu prallen und den Inhalt auszuschütten. Geistesgegenwärtig streckte Tulbar sofort seine große Schaufel aus, um diesen Aufprall zu verhindern. Was dann geschah, war grässlich. Tulbar hielt krampfhaft die Schaufel fest, als der Trog diese gegen die Vulkanwand drückte und den unglücklichen Hyrkanier wie durch einen Hebel in den Höllenschlund hob, sodass er über dem Trog mit dem geschmolzenen Metall schwebte. Vor den Augen seiner Gefährten verschwand sein Körper in einer Dampfwolke, die sich schnell auflöste, bis man nur noch Gurgeln aus dem Trog hörte.

Trotz dieses Unglücks – vielleicht auch wegen Tulbars edlem Opfer – verlief der letzte Guss erfolgreich. Als ein Schüler Khumanos fragte, welche besonderen Trauerrituale durchgeführt werden sollten, erhielt er vom Erzpriester eine rätselhafte Antwort.

»Das ist völlig unwichtig«, sagte er zu seinem Jünger. Seine hagere Gestalt zeichnete sich vor dem roten Feuerschein des Vulkanschlundes gespenstisch ab. »Der Tod des Körpers ist kein großes Unglück, da der Körper lediglich eine sterbliche Hülle ist. Man spürt dabei auch keinerlei Schmerz.«

KAPITEL 7

WÜSTENSTURM

»Legt einen flachen Stein in die Falle, damit sie beschwert ist und auf dem Boden des Flusses bleibt. Dann einige Schlingen aus Weide, so …« Conan der Cimmerier knüpfte die letzten Weidenruten an die Reuse. Dann hielt er sie vor den staunenden Kindern in die Höhe. »Jetzt ist sie fertig.«

Die Reuse bestand eigentlich nur aus zwei Weidenkörben, von denen einer eiförmig war und der andere wie ein offener Kegel. Dieser war in den ersten Korb hineingebunden. In den Augen Ezrels, Jabeds, Felidamons und der kleinen Inos allerdings war die Reuse so wunderschön, als hätte Conan sie aus Golddraht und feinster Seide gefertigt.

»So macht man sie im Land der Pikten, um die Fische aus dem Flüssen zu holen, die den Schwarzen Fluss speisen. So, jetzt legen wir sie über Nacht in den Teich. Morgen früh sehen wir dann, was wir gefangen haben.«

»Vielleicht viele Bartfische?«, fragte Jabed eifrig. »Das sind meine Lieblingsfische.«

»Schauen wir mal«, meinte Conan und schlang eine Schnur durch den Korbrand.

»Bartfische schmecken wirklich gut«, erklärte Felidamon. »Und Aale auch. Ich würde meiner Mutter gern beibringen, wie man sie kocht, aber sie würde es nicht tun. Bestimmt würde sie sagen, dass Aale unrein sind.«

»Zweifellos würden die Menschen in der Stadt sie während einer Hungersnot mit Dankbarkeit essen«, murmelte Conan vor sich hin. »Aber wahrscheinlich würde eine Hungersnot durch eine Dürre verursacht werden und dann wären die Flüsse nur noch spärliche Rinnsale.« Er knotete das andere Ende der Schnur um einen Ankerstein am Ufer. »Man muss sie in den Zeiten der Fülle genießen.«

»Da kommt jemand«, verkündete Inos mit ihrer Piepsstimme. Sie beobachtete eine Bewegung flussaufwärts. Auch alle anderen wandten die Augen in diese Richtung. Durch das Gebüsch näherte sich ihnen eine lange Stange mit einem Metalldorn an der Spitze. Das Rauschen des Flusses hatte bis jetzt jeden Laut übertönt, den der Mann bei seiner Annäherung verursacht hatte.

»Ho, wer da?«, rief Conan. Ein Mann trat dicht vor ihm aus dem Gebüsch. Es war ein Sohn der Wüste. Sein glatt rasiertes Gesicht war von der Sonne tief gebräunt, das schwarze Kraushaar kurz geschnitten. Um den staubigen Burnus trug er einen Gürtel, an dem ein blanker Säbel hing. Die Kapuze hatte er nach hinten auf den Stiernacken geschoben. Die Stange war ein schlanker mannshoher Speer, dessen Spitze in einen langen geschwungenen Dorn auslief.

Verblüfft blieb der Mann vor der kleinen Schar stehen und grinste leicht dümmlich, wobei man seine starken gelbfleckigen Zähne sah.

»Willkommen, Fremder! Sei gegrüßt!«, rief Conan freundlich mit dem Dialekt der südlichen Wüste. »Komm her und teile unser Mahl und …« Blitzschnell zog er seinen Ilbarsi-Dolch aus dem Boden, wohin er ihn gesteckt hatte, und schleuderte ihn durch die Luft. »... unsere Gastfreundschaft.«

Die Klinge bohrte sich ins Brustbein des Fremden, knapp unterhalb der Kehle. Der Fremde griff nach seinem Säbel, doch die Bewegung blieb nur ein krampfartiges Zucken. Dann sank er auf die Knie. Ein dunkler Blutstrom ergoss sich aus dem Mund, ehe er auf den Rücken fiel. Sein Speer landete in der kalten Asche der Feuerstelle.

»Wa ... warum hast du ihn getötet?«, fragte Inos mit verängstigter Stimme. »Wollte er unseren Fisch stehlen?«

»Auf, auf, Kinder!«, befahl Conan und nahm den langen Speer auf. »Bei allen Göttern und Göttinnen, das ist kein Fischspeer! Der ist dazu gemacht, um eure Stadtwachen aufzuspießen und wie Fische von der Mauer zu holen! Auf jetzt! Folgt mir! Und bleibt dicht hinter mir. Alle!«

Conan hob noch schnell sein Schwert auf, nahm die kleine Inos unter den Arm und lief los. Den Speer des Nomaden hielt er in der linken Hand. Er war sicher, dass die Kinder mit ihm Schritt halten würden. Er irrte sich nicht, da in diesem Augenblick Ezrels Stimme dicht hinter ihm ertönte.

»Conan, das ist nicht der Weg zum Stadttor!«

»Wir haben nicht genug Zeit, um das Zolltor zu erreichen«, rief Conan zurück. »Gewiss sammeln sich schon seine räuberischen Kumpane.«

»Und das Nordtor?«

»Zu weit!«, erklärte der Cimmerier. »Folgt mir, wir brauchen kein Tor.«

Die Kinder blieben ihm dicht auf den Fersen. Jabed und Felidamon hielten sich an den Händen. Vor ihnen erhob sich die hohe glatte Stadtmauer. Das einzige Lebenszeichen war ein Gesicht unter einem Helm, das herabschaute und ihr Nahen mit plötzlichem Interesse beobachtete. Als Conan den misstrauischen Blick sah, rief er hinauf: »Rufe die Reserve herbei, du dämlicher Angeber! Eure Stadt wird angegriffen!«

An der Mauer hob der Cimmerier den Speer in die Höhe. Dieser war lang genug, um den Dorn über den äußeren Rand des Wehrgangs zu haken. Conan packte Inos bei den kurzen Hosen und hob sie zum Speerschaft hoch. Als Nächsten griff er sich Jabed, damit dieser das kleinere Kind antrieb. »Los, ihr beiden, klettert hinauf!«, befahl er. »Ich weiß, dass ihr das könnt. Ich habe gesehen, wie ihr die Palmen hinaufgeflitzt seid.«

Er hielt den Speerschaft unten mit zwei Händen und schaute zu, wie die beiden Kinder oben vom Wachhabenden auf den Wehrgang gezogen wurden. Dann schob er Felidamon hinauf. Obgleich sie ein Mädchen war, so kletterte sie so schnell und geschickt wie jeder Junge hinauf. Als Letzter kam Ezrel an die Reihe. Der große Junge hatte bereits einen Fuß auf Conans gebeugtes Knie gestellt, als er innehielt. »Geh du zuerst!«, sagte er. »Für dich ist es leichter, den Speer von oben her zu halten. Dann klettere ich hinauf.«

»Nein, Junge.« Der Cimmerier schüttelte ungeduldig die blauschwarze Mähne. »Der Haken wird nie und nimmer mein Gewicht tragen – vielleicht nicht einmal deins, wenn ich den Speer nicht von unten stütze. So, los jetzt!« Er deutete mit dem Kopf zum Rand des Ufergebüsches hinter ihnen. Bewaffnete Nomaden tauchten soeben dort auf. »Wenn du noch länger trödelst, überrennen sie uns beide!«

Blitzschnell hatte Ezrel die Wand erklettert. »Schütze dich, Conan! Ich hole ein Seil!«

Conan verspürte geringe Lust, darauf zu warten, bis der Junge ein Seil finden würde. Er hängte sich an den Speer. Sofort brach der weiche Bronzedorn ab, und der Speer glitt von der Mauerkrone, wie der Cimmerier erwartet hatte. Ohne Atem mit einem Fluch zu verschwenden, lief er mit dem Speer von der Mauer weg, direkt auf die Linie der vorrückenden Nomaden zu.

Der Sohn der Wüste, der ihm unmittelbar entgegen kam, senkte seinen langen Speer, der wie bei einer Pike ebenfalls oben mit einem Dorn versehen war. Es war ein drahtiger junger Shemite. Seine Dschellaba hing lose um die Körpermitte und gab die nackte Brust frei. Er wollte sich mit dem Speer gegen Conans Waffe schützen, doch überrascht sah er, dass der Cimmerier nicht die abgebrochene Spitze auf ihn richtete. Der Mann aus dem kalten Norden schlug ihm mit dem unteren Ende des Speerschafts so kräftig aufs Kinn, dass er auf den Rücken fiel. Blitzschnell machte Conan kehrt und lief zurück zur Stadtmauer.

Hoch ragte sie vor ihm auf. Doch er verlangsamte seine Schritte nicht, sondern lief noch schneller als zuvor auf die Wand aus Ziegeln zu. Mit beiden Händen rammte er das untere Ende des Speers dicht vor der Mauer in die Erde, stieß sich ab und schnellte durch die Luft. Der schlanke Speerschaft bog sich unter seinem Gewicht, schleuderte ihn jedoch hoch.

Seine blauschwarze Mähne blähte sich, als er mit den Füßen voran über die Mauerkrone sauste und unsanft auf dem harten Wehrgang landete.

Sogleich lief ein Mann der Stadtwache mit hoch erhobenem Speer laut fluchend herbei. Conan stürzte sich auf ihn, warf ihn auf den Rücken, setzte sich auf ihn und schlug seinen Kopf mit dem Helm mehrmals gegen die Mauer. Dabei brüllte er ihn an. »Du Schwachkopf, ich bin kein Feind, sondern ein Freund, du Hund!« Als der Soldat nur langsam auf die Beine kam, nahm Conan seinen Speer und stellte sich dem Feind zum Kampf.

Rechts und links von ihm waren die Wachen bereits in den Kampf mit den schlanken drahtigen Nomaden verstrickt, die über Leitern, Speerschäfte und Seile mit Enterhaken die Mauer erklommen. Auf dem Wehrgang hielten nur wenige Mann Wache. Alle zwanzig Schritt kämpfte ein Soldat verzweifelt. Einige fielen, von Pfeilen oder Speeren durchbohrt. Unten hörte man, wie in der Garnison weitere Soldaten ausrückten. Doch würde es noch etliche bange Minuten dauern, bis sie auf der Stadtmauer eintrafen. Inzwischen schien es, als würden die Nomaden mit ihrem Blitzangriff die Mauer in ihre Gewalt bringen.

Conan kämpfte wie ein Berserker. Mit dem Speer drosch er auf die Köpfe der Feinde ein, als diese über der Brustwehr auftauchten. Er trat einem narbengesichtigen Wüstensohn auf die Hand, worauf dieser nach unten stürzte. Einem anderen rammte er den Speer in die Kehle. Mit einem gurgelnden Schrei warf der Angreifer die Arme hoch und verschwand in der Tiefe. Den dritten Feind wehrte er ebenfalls erfolgreich ab. Doch zwei Nomaden hatten hinter dem Cimmerier die Mauer erklommen, während dieser verbissen kämpfte.

Der Soldat der Wache, der Conan bedroht hatte, war jetzt wieder auf den Beinen und stellte sich den Angreifern mit dem Rapier. Doch gleich darauf traf ihn ein Enterhaken, den ein Nomade heraufgeworfen hatte, in den Nacken und zog ihn auf die Knie. Er suchte verzweifelt Halt an den Steinen, während der Angreifer das Seil hinaufkletterte. Conan sprang eilends herbei und rammte dem Nomaden den Speer ins Gesicht. Der Mann ließ das Seil los und stürzte ab, doch waren hinter ihm weitere Wüstensöhne heraufgeklettert. Diesen gelang es, den Wachsoldaten über die Mauerkrone zu ziehen. Mit einem grauenvollen Schrei fiel er in die Tiefe und war sofort tot.

Ein halbes Dutzend Angreifer befand sich jetzt auf dem Wehrgang. Zwischen ihnen und dem Zolltor kämpften nur Conan und zwei Soldaten, die allerdings in arger Bedrängnis waren. Anstatt in den Karawanenhof hinabzuspringen, wo neue Verteidiger zu den Rampen nach oben liefen, warfen sich die Wüstensöhne auf den Cimmerier. Dabei hätte ihre beste Chance darin bestanden, sich das Tor zu sichern und es ihren Gefährten zu öffnen.

Glücklicherweise war der Wehrgang so schmal, dass höchstens zwei Angreifer nebeneinander vorrücken konnten. Conan hob das Rapier des unglücklichen Wachsoldaten auf, nahm den Speer in die linke Hand und wappnete sich gegen den Angriff. Der erste Gegner duckte sich und entging damit Conans wirbelnder Klinge, verlor jedoch dabei sein Schwert, das klirrend zu Boden fiel. Gleich darauf sank er ebenfalls nieder. Ein Blutstrom schoss aus seiner durchschnittenen Kehle.

Die nächsten beiden Nomaden drängten sich vor, um seinen Platz einzunehmen. Ein dritter Bursche wollte auch einen Beitrag leisten und stieß einen langen Speer mit Dorn durch die Gefährten. Conan wich dem Speer seitwärts aus, packte den Schaft und benutzte ihn als Hebel, um den einen der beiden vorderen Angreifer von der Mauer zu befördern. Sogleich warf sich der zweite Gegner auf den Cimmerier. Doch dieser rammte ihm seinen Speer mit so ungeheurer Kraft in die Körpermitte, dass die Spitze am Rücken heraustrat. Als der Mann dahinter vorbeilaufen wollte, erwischte auch ihn die Speerspitze und schlitzte ihn auf. Wie Fische auf einem Spieß hingen die beiden Männer nun nebeneinander. Mit ungeheurer Kraftanstrengung hob der Cimmerier beide hoch und schickte sie über die Mauer in die Tiefe. Laut gellten ihre Todesschreie durch die Luft, verstummten jedoch schnell.

Das blutige Gemetzel ging weiter. Conan kämpfte wie ein Berserker. Dabei erwartete er, jeden Augenblick von einem Pfeil in die Achsel getroffen zu werden oder dass man ihm von hinten eine Klinge in den Rücken stieß. Unermüdlich sprang er hin und her, um ein möglichst schwieriges Ziel abzugeben. Wieder sank ein räuberischer Nomade vor dem Cimmerier blutüberströmt zu Boden. Gleich darauf der nächste. Doch der letzte Wüstensohn vor ihm riss vor Angst die Augen auf, stöhnte laut und ergriff panikartig die Flucht.

Der Flüchtige war kaum fünf Schritt weit gekommen, als sich ihm wieder ein Gegner in den Weg stellte. Diesmal trug der hoch gewachsene Mann die graue Tunika der Tempelschwertträger Sadithas. Der Nomade führte den ersten Schlag, doch der Tempelkrieger parierte gekonnt. Sogleich schlug der Nomade erneut zu, diesmal nach rechts. Wiederum verfehlte er sein Ziel. Blind vor Wut und Angst führte er den nächsten Hieb. Doch da blähte sich sein Burnus und die Klinge des Tempelkriegers ragte aus seinem Rücken.

Der Wüstensohn taumelte zurück und dann auf die Seite. Der Tempelkrieger warf ihn wie einen Sack Abfall über die Mauer. Der Sieger stolzierte triumphierend weiter und hob die Klinge, um Conan die gleiche Behandlung angedeihen zu lassen. Den Cimmerier durchrieselte ein fast wohliger Schauer, als er dem Zweikampf entgegensah. Doch spürte er bei Zaius etwa ein gewisses Zaudern? War der Tempelkrieger blass geworden? Vielleicht lag es auch an dem lauten Jubel, der aus dem Karawanenhof heraufdrang und sich bis hinter die Trennwand des Tempelviertels fortsetzte.

»Heil den Helden!«, rief die Menge. »Die Mauer ist sauber. Unsere Stadt ist gerettet! Heil dir Zaius und auch dir, fremder Barbar!«

Der lautstarke Beifall ließ darauf schließen, dass die Menschen unten erwarteten, die beiden Männer würden sich den Triumph teilen. Deshalb konnten diese jetzt keinen Zweikampf beginnen. Sie senkten die Waffen. Zaius musterte seinen Rivalen finster und verächtlich, dann machte er kehrt und marschierte davon.

Conan hielt den Jubel der Menge für verfrüht, da an mehreren Stellen die Nomaden weiterhin die Verteidiger der Stadtmauer mit Speeren und Pfeilen angriffen. Er spürte jedoch, dass eine Wende eingetreten war. Die Angreifer stürmten nicht mehr herbei wie zuvor. Vielmehr schleppten die Überlebenden ihre Toten zurück in die Büsche am Flussufer.

Innerhalb der Stadtmauer lag eine andere Welt. Hier herrschte Feststimmung, keine Angst. Stadtwachen in glänzenden, selten getragenen Helmen und Brustharnischen rückten jetzt scharenweise aus, um bei der Verteidigung der Stadt ihren Beitrag zu leisten. Die Männer strahlten vor Erleichterung, dass der Kampf bereits vorüber war. Trommler und Trompeter nutzten die Gelegenheit, um ihre etwas eingerosteten Fähigkeiten wieder einmal unter Beweis zu stellen. Auch die einfachen Bürger drängten scharenweise zur Mauer, gemeinsam mit Frauen und Kindern. In vorderster Reihe sah Conan die vier kleinen Strolche, die er gerettet hatte. Sie winkten begeistert zu ihm hinauf.

Den Lärm übertönte ein tiefer Trompetenstoß – ein hallender Ton, gleich dem Schrei eines verwundeten Stiers. Ein Soldat neben dem Cimmerier meinte leise: »Der königliche Ruf – jetzt schon?« Dann wischte er mit einem Taschentuch das geronnene Blut von seiner Säbelspitze.

Zaius ließ sogleich ein halbes Dutzend seiner Tempelkrieger antreten und befahl ihnen barsch, auf dem Wehrgang zurückzumarschieren. Die beiden Stadtwachen neben Conan folgten der Schar, allerdings nicht im Stechschritt. »Komm auch mit, Fremdling«, rief ihm einer zu. »Schließlich bist du einer der beiden Helden des heutigen Tages.«

»Wohin? Zum Palast?«, fragte Conan und ging widerstrebend mit. »Ist es nicht zu früh, die Stadtmauer zu verlassen? Was ist, wenn die Nomaden nochmals angreifen?«

»Die neue Wache übernimmt unseren Platz«, erklärte der Soldat. »Sollten sie uns brauchen, werden sie rufen. Keine Angst, die Söhne der Wüste greifen nur sehr selten mehr als einmal am Tag an.«

»Ja, ein Nomadenüberfall jedes Jahr ist ein wahres Vergnügen«, meinte sein Kamerad. »Das hält uns in Übung – abgesehen natürlich von denen, die den Angriff nicht überleben«, fügte er hinzu und lehnte sich auf die Seite, um auf das halbe Dutzend toter Qjarer zu blicken, die unten an der Mauer lagen.

»Sie greifen die Stadt wirklich nur so selten an?« Der Cimmerier schritt schnellen Schritts weiter.

»In manchen Jahren ist es schlimmer als in anderen«, antwortete der redselige Wachsoldat. »In den Ländern im Süden herrscht eine schreckliche Dürre. Für manche Stämme ist es schwer zu überleben. Die Nomaden heute waren hauptsächlich Khifaren, Khadaren und Azilis. Das sieht man an der Befiederung der Pfeile. Sie greifen Städte aus schierer Verzweiflung an. Entweder machen sie große Beute oder sie kehren mit Kamelen ohne Reiter zurück.« Er lachte. »Weniger Mäuler zu stopfen. So oder so hilft es ihnen zu überleben.«

Während Conan mit den beiden Wachen hinter den Tempelkriegern marschierte, liefen die Bewohner der Stadt unten an der Mauer in dieselbe Richtung und jubelten ohne Unterlass. Die Rampen nach unten waren von den Ersatzleuten und den Helfern für die verwundeten Soldaten verstopft. Die Helden stiegen nicht nach unten, sondern marschierten oben auf dem Wehrgang der Mauer weiter.

Schon bald lösten sie sich von der Menge, da diese durch das Tor das Tempelviertel betrat. Dessen innere Mauer war nahezu so hoch wie die äußere Stadtmauer, allerdings weniger massiv. Dahinter bot sich Conan ein Anblick, der ihm bisher versagt geblieben war. Obstbäume und Lustgärten umgaben die hohen Säulen des Tempels und des königlichen Palastes.

Sadithas Tänzerinnen und die Schar der Anhänger liefen durch die Gärten. Doch die Tempelkrieger und Conan bogen auf einen erhöhten Weg ein, eine Art Damm, der durch das Gelände um den Tempel herum direkt zur Zitadelle führte. Sie schritten durch einen Torbogen, der gleichermaßen befestigt war wie die Stadttore. Auf dem großen inneren Hof erwartete sie eine jubelnde Menge. In der Mitte des Hofs stand auf einem Podest die königliche Familie Qjaras.

Alle drei trugen glänzende Zeremonienrüstungen. Symbolisch sollte das darauf verweisen, dass sie den Überfall erfolgreich abgewehrt hatten, wenngleich auch nicht eigenhändig. Afriandra lenkte Conans Blick über den Hof hinweg auf sich. Trotz ihrer Rüstung wirkte sie wie eine verwöhnte Prinzessin, die sie auch war. Hinter ihr standen die königlichen Eltern, König Semiarchos und Königin Regula.

»Bürger, Krieger und treue Anhänger Sadithas!«, begann der König seine Rede, sobald Zaius' Tempelkrieger sich in einer Reihe vor ihm aufgestellt hatten. »Der barbarische Angriff wurde niedergeschlagen, wie so viele zuvor.« Semiarchos war groß und von einer durchaus beeindruckenden Gestalt, obgleich sein Haar unter der schmalen Krone mit Sternen auf den Zacken weiß war. Er trug einen langen weißen Bart, dessen Locken sich auf dem ziselierten silbernen Brustharnisch kräuselten. »Der Bericht über den Verlauf der Schlacht und die Ruhmestaten der Helden wurden bereits für die Göttin gesungen. Unsere Verwundeten und Toten – Dank sei Saditha, dass es so wenige sind – werden eingesammelt und gesegnet. Auf der Stadtmauer sind dreifache Wachen postiert, falls neue Gefahren nahen sollten.

Wie es am Abend einer Schlacht Sitte ist, steht jedem Bürger, der sich dem Feind gestellt hat, eine besondere Wohltat von Qjaras König zu. Auf meinen Befehl hin werden diese Wohltaten jetzt unter euch verteilt. Für die Verwundeten und Toten erhalten die Witwen und Frauen die Ehrengabe.«

Während seiner letzten Worte schritten Priesterinnen in festlichen Gewändern zu den Soldaten, die sich in der Mitte des Hofes aufgestellt hatten. Eine der schönen Priesterinnen kam in Conans Nähe. Sie nahm etwas aus dem Körbchen, das an ihrem Arm hing. Ehe sie es sich überlegen konnte und ohne auf ihre Miene zu achten, hatte der Barbar die Hand ausgestreckt und das Päckchen genommen.

Zu seiner Überraschung war die Wohltat nicht nur ein Medaillon oder eine symbolische Gabe, sondern eine viereckige Goldmünze, so groß wie ein Daumennagel, und auf beiden Seiten mit dem Siegel der Krone Qjaras gestempelt. Gekonnt steckte er die Münze in seinen leeren Geldbeutel im Innern des Lendentuchs. Seine Geste verriet langjährige Übung.

»Von den vielen Helden, welche heute unsere Stadtmauer durch die Darbringung ihres Blutes und Schweißes noch kostbarer gemacht haben, hat sich ein Mann besonders ausgezeichnet«, sagte der König. »Er ist ein Mann, der über dem Alltagsleben in Qjara steht – und dessen Fähigkeiten und gesamtes Trachten ihn noch höher erheben.« König Semiarchos ließ die Blicke über die Menge streifen.

»Selbstverständlich spreche ich vom Tempelkrieger Zaius, dem obersten Helden der Einen Wahren Göttin Saditha. Er ist ein Kämpfer des Achten Grades des Rituals. Während der letzten dreihundert Jahre hat unsere Stadt keinen gesehen, der ihm gleichkäme.« Der König winkte Zaius, vorzutreten. Die Menge jubelte laut. »Im heutigen Kampf war sein Verhalten besonders lobenswürdig. Auf dem Höhepunkt des Kampfes traf er mit seiner Schar Tempelkrieger ein und wehrte kühn den Angriff der Feinde ab. Eigenhändig tötete er vier Feinde, was die Zahl der Männer, die er getötet hat, auf die nie dagewesene Zahl von vierundzwanzig erhöht. Wie überaus glücklich dürfen wir uns schätzen, solch einen Helden zu haben, der unsere Stadt und Göttin verteidigt.«

Die Menschen im Innenhof brachen in begeisterte Jubelschreie aus. König Semiarchos lächelte und nickte. Das Gesicht mit dem weißen Bart wirkte würdevoll, strahlte aber auch den Stolz eines zukünftigen Schwiegervaters aus. Zaius, dem Lobpreis und Jubel galten, stand steif und ungerührt da, als wäre es seine größte männliche Tugend, stocktaub zu sein. Conan sah, wie Prinzessin Afriandra zu ihrem Vater aufschaute und ihm etwas zuflüsterte. Der König nickte und lächelte nachsichtig.

»Ein weiterer Gunstbeweis Sadithas ist die Hilfe, welche unsere Stadt heute von einem Besucher aus einem fremden Land empfing – Conan heißt dieser Mann, so glaube ich«, fuhr der König fort, nachdem der Jubel etwas verebbt war. Semiarchos streckte den königlichen Finger aus. Die Augen aller – abgesehen von Zaius' – folgten der Richtung. »Er hat als Erster den Angriff gemeldet und hat Seite an Seite mit unseren tapferen Verteidigern dem Feind schwere Verluste zugefügt.«

Wieder wurde Jubel und Beifall laut, der aber doch weniger von Herzen kam als zuvor. Man hörte auch unwilliges Murmeln. Nicht wenige musterten Conans spärliche Bekleidung und die Blutspritzer, die noch an seinen Beinen klebten. Offenbar war es für Zaius beim Schwertkampf ungemein wichtig, jegliche Blutspritzer oder andere Flecken von seiner feinen grauen Uniform fern zu halten, dachte der Cimmerier.

Nachdem der Beifall verklungen war, war Königin Regula an der Reihe, zur Menge zu sprechen. Sie trat vor. Obgleich ihre Jugend schon verblüht war, war sie eine beeindruckende Frau. Mit dem Helm und dem Brustharnisch ähnelte sie der Statue Sadithas. Allerdings trug sie keinen Speer.

»Wie ihr wisst«, begann die Königin mit wohlklingender, tiefer Stimme, »ist es Sitte, dass den Helden Qjaras Sadithas besonderer Segen zuteil werden soll. Und das geschieht in der Form eines heiligen Kusses, den die regierende Königin und Hohepriesterin anstelle der Einen Wahren Göttin gewährt.« Diese von ihr in Aussicht gestellte Gunst bewirkte bei Conan nur mildes Interesse, doch was konnte er dagegen tun? Bei den nächsten Worten jedoch spitzte er die

Ohren. »Da es heute jedoch nur eine einzige Erbin des Throns von Qjara gibt und diese an Ehre und Tugend unübertroffen ist, haben der König und der Tempel es für recht und billig gehalten, die Gunst Sadithas durch die schöne Afriandra, die Prinzessin von Qjara, erteilen zu lassen.«

Verblüfft stellte der Cimmerier fest, dass ihn diese Ankündigung durchaus erschütterte. Er spürte, wie er errötete. Gleich darauf war ihm kalt. Sollte er vor dieser hinterhältigen Falle davonlaufen oder sogleich nach vorn laufen und Anspruch auf Afriandras volle, mit Beerensaft rot gefärbte Lippen erheben?

Die Prinzessin trat vom Podium herunter und schritt zu Zaius, der vor seinen Tempelkriegern stand. Sie stellte sich auf die Zehenspitzen und legte ihre Lippen einen Augenblick lang auf die seinen. Zaius' Miene blieb starr. Afriandra schmiegte sich an ihn, um den Mann, der wie eine steinerne Statue dastand, irgendwie zu erweichen. Doch alles vergeblich. Beifall umtoste die beiden, legte sich jedoch sogleich, als sie sich mit enttäuschter Miene von ihm trennte. Ungeduldig blickte sie umher. Conan hätte schwören können, dass ihr Blick ihn wie ein Pfeil traf.

Dennoch war er nicht sicher, ob er die Gunst der Göttin durch die Lippen der Prinzessin empfangen würde. Vielleicht war es in Qjara verboten, dass ein unreiner Fremdling eine derartige Gunst empfangen durfte. Doch wenn die einzige Qualifikation dafür war, vier Feinde zu töten, dann war er bereit, sich Küsse für einen ganzen Abend, ja eine ganze Nacht zu verdienen.

Was konnte ihm schon geschehen? Entschlossen schritt der kühne Cimmerier an den in Reih und Glied angetretenen Tempelkriegern vorbei und nahm Prinzessin Afriandra in die Arme. Sein Mund traf auf ihren. Das Pflaster unter den beiden hob und senkte sich, als rote Wirbel sich in seinem Kopf drehten. Krampfartig zuckten seine Gliedmaßen. Er hielt sich an ihr fest, als wäre sie die einzige Planke eines untergegangenen Schiffs, inmitten einer tobenden See. Er hörte erstauntes Murmeln aus der Menge, dann wurden anfeuernde Pfiffe laut … doch die beiden hielten sich noch geraume Zeit eng umschlungen. Afriandra erwiderte seine Umarmung und Küsse mit nicht zu übersehender Begeisterung.

Nach einer kleinen Ewigkeit zerrte jemand an Conans Schultern. Die Menge schien den Skandal offenbar zu genießen. War das tatsächlich Beifall gewesen? Oder hatte sein heißes Blut in den Ohren gezischt? Der Cimmerier wusste es nicht. Afriandra taumelte leicht, als man sie wegführte. Offensichtlich hatte auch sie Schwierigkeiten, auf die Erde zurückzukehren.

»Es ist geschehen, wie es beschlossen war. Zwei kühne Küsse für zwei kühne Helden«, sagte Königin Regula. Allerdings wies die Röte in ihrem Antlitz darauf hin, dass keineswegs alles so geschehen war, wie beschlossen oder erwartet. »Gewiss, der Mann, der sich Conan nennt, ist ein Fremdling und kein Mitglied unserer Tempelgemeinde …« Regula blickte zum Cimmerier hinunter. In ihren Augen sah er Verachtung und ein wenig Angst. Er war sicher, dass die Königin sich jetzt krampfhaft eine Erklärung überlegte. »Doch hat die Göttin ihn offenbar ihrer besonderen Gunst für würdig befunden und das durch ihre heilige Stellvertreterin gezeigt, Prinzessin Afriandra.«

Die Prinzessin war in der Tat so bleich und atemlos, als sie auf das Podium zurückkehrte, dass man durchaus glauben konnte, dass sie von der Göttin besessen gewesen war. Jetzt vermied sie Conans Blick, ebenso wie alle anderen.

»Angesichts dieses äußerst wohlwollenden Omens ist es meine Pflicht, den Fremdling Conan am Busen von Sadithas Tempel willkommen zu heißen und ihm sämtliche Privilegien zu verleihen, die einem Qjaraner ehrenhalber zustehen.«

Conan überlegte, ob die Erklärungen der Königin auch von der Göttin eingegeben sein könnten. Ihre Worte schienen die Menge zu befriedigen. Sie wurden allgemein angenommen – außer von einem Mann. Zaius marschierte entschiedenen Schrittes vor das Podium und wandte sich an den König.

»Wie kann ein Ungläubiger in Fetzen vor dem Reich wie ich geehrt werden – nein, noch mehr als ich! Dieser Fremde ist unrein – ein Flecken, ein Makel für die Schlachtenehre und die Reinheit des Tempels. Belohnt ihn für die Hilfe, die niemand begehrt hat, Majestät, doch erhöht ihn nicht! Werft ihn hinaus, schnell, ehe dieser stinkende Barbar in unserer Stadt Wurzeln schlägt und unsere Jugend beeinflusst.«

»Zaius!«, rief Conan wutentbrannt und versuchte die Reihe der Tempelkrieger zu durchbrechen, die jetzt ihren Führer zu schützen versuchten.

»Nein, schaut ihn euch an!«, schrie der Held der Göttin. »Er ist ein Tier, schlimmer als die Nomaden, die er getötet hat. Ihm fehlt jegliches Wissen, wie man sich in einem zivilisierten Land benimmt! Möglich, dass er eines Tages einen halbwegs brauchbaren Diener abgibt, wie ein wilder Bergaffe – falls ein weiser Herr ihm die Zähne herausreißt und auch die Nägel und die Geschlechtsteile und ihm mit der Peitsche Gehorsam beibringt! Doch ansonsten ist er nichts weiter als eine Bedrohung der Ordnung und des Anstandes…«

»Zaius!« Conan schob die Tempelkrieger beiseite und stand wie die Verkörperung der Rachegöttin Nemesis vor dem Helden. »Ich achte die Gesetze dieser Stadt so sehr, dass ich dir nicht hier auf der Stelle die Gedärme aus dem Leib reiße.« Instinktiv glitt seine Rechte zum Dolch, doch er ergriff ihn nicht. »Aber ich fordere dich heraus, Zaius, wie zuvor! Hört alle genau her!«, sagte er und blickte in die Menge.

»Da ich nun die Gunst des Tempels genieße, mit sämtlichen Privilegien eurer Landsleute, beanspruche ich einzig und allein das Privileg, diesem aufgeblasenen Schwachkopf die verleumderische Gurgel zu durchtrennen. *Auf Leben und Ehre fordere ich dich heraus, im Angesicht der Göttin*!« Als die Menge hörte, wie Conan die rituellen Worte aussprach, hörte man aus der Menge in seiner Nähe Rufe des Erstaunens. Es bestand kein Zweifel daran, dass seine Herausforderung gehört worden war.

Zaius musterte das Ziel seiner Verachtung höhnisch, als er antwortete. »Nun gut, im Angesicht der Göttin – um dein Leben und Qjaras Ehre!« Er blickte mit herablassendem Lächeln in die Menge. »Wenn mir das die Möglichkeit verschafft, dein Leben als Schädling der Gesellschaft zu beenden, ohne mein Schwert und den Arm, der es führt, zu besudeln ... ja, dann heiße ich dich mit Freuden im Tempel willkommen! Doch unter einer Bedingung ...« Jetzt blickte er wieder den Cimmerier an. »... ich muss dich um Nachsicht ersuchen«, sagte er mit gespielt übertriebener Höflichkeit.

»In den nächsten Tagen wird es eine Besprechung auf höchster Ebene geben ...« Er schaute schnell um Zustimmung heischend zu König Semiarchos, ehe er fortfuhr, »... den geplanten Besuch eines ausländischen Herrschers in unserer Stadt, König Anaximanders von Sark. Man hat mich gebeten, an diesen Beratungen auf höchster Ebene teilzunehmen – und diese Angelegenheit ist mindestens so wichtig wie dein Anspruch an meine Zeit, Fremdling! Falls du mir einige Tage Aufschub gewährst, um dieser Pflicht nachzukommen, würde ich das zu schätzen wissen, ehe ich mir die Hände mit der Beseitigung von Abfall aus einem anderen Land beschmutze…« Er lächelte der Menge zu. »Dann werde ich zu deinen Diensten stehen.«

Da dem Cimmerier die geeigneten Worte zur Entgegnung fehlten, spuckte er vor Zaius' Füßen auf den Boden. Diese Antwort wurde offensichtlich als Zustimmung aufgefasst.

»Somit ist das geregelt.« Königin Regulas Stimme bebte leicht, als sie sich nochmals an die Menge wandte. »Ein Zweikampf der Helden – *auf Leben und Ehre, im Angesicht der Göttin.*«

KAPITEL 8

MISSION NACH QJARA

König Anaximander von Sark betrat Qjara von Süden aus. Das älteste und prächtigste der drei Portale, das Alte Tor, wurde wenig benutzt, da das Karawanenviertel und die Eingänge dazu entlang des Flusses erbaut waren. Als außerordentliche Geste der Gastfreundschaft fuhren König Semiarchos und Königin Regula in einem bronzenen Streitwagen zur Südmauer der Stadt, um ihre Gäste willkommen zu heißen. Der Tempel-Held Zaius lenkte den Wagen.

Da den Herrschern keine Gefahr drohte, nahmen sie nur eine Hand voll heiliger Krieger mit. Anaximander hatte entgegenkommend erklärt, die Stadt Qjara ohne Leibgarde zu betreten. Er befahl den gut hundertfünfzig Soldaten und der Kamelkarawane, die ihn durch die Wüste begleitet hatten, vor den Mauern der Stadt in den trockenen Getreidefeldern zu lagern. Er lehnte das Angebot seiner Gastgeber ab, ins Karawanenviertel oder ans Flussufer zu ziehen, indem er dem König Qjaras erklärte, er wolle mögliche Verstöße gegen die Disziplin vermeiden. Selbst als man Anaximander auf den vor kurzem erfolgten Angriff der Nomaden hinwies, lehnte er nochmals ab und wies darauf hin, dass seine Männer an Wachsamkeit und Entbehrungen gewohnt seien.

So kam es dazu, dass lediglich die Schar der Tänzerinnen und Tänzer des Tempels Anaximander in die Stadt geleiteten. Zehn schöne junge Männer und Frauen trugen seine königliche Sänfte ohne Mühe. Doch bald schon stieg er heraus, um sich zu seinen Gastgebern zu gesellen.

»Grüße aus der Stadt Sark, seinem unbedeutenden Priesterkönig und seinem obersten Gott Votantha«, sagte er und verneigte sich steif vor König Semiarchos und Königin Regula.

»Willkommen, königlicher Bruder«, antwortete Semiarchos. Er reichte Anaximander die Rechte und geleitete ihn von der Sänfte zu seinem Streitwagen. »Gesegnet seiest du von unserer Stadt und unserer Göttin. Du fährst doch mit uns? Gut. Zaius, reiche mir die Zügel. Du steigst ab und gehst hinter dem Streitwagen, damit unser hoher Gast mit meiner Gemahlin und mir bequem fahren kann.«

»Dann muss dies also die legendäre Königin und Hohepriesterin Regula sein.« Anaximander musterte die Königin unverhohlen. »Wahrlich eine geziemende Gefährtin für einen König, der so wohlhabend und geliebt ist wie du.«

»Tiefsten Dank«, sagte Semiarchos erfreut.

»Ja, Dank, o König«, sagte die Königin und errötete leicht. »Kraft meines Amtes als Priesterin und als Königin erkläre ich den heutigen Tag zu einem historisch bedeutsamen und heiße dich willkommen.«

»In der Tat ist dieser Tag ein historischer, da ich Führer der staatlichen und religiösen Verwaltung Sarks in einer Person bin.« Der Streitwagen machte kehrt und rollte über das holprige Pflaster zurück. Anaximander war es offensichtlich nicht gewohnt, in einem Gefährt mit Rädern zu stehen, denn er hielt sich mit einer Hand an der Bronzestange fest. »Ihr heißt mich fast wie ein Mitglied der Familie willkommen, Semiarchos! Manche Könige wären jedoch über einen derartig formlosen, ungezwungenen Empfang beleidigt. Doch ich bin nicht der Mann, der lange nachtragend sein kann. Im Gegenteil – ich halte eure fremdländische Lebensart für sehr aufschlussreich. Und eure Stadt – nun, sie blüht und gedeiht wie nie zuvor.«

»Oh, du hast Qjara schon früher einmal gesehen?«, fragte Königin Regula interessiert.

»Nur in angenehmen Träumen und Visionen«, versicherte ihr der König Sarks. »Ich bin noch nie zuvor so weit nach Norden gereist.«

Das Alte Tor führte ins Viertel der Kaufleute. Entlang einer breiten Prachtstraße standen die Villen der reichsten Familien Qjaras. Anaximander stand mit seinen königlichen Gastgebern im Streitwagen und nickte beifällig beim Anblick der lächelnden, gut gekleideten Bürger, die von Balkonen und Eingängen aus winkten. »Euer Adel verkriecht sich nicht vor euch«, meinte Anaximander anerkennend. »Sie sind aufgeschlossen und bereit, einem Fremden zu trauen.«

»Ja, gewiss doch«, erklärte Semiarchos. »Sie wünschen sich ebenso gute Beziehungen zwischen unseren beiden Städten wie die Königin und ich.«

Sie fuhren über den alten Marktplatz. Für gewöhnlich war es dort ziemlich schmutzig und es roch übel. Doch heute hatte man alles gereinigt und für den großen Tag mit Blütenblättern bestreut. In der Mitte stand ein Brunnen mit niedrigem Beckenrand. Im Wasser plantschten Kinder und spielten mit ihren Eltern. Als sie den Streitwagen sahen, winkten sie den Königen zu.

»Ihr seid reichlich mit Wasser gesegnet«, sagte Anaximander. »Ein aufmerksamer Gott betrachtet euch mit Wohlwollen.«

»Ja, unsere Göttin ist großzügig«, bekräftigte Königin Regula.

»Das ist einer unserer vier Stadtbrunnen«, erklärte Semiarchos. »Sie werden von einem Aquädukt gespeist, das mein Vater, König Demiarchos, entlang der Mauer des Karawanenviertels erbauen ließ.«

»Ach ja, die Karawanen folgen dem Wasser«, meinte Anaximander. »Viele davon vermehren euren Reichtum, nehme ich an.«

»Ja, für gewöhnlich schon. Doch dieses Jahr beginnt die Hauptreisezeit ziemlich spät. Dieselben Schneemassen, die unseren Fluss mit Wasser versorgen, versperren die Pässe nach Norden.«

»In der Tat.« Anaximander lächelte. »Doch wenn diese Karawanen nach Süden und Westen ziehen, werden sie eine Stadt finden, die sich zweifellos freut, sie willkommen zu heißen.«

»Ja, da bin ich sicher.« Semiarchos nickte und blickte vom Gast zu seiner Gemahlin.

Der König von Qjara, der die Zügel des Streitwagens in der Hand hielt, war älter und kräftiger als der andere Regent. Sein silbergraues Haar und sein Bart wiesen auf Vorfahren hin, die eher aus Corinthia im Norden als aus den reichen shemitischen Ländern stammten, obgleich diese Länder näher lagen. Auch Königin Regula, mit kastanienroten Haaren, die nur von einigen Silbersträhnen an den Schläfen durchzogen waren, und ihrer stattlichen Gestalt war viel hellhäutiger als der hoch gewachsene schlanke König Sarks mit dem schwarzen Lockenbart, der viereckig geschnitten und sorgfältig eingeölt war. Das Beisammensein dieser drei hoch gestellten Personen schien geschichtsträchtig zu sein und Kräfte hervorzubringen, die das Leben aller in ihrer Nähe stark verändern würden.

Die Fahrt führte kurz über einige schmale Gassen zwischen Wohnhäusern, ehe sie eine breite Prachtstraße überquerten und durch das nur wenig bewachte und selten geschlossene Trellis-Tor in das Tempelviertel Qjaras gelangten. Gleich hinter dem mit Blumen geschmückten Tor lag die Agora, ein großer gepflasterter Platz, auf dem man sich bei religiösen oder anderen Anlässen, welche die Stadt betrafen, versammelte. Gesäumt war der Platz durch die hohen mit Säulen geschmückten Fassaden des Tempels Sadithas und des königlichen Palastes.

»Oh, ihr erfreut euch in der Tat einer außergewöhnlich schönen, großen königlichen Enklave«, rief Anaximander. »Ganz ohne hässliche militärische Anlagen und ohne Verteidigungsbauten.« Bewundernd blickte er umher, als der Streitwagen über den Platz rollte, der von jubelnden Zuschauern gesäumt war. »Jetzt sind wir im Herzen Qjaras, nicht wahr?«, fragte der König aus Sark. »Hier, genau gegenüber dem prächtigen Tempel eurer Göttin Saditha, wäre der beste Platz für unsere heilige Mission und das Heiligtum, das ich errichten möchte, um die neu entdeckte Brüderlichkeit zwischen unseren beiden Städten zu ehren.«

»Heiligtum?«, fragte Semiarchos. »Meinst du einen Altar oder ein Götterstandbild?«

»Eher ein Monument, das als Zentrum unserer Riten dienen soll«, erklärte Anaximander, als wäre es nicht von großer Bedeutung. »Man braucht dafür keine neuen Gebäude zu errichten. Die Jungpriester, die wir zu euch schicken würden, könnten irgendwo in der Stadt wohnen – selbstverständlich immer vorausgesetzt, dass ihr eure Einwilligung gebt.«

»Ich hoffe, das Monument wird einen schönen Anblick bieten«, meinte Königin Regula. »Nicht zu streng oder bedrohlich. Ich meine …«

»Nein, nein, teure Königin. Das versichere ich euch! Mir schwebt eine prächtig verzierte Statue vor, in Gestalt eines Baumes. Selbstverständlich hat diese Gestalt für uns eine religiöse Bedeutung.« Anaximander schenkte der Königin ein gewinnendes Lächeln und legte König Semiarchos die Hand auf die Schulter, als dieser den Streitwagen mitten auf die Agora lenkte. »Zur Zeit sind die Künstler meines Tempels mit dem Guss eines solchen Monuments beschäftigt. Dazu verwenden sie ein seltenes und kostbares Metall, das ich in den Bergen im Süden fand. Ich wäre hoch erfreut, wenn ich diese Statue als Geschenk meiner Stadt an die eure herschicken dürfte. Es würde die wahren Gefühle zeigen, die ich für euch hege.«

»Anaximander, du bist zu großzügig!«, rief Semiarchos aus. »Gestatte mir, mich an den Kosten zu beteiligen, wenn das Monument tatsächlich so ungemein kostbar ist, und …«

»Nein, nie und nimmer, teurer Freund! Kein weiteres Wort! Was immer es kostet, ist weit weniger, als mir die Harmonie zwischen unseren beiden Ländern bedeutet.« Anaximander schlug dem König betont freundschaftlich auf die Schulter. »Am wichtigsten ist mir, ein Monument unseres Bündnisses zu errichten – hier, im Herzen eurer Stadt –, um denen einen Ort zu bieten, die Votantha anbeten und Opfer darbringen wollen. Du musst wissen, dass die, die an unseren Gott glauben, immer sehr üppige Opfer darbringen.«

»Nun«, erklärte Königin Regula, »dann kann ich dir versichern, dass wir deiner Stadt ein gleichwertiges Heiligtum schenken werden und ebenso großzügige Opfer! Lass uns Sorge dafür tragen, dass der kulturelle Austausch, den du so freundlich vorgeschlagen hast, unseren beiden Reichen, nicht nur Qjara, dient.«

»Huldvolle Königin, ich bin sicher, dass meine

Stadt Sark in der Tat großen Gewinn daraus ziehen wird.«

Während Anaximander sprach, rollte der Streitwagen zum Königspalast und hielt vor der breiten Treppe. Die Tempelkrieger eilten im Laufschritt hinterher, gefolgt von den Tänzern in leuchtend bunten Gewändern, die Anaximanders Sänfte trugen. Alle folgten den hohen Herrschaften in den Palast. Nach dem Säulenportal gelangten sie in ein großes Vestibül, wo die höchsten Würdenträger Qjaras warteten, um den fremden Potentaten gebührend zu begrüßen. Sklaven geleiteten die Vornehmsten, darunter auch den Schwertmeister Zaius, in eine große Galerie. Weiche Divane, seidene Sitzkissen und Tische, mit köstlichen Speisen und Getränken beladen, erwarteten die Gäste, damit diese sich daran ergötzten.

Die beiden Könige und der Schwertmeister wurden von Sadithas Tempeltänzerinnen unterhalten, alles unter den gestrengen Blicken der Königin Regula. Die jungen Frauen wirbelten zu den Klängen der Musikanten umher. Ihre fast akrobatischen, ja gewagten Sprünge muteten in der Nähe des heiligen Tempels etwas seltsam an. Anschließend führte Sharla ein so verblüffendes Solo vor, dass es die Schamröte in das Antlitz des Königs von Sark trieb. König Semiarchos und seine Gemahlin lachten über seine Scheu.

Dann endete Sharlas Tanz. »Also, wahrlich, ihr Qjarer seid offene und von Natur aus gute Menschen. Ihr habt auch keine übertriebene Angst, einen Fremden durch irgendeine Kleinigkeit zu beleidigen. Es wird mir eine ausgesprochene Freude sein, mit euch in Zukunft zu verhandeln. Das sehe ich jetzt schon. Ich hoffe, ihr gebt mir Gelegenheit, mich für dieses unterhaltsame Vergnügen durch eine ähnliche Vorführung erkenntlich zu zeigen. Meine Wesire haben mir erklärt, dass der rituelle Tanz in eurer Stadt eine hoch geschätzte Form des Ausdrucks sei, und so ist es auch in meiner Stadt Sark. Deshalb, meine Freunde, werden jetzt meine Tänzer und Tänzerinnen in einem Tanz die heilige Weissagung der Heirat Votanthas vorführen.«

Seine Tänzer und Tänzerinnen hatten sich zu beiden Seiten des Raums aufgestellt. Sobald der König in die Hände klatschte, begannen sie mit ihrer Vorführung. Man hörte nur das Scharren ihrer Sandalen auf dem glatten Steinboden. Ein Paar, ein junger Mann und eine junge Frau, hatten sich von der Garde Schwerter ausgeborgt. Zaius hatte zwar dagegen protestiert, doch König Semiarchos hatte es persönlich gebilligt. Die beiden schlanken Gestalten sprangen und wanden sich, um einen heftigen Zweikampf nachzuspielen.

Es war ein atemberaubendes Spektakel, das mit einem triumphierenden Hochzeitsmarsch und einem lebenden Bild endete. Der schöne junge Mann und die schöne junge Frau, die so geschickt mit den Schwertern gekämpft hatten, vereinigten sich auf einem Altar, den Tänzer und Tänzerinnen bildeten. Die restlichen Mitglieder der Tempeltänzer beteten die beiden in ihrer hochzeitlichen Umarmung an. Alle Zuschauer, vor allem auch die königlichen, waren hellauf begeistert.

Königin Regula vermochte die Tränen nicht zurückzuhalten. »Wunderschön … wirklich wunderschön!«, stieß sie hervor. »Doch sage mir, König Anaximander, wie kannst du deine Künstler zu einem so vollkommenen Tanz ausbilden, in dem sie ohne jegliches Zaudern die Klingen wirbeln lassen, obgleich sie dabei das Wagnis eingehen, verwundet zu werden? Gewiss könnte ich viel von dir lernen. Nie ist es mir gelungen, dass meine Tänzer und Tänzerinnen unsere Göttin mit derartiger Genauigkeit ehren. Ich flehe dich an, verrate mir dein Geheimnis.«

Anaximander lächelte etwas hochmütig. »Teure Königin, wahrscheinlich rührt es von der Tatsache her, dass sie wissen, dass ihr König ein scharfes Auge für Einzelheiten hat und dass ich oft zuschaue und mir das Ergebnis sehr am Herzen liegt«, erklärte er. »Schließlich ist dieser rituelle Tanz von ungeheurer Bedeutung bei der Verehrung unseres Gottes Votantha.«

»Erkläre mir bitte die genaue Bedeutung, König«, sagte Regula. »Ich nehme an, dass der junge Held euer Gott Votantha ist, doch wer sind seine Feinde und wer die Schwertjungfrau, die er zur Gemahlin nimmt?«

»Ich vermag deine Fragen nicht genau zu beantworten«, sagte Anaximander. »Wie ich bereits sagte, ist es ein prophetischer Tanz. Er erzählt zukünftige Ereignisse bei den Göttern, nicht unbedingt auf dieser Erde. Doch falls du meine Vermutung hören willst…«

»Saditha, unsere Göttin, ist eine Kriegerin«, warf König Semiarchos ein. »Laut unserer Tradition hat sie keinen Gefährten, dennoch ist sie eine Göttin der Familie und Fruchtbarkeit. Das lässt darauf schließen, dass es irgendwann und irgendwo einen Mann gegeben hat – einen Gott, nehme ich an. Mit Sicherheit kein gewöhnlicher Sterblicher.«

»Das entspricht haargenau meinen Überlegungen«, sagte Anaximander und nahm auf dem mit Blattgold überzogenen Sessel Platz. »Vielleicht wird sich ja die Prophezeiung noch zu unseren Lebzeiten erfüllen.«

»Du meinst, dass unsere Saditha deinen Votantha heiratet und damit das Bündnis zwischen unseren beiden Städten im Reich der Götter festigt? Was für ein inspirierender Gedanke!« Königin Regula warf einen Blick auf den muskulösen jungen Tänzer mit der olivfarbenen Haut, welcher den das Schwert schwingenden Gott dargestellt hatte. Für den Tanz trug er ein Schaffell, in das sich die umherwandernden shemitischen Propheten so gern kleideten. Er hatte die Fellkappe verwegen schief aus der Stirn geschoben, als er neben der schlanken jungen Frau stand, die seine Braut getanzt hatte. Jetzt war sein mit Perlen besetzter Schwertgurt leer. Die Sandalen hatte er fast bis zu den Knien geschnürt. »Mir scheint dein Votantha ein äußerst gut aussehender, ausgesprochen männlicher Gott zu sein und sehr geeignet, um an der Seite unserer Saditha zu verweilen.«

Anaximander lachte. »In der Tat, so ist es. Mir und meinen Tempelpriestern gegenüber ist Votantha ein gestrenger Gott, der die Gesetze festlegt, doch beim gemeinen Volk wird er als Held und Feuerbringer geliebt. Zuweilen kann er auch lustige Streiche spielen. Übrigens habe ich diese Eigenschaften in den religiösen Überlieferungen vieler shemitischer Götter gefunden.« Er musterte die anderen mit verschlagenen Blicken. »Zweifellos besteht für unsere Städte eine gemeinsame Grundlage.«

»Es klingt durchaus interessant«, meinte König Semiarchos nachdenklich. »Selbstverständlich vorausgesetzt, dass die Eine Wahre Göttin uns ihr Einverständnis durch günstige Zeichen kund tut, welche meine Königin, die Hohepriesterin, zu deuten vermag.« Voll Achtung blickte er auf Königin Regula. »Und du, Zaius, was denkst du? Wäre unsere Göttin gut beraten, wenn sie einen Gemahl aus unserer Nachbarstadt wählt?«

»Ich, Majestät?« Der Tempel-Held schien tief in düstere Gedanken versunken zu sein. Jetzt gab er sich einen Ruck. »Danke, dass Ihr mich um meine Meinung befragt. Ja, ich habe soeben gedacht, dass wir von diesem fremden Glauben viel lernen könnten. Die Einführung eines starken männlichen Gottes, zu dem wir auch beten könnten, dürfte unsere Stadt stärken und gewisse moralische Probleme beseitigen … mit anderen Worten, es könnte uns allen frische Kräfte bescheren.« Voll Achtung wandte er sich an Königin Regula. »Damit möchte ich jedoch auf keinen Fall andeuten, dass es unserer Verehrung der Göttin an Kraft mangelt.«

»Nein, Zaius, du brauchst dich nicht zu entschuldigen.« Die Königin lächelte ihm huldvoll zu. »Ich glaube, man kann durchaus behaupten, die fremde Religion würde unsere Tempeltänze beleben.« Sie blickte zur Tanztruppe aus Sark hinüber, die jetzt an einer Wand kniete. »Und es könnte auch die Festlichkeiten bereichern, die für die Thronfolge abgehalten werden.« Sie wandte sich lebhaft an Anaximander. »Du musst wissen, dass es in naher Zukunft in unserer Stadt eine Heirat geben wird.«

»Und einen Zweikampf«, fügte Semiarchos hinzu. »Doch das dürfte keine große Sache werden. Zaius wird seinen Herausforderer mühelos erledigen. Die Königin spricht von der Heirat unserer Tochter Afriandra mit diesem prächtigen jungen Tempelkrieger. Da Regula und mir kein männlicher Erbe geschenkt wurde, halten wir diese Vermählung für das beste Mittel, die traditionelle Verbindung zwischen Tempel und Palast in unserer Stadt so fortzuführen. Aber …«, der König machte eine Pause und strich sich die silbernen Locken seines Barts, »… jetzt könnte diese Heirat die Verbindung zwischen Saditha und Votantha symbolisieren! Darüber sollte man nachdenken …«

»Afriandra, eure Tochter?«, unterbrach ihn König Anaximander. »In der Tat habe ich bereits ihre Klugheit und Schönheit preisen gehört. Weshalb ist sie nicht bei uns?«

Königin Regula seufzte. »Ach, Stimmungen und Unpässlichkeiten eines jungen Mädchens! Beim Frühstück fühlte sie sich nicht recht wohl, doch jetzt sollte sie zu uns kommen.« Sie winkte einer Dienerin und sagte leise: »Aella, hole bitte die Prinzessin.«

»Ja, jetzt sehe ich, dass ihr gütige Herrscher seid«, sagte Anaximander schmeichelnd. »Ihr habt Nachsicht mit den Launen eurer Tochter und erweist Dienern die Gunst, sie beim Namen zu nennen. Nein, nein, keine Entschuldigung! So edle und liebenswürdige Menschen wie euch schätzt unser Gott Votantha. Ihr seid genau die Art Menschen, die ich und meine Stadt als … Freunde haben wollen.«

Semiarchos schien etwas verblüfft zu sein. »Und du, Anaximander? Hast du eine Königin und Erben in deinem Palast?« Er lächelte nachsichtig. »Oder bist du einer dieser verwöhnten Herrscher, die sich einen Harem mit schönen und edlen Frauen halten?«

»Weder noch«, lautete die knappe Antwort des Gastes. »Ein Nachkomme so früh in meiner Regentschaft könnte später zu … Komplikationen führen, wenn das Kind älter wird. Ich werde zum richtigen Zeitpunkt einige geeignete Sklavinnen wählen und Vorkehrungen treffen, damit meine Dynastie mit männlichen Erben weiterlebt. Selbstverständlich werde ich alles streng unter Kontrolle halten. So ist es seit Jahrhunderten Sitte bei meinen Vorvätern gewesen.«

»Ja, ich verstehe, eine berechtigte Sorge«, sagte Semiarchos schnell, während Königin Regula missbilligend die Stirn runzelte. »Wir sehen den gleichen unausweichlichen Schwierigkeiten entgegen, sobald unser junger Zaius nominell König sein wird, während ich noch in der Blüte meiner Mannesjahre stehe.« Er klopfte sich auf die Brust und legte dann dem steif dastehenden Tempelkrieger die Hand auf die Schulter. »Doch zweifellos bleiben uns noch etliche Jährchen, um dem Burschen beizubringen, wie man König ist, und die Übergabe der Macht ganz allmählich durchzuführen.«

»Afriandra, Kind!«, rief Königin Regula. »Komm her, du hast unseren hohen Gast lange genug warten lassen! Lerne König Anaximander kennen, meine Liebe. Er möchte ein fabelhaftes Bündnis mit unserer Stadt und unserem Tempel eingehen.« Während ihrer letzten Worte war die Prinzessin näher gekommen und verneigte sich vor dem sarkadischen König. Dann küsste sie Vater und Mutter, die auf den goldenen Sesseln saßen, flüchtig auf die Stirn. Auch dem steif dastehenden Zaius schenkte sie einen Kuss, den dieser leidenschaftslos erwiderte.

»Lieber Anaximander, das ist unsere Tochter Afriandra, einzige Erbin des Thrones und des Königshauses von Qjara«, fuhr Königin Regula fort.

»Willkommen, Prinzessin«, sagte Anaximander. »Wie ich sehe, bist du so klug und von den Göttern begünstigt wie deine königlichen Eltern. Komm, setz dich zu uns und genieße die erlesenen Getränke, welche zu unserem Vergnügen aufgetischt wurden. Wie du siehst, haben wir Dattelwein aus Zamboula, den feinsten turanischen Arrak und eine Köstlichkeit, die ich selbst als Tribut brachte, den aromatischen *Narcinthe* aus Samara. Deine Eltern gestatten dir doch gewiss, ein starkes Getränk zu dir zu nehmen, oder? Komm, setz dich her und plaudere mit mir. Ich möchte mehr über euch alle erfahren.«

Während eine neue Runde Getränke eingeschenkt wurde, unterhielten sich die fünf. Die Prinzessin blieb sehr zurückhaltend und beantwortete König Anaximanders Fragen nur einsilbig. Doch schien sie sich sehr für den Plan einer Heirat zwischen den beiden Städtegottheiten zu interessieren. Sogleich brachte sie heftige Einwände dagegen vor, doch ihre Mutter gebot ihr schnell Schweigen.

»Aber, aber, liebes Kind«, sagte die Königin. »Rege dich nicht auf! Die Angelegenheit ist noch keineswegs entschieden. Hier, trink von dem guten samarischen Wein.«

»Ja, so ist es«, pflichtete ihr König Semiarchos bei. »Schließlich müssen zuvor unsere Gebieter, Votantha und Saditha, befragt werden, ob sie ihr Einverständnis zu dieser Vermählung geben.« Der König wandte sich an Anaximander. »Meine Frau ist vor allem in den Rang der obersten Priesterin aufgestiegen, weil sie mittels ihrer Träume und Visionen ein feines Gespür für den Willen der Göttin hat. Selbstverständlich versteht sie sich auch auf die üblichen Orakel durch das Werfen von Knochen und das Lesen der Eingeweide. Bei ihren Fähigkeiten dürfte es nicht allzu lang dauern, bis … Afriandra, Liebes, was ist?«

Semiarchos verschlug es die Rede, als seine Tochter im Sessel in sich zusammensank und zu Boden geglitten wäre, hätte die Dienerin Aella, die in der Nähe stand, sie nicht aufgefangen. Mit Hilfe der Königin hob man sie wieder in den Sessel, doch hatte sie das Bewusstsein verloren. Mutter und Dienerin tätschelten ihre Wangen und rieben ihre Hände. Nach kurzer Zeit kehrte das Bewusstsein zurück, doch wollte Afriandra nicht die Augen öffnen, sondern erklärte mit matter Stimme, sie fühle sich nicht wohl und wolle in ihre Gemächer zurückgehen. Nur mit fremder Hilfe vermochte sie sich auf den Beinen zu halten. Zwei Diener geleiteten sie zurück in den Palast.

»Was könnte das gewesen sein?«, fragte König Anaximander besorgt. »Sie blickte mich über den Becher an. Plötzlich rollten ihre Augen nach oben und sie brach zusammen.«

»Ach, Ihr wisst schon, junge Mädchen und ihre nervösen Leiden!«, entschuldigte sich Königin Regula. »Nehmt keinen Anstoß daran! Ich war genauso in ihrem Alter. Möglicherweise war es das starke Getränk. Ihr müsst wissen, dass es für sie das erste Mal war, da wir es ihr bisher nicht gestattet haben, so etwas zu trinken. Aber ich bin sicher, bis heute Abend geht es ihr wieder gut.«

»Wie auch immer«, sagte Anaximander. »Es ist ein wahrer Segen für euch, eine so empfindsame, schöne Tochter zu haben. Gewiss liebt ihr sie sehr und könnt es kaum erwarten, dass sie euch in den zukünftigen Jahren viel Freude schenken wird. Ich bete zum großen Votantha, dass er euch alles gewähre, was ihr so überreich verdient.«

Nachdem Prinzessin einen Heiltrank eingenommen hatte, schlief sie den gesamten Nachmittag in ihrem Gemach. Als sie schließlich erwachte, sah sie durch das Fenster die Umrisse eines Hünen, der draußen in der Abenddämmerung stand.

»Conan«, stieß sie überrascht hervor und hob den Kopf. Benommen blickte sie ihn an. »Wie kommst du hierher?«

»Seit ich bei dem Überfall auf die Stadt herausgefunden habe, wie leicht man über die Stadtmauer kommt, vermochte ich mich nur mit Mühe fern zu halten.« Er spähte umher und war bereit, jederzeit die Flucht anzutreten. »Ich habe gespürt, dass irgendetwas mit dir nicht in Ordnung war. Und jetzt finde ich dich hier tief schlafend, obgleich es noch nicht dunkel ist. Wahrscheinlich hat man dir ein Rauschmittel gegeben. Was ist geschehen, Mädchen?«

»Ach, nichts, Conan ... nur die Belastung der königlichen Geburt und die Mühen, einen ausländischen König unterhalten zu müssen und ...«

»Du hast wieder *Narcinthe* getrunken, nicht wahr?« unterbrach sie der Cimmerier. »Das sehe ich daran, wie deine Augen unstet umherschweifen.« Er trat an ihr Bett. »Was ist mit der Tür? Kann man sie verschließen?«, fragte er. »Ich möchte es nur wissen, weil ich um deine Sicherheit besorgt bin.«

»Sei unbesorgt. Keiner tritt ein, ohne zuvor zu klopfen. Ich brauche niemanden einzulassen.« Sie glitt etwas beiseite und winkte Conan. »Komm her und setz dich zu mir, wenn du hier bist, um mich zu trösten. Allerdings ist es seltsam, von einem gigantischen Krieger getröstet zu werden, der nur Helm und Beinschienen trägt. Was ist mit dem goldenen Schwert um deine Mitte? Ist das echt oder ist es Teil einer Vision?«

»So töricht bin ich nicht, mich in einen Königspalast zu schleichen, ohne mein Ilbarsi-Schwert mitzunehmen. Doch es ist keine schimmernde Zierde.« Conan kniete neben das Bett, um schamhaft seine Blöße zu verbergen. »Nun, Kleine, haben deine Visionen über die Zukunft dich so erschreckt?«

»Oh, Conan, es war grauenvoll!«, sagte sie, als würde sie sich soeben erinnern. »Ich sah den fremden Gast meiner Eltern – Axander oder so ähnlich heißt er. Seine Gesichtszüge waren überaus seltsam. Plötzlich bildeten sich tiefe Runzeln. Sein Kopf wurde zu einem verbrannten Schädel, an dem verkohlte Fleischfetzen hingen. Es war entsetzlich. Ich fürchte, dass sich Grauenvolles ereignen wird.« Sie seufzte.

»Nun, diese Prophezeiung ist leicht zu erklären«,

versicherte ihr Conan und strich ihr übers Haar. »Vielleicht geht sein Zelt auf dem Heimweg in Flammen auf. Ich will wissen, was mit Zaius ist? Wegen des bevorstehenden Zweikampfs muss ich ihn im Auge behalten. Hast du ihn in einer Vision gesehen? Und was ist mit deinen Eltern?«

»Hör auf, Conan. Ich flehe dich an! Ich vermochte nur den königlichen Besucher zu sehen. Alles andere war verschwommen und … ich hatte Angst, hinzuschauen. Deshalb habe ich auch das Bewusstsein verloren.« Sie schlug die Hände vors Gesicht und schluchzte leise.

»Schon gut, ich bin ja da, Mädchen!« Conan schob sich aufs Bett und legte den Arm um die Prinzessin. Sie schmiegte sich an ihn und lehnte – immer noch schluchzend – den Kopf an seine breite Brust.

Er gab sich große Mühe, die Prinzessin gebührend zu trösten. Das nahm sehr viel Zeit in Anspruch und währte bis in den späten Abend. Zweimal klopfte jemand schüchtern an die Tür, doch Afriandra war erstaunlich geistesgegenwärtig und erteilte laut und barsch Befehle, worauf sich die Störenfriede sogleich zurückzogen. Afriandra gab sich sogleich wieder den atemberaubenden Tröstungen des Cimmeriers hin, als wäre nichts geschehen.

Doch schließlich rollte sie auf die Seite und zündete die Öllampe auf dem Tisch neben dem Bett an. Das Licht tauchte das Schlafgemach in schwaches, waberndes Gold. In diesem schimmernden Licht wirkte das Bett wie eine Insel im Meer, auf der sich die beiden Menschen wie ermüdete Schwimmer auf einer Sandbank ausruhten.

Afriandra strich Conans bronzene Lende. »Das hier ist der beste Beweis, dass ich die Gabe der Prophezeiung besitze. Meine Visionen haben nicht gelogen.«

Conan streckte sich auf dem festen kühlen Bett, dann stützte er sich auf einen Ellbogen. »Du meinst, ich … gleiche deinen Visionen?«

»In der Tat. Jede Narbe, jede Sehne, jeder Muskel ist genau so, wie es vorhergesagt wurde«, versicherte sie ihm und zog besonders hervorstechende Körpermerkmale mit dem Zeigefinger nach.

»Ich bin froh, dass du mich nicht ohne Kopf oder andere lebenswichtige Körperteile gesehen hast«, meinte Conan. »Damit habe ich zumindest die gleichen Chancen in dem bevorstehenden Zweikampf mit dem Tempelkrieger.«

»Conan, darüber wollte ich unbedingt mit dir sprechen. Ich hätte dich zu einem Stelldichein bestellt, wärst du nicht hergekommen.« Trotz ihrer nymphengleichen Gestalt war die Stimme verblüffend stark und ruhig. »Gewiss kannst du dir vorstellen, dass es nicht leicht für mich ist, dass sich die beiden Männer, die ich am meisten … schätze und achte …, in wenigen Tagen gegenseitig abschlachten wollen! Und genau genommen, geht es in diesem Kampf ja nicht um mich, da ich bereits versprochen bin und keineswegs die Absicht hege, diese Verlobung aufzulösen.«

Sie suchte in Conans Augen nach einem Zeichen dafür, ob er verletzt wäre. Beinahe flehend fuhr sie fort: »Kannst du nicht sehen, dass du die Dinge zwischen Zaius und mir sehr schwierig gemacht hast?«

»Ich?«, meinte Conan empört. »Ich habe nun wirklich keinerlei Schwierigkeiten gemacht! Falls du dich zu erinnern geruhst, habe ich dir lediglich geholfen, als du mich darum gebeten hast. Wenn ich mich nicht irre, hast du mit mir nur gezündelt, um deinen halbgebackenen Tempel-Helden in Feuer zu versetzen! Zaius, er ist das Haar in der Suppe! Er hat die Schwierigkeiten heraufbeschworen, nicht ich!«

»Ich? Ich hätte dich benutzt?« Afriandra machte große erstaunte Augen. »Ich habe dich lediglich um Rat gefragt, weil du ein weitgereister Mann von Welt bist! Zugegeben, ich hätte wissen müssen, dass es hier in meinem Schlafgemach endet – ich, die Prophetin mit dem untrüglichen Gesicht ...« Sie schüttelte die Locken.

»Doch selbst, wenn dem so ist, Conan, ist das noch lange kein Grund, dass du mit Zaius kämpfst«, fuhr sie tadelnd fort. »Versuche, das Ganze wie ein Erwachsener zu sehen! Ich weiß, dass seine Zunge so scharf wie sein Schwert ist ... aber musst du denn mit deinem barbarischen Stolz gleich so empfindlich sein? Besonders hier in Qjara, wo wir nichts über dein Heimatland wissen und das du in einem Monat wieder verlassen haben wirst! Zaius ist ein schwieriger Mann, das steht fest, doch kannst du nicht sehen, dass er tief im Innern wie jeder Mann fühlt – und dass er ebenso verletzlich ist wie du? Und er wurde verletzt.«

»Nicht so, wie er noch verletzt werden wird. Das schwöre ich bei Croms Keule! Dieser verleumderische Hund ...«

»Sei still, Conan!« Afriandra legte dem Liebhaber beschwichtigend die Hand auf die Schulter. »Hör mir zu. Zaius hat eine schwere Bürde zu tragen. Als Tempel-Held muss er unbesiegbar sein. Er muss Gefahren unerschrocken ins Auge blicken, bei denen andere Männer sich in Angstschweiß und Tränen auflösen ... zumindest muss er sich diesen Anschein geben. Und jetzt haben meine Eltern beschlossen, dass er trotz seiner niedrigen Geburt König werden soll – König von Qjara zu sein ist kein Kinderspiel, Conan, es ist ein Leben voller Sorgen und großer Verantwortung! Und obendrein muss er noch mit mir und meiner unabhängigen Lebensweise fertig werden ...«

»Und ich kann mir keinen Schlechteren für diese Aufgabe vorstellen als diesen aufgeblasenen Wichtigtuer«, unterbrach sie Conan wütend. »Kein anderer Mann wird euer ziemlich erträgliches Qjara in ein seelenloses Gefängnis verwandeln, in dem es ebenso grauenvoll ist wie in den anderen shemitischen Städten. Ich würde dir und deiner Stadt einen unschätzbaren Dienst erweisen, wenn ich ihn in Stücke haue und ...«

»Conan, im Grunde seines Herzens ist er edel und gefühlvoll«, widersprach die Prinzessin. Sie war den Tränen nahe. »Er hat seine ... Grenzen zugegeben, doch wir haben keinen anderen. Damit müssen wir uns abfinden. Um meinetwillen und wegen meiner königlichen Abstammung ...«

Ein leises Klopfen unterbrach sie. »Afriandra, Prinzessin, geht es dir gut?«, fragte eine gedämpfte Stimme.

»Ja, ich fühle mich schon besser.« Wie zuvor sprach sie laut und deutlich. »Geh wieder! Ich wünsche, nicht gestört zu werden.«

»Verzeih mir, Prinzessin!« Die Tür glitt lautlos auf. »Ich kann mir nicht helfen, ich muss einfach ...« Beim Anblick der beiden Gestalten auf dem Bett wurde der Eindringling so bleich, dass man es trotz des schwachen Lampenscheins sah. Es war Zaius.

Er brauchte geraume Zeit, um ein Wort über die Lippen zu bringen. »Oh, ich sehe«, stieß er schließlich hervor.

»Zaius, ich ...«, begann Afriandra. Doch es war zu spät. Wortlos hatte der Tempelkrieger die Tür ins Schloss gezogen und war gegangen.

»Nun, der Bursche hat trotz allem noch ein wenig Verstand«, erklärte Conan und ließ das Ilbarsi-Schwert los, das er bei Zaius' Eintritt sofort ergriffen hatte.

»Vielleicht lässt er dir doch eine gewisse Freiheit, wenn du erst seine Königin bist.«

»Nein, Conan. Jetzt ist alles noch viel schlimmer als zuvor!« Die Prinzessin klammerte sich an den Arm des Cimmeriers. »Hör mir zu. Du musst Qjara auf der Stelle verlassen! Was kümmern dich unsere Angelegenheiten? Ich kann dir Geld für Proviant geben! Schlag dein Lager in den Bergen auf oder zumindest außerhalb der Reichweite der Stadt, bis die ersten Karawanen eintreffen. Du darfst diesen Zweikampf mit Zaius nicht austragen! Wenn du ihn töten würdest, wäre das das schlimmste Unglück für unsere Stadt! Und nach heute Abend vermag ich ihn nie und nimmer zu überreden, dich nicht zu töten…«

»Unmöglich«, erklärte der Cimmerier und setzte sich auf. »Ich habe ihn öffentlich herausgefordert, weil seine üblen Beschimpfungen unerträglich für mich waren. Dafür muss er büßen! Afriandra, gemäß euren eigenen Tempelgesetzen ist die Herausforderung heilig – wie auch gemäß meinem Gesetz!« Er steckte das Schwert in die Schlaufe am Gürtel. »Ich könnte mich von diesem Kampf nicht fortstehlen – auch nicht, wenn sämtliche Prinzessinnen Shems mich anflehten oder bestechen würden.« Er stand vor ihr und strich ihr ein letztes Mal übers Haar.

»Nun gut. Wenn du nicht nachgeben kannst, könntest du deine Liebe zu mir zumindest durch eine Sache unter Beweis stellen.« Tränen strömten über ihr Gesicht, als sie trotzig zu ihm aufblickte. »Lass dich von Zaius töten!«

Kapitel 9

MEER AUS SAND

König Anaximander von Sark durchquerte die Wüste mit der seinem Stand angemessenen Behaglichkeit. Bequem in der Sänfte zurückgelehnt, genoss er die schwankenden Bewegungen, während die Sklaven ihn trugen. So ähnlich musste es sein, in einem kleinen Boot über das große Meer zu fahren. Er hatte davon nur gehört, doch jetzt stellte er sich vor, wie es wäre, auf dem Meer zu sein, wenn die Sklaven eine Düne hinaufstapften, immer langsamer werdend, je steiler es hinaufging und der Sand unter ihren Füßen davonglitt – dann dieser herrliche Ruck und der schnelle, schwankende Abstieg, wenn die Sklaven sich gegen die Sänfte stemmten, um sie auf dem steilen Hang nicht in den Sand gleiten zu lassen. Unten angelangt ächzten und keuchten seine menschlichen Tragtiere vor Anstrengung und bereiteten sich auf den nächsten Anstieg vor.

Anaximander genoss dies alles mit unschuldiger, beinahe kindlicher Freude. Er schätzte die unvergleichliche Annehmlichkeit dieser Fortbewegungsart, wenn die dünnen Vorhänge der Sänfte sich in einer leichten Brise blähten, und vor allem den prachtvollen Ausblick von seinem schattigen Sitz aus. Unermesslich erstreckten sich die sanften Hügelketten der Dünen. Es war klug gewesen, diese Route für den

Rückweg nach Sark zu wählen, anstelle der langweiligen Reise durch die Weiten der ausgetrockneten Flüsse und Seen.

Allerdings würde er die Träger später bestrafen müssen, weil ihre unregelmäßigen Schritte von schlechter Ausbildung zeugten und auf unzureichende Kräfte schließen ließen. Nach dem grotesken Tempeltanz, zu dem er die Sklaven beim Staatsbesuch in Qjara gezwungen hatte, waren sie ohnehin wertlos geworden. Doch im Augenblick war die Erfahrung dieser Wüstendurchquerung einzigartig und er genoss jede Minute.

Falls die Abteilung militärischer Wachen eine Ahnung hinsichtlich der vom König gewählten Route hatte, behielten sie diese klugerweise für sich. In loser Formation schwärmten sie auf den Dünen umher und sicherten die königliche Sänfte nach allen Seiten hin ab. Doch jetzt gab ihr Kommandant, ein narbengesichtiger Offizier in Bronzeharnisch mit dem Aussehen eines Spürhundes, seinem Pferd die Sporen und ritt neben Anaximanders schwankendem Thron.

»Hoheit, eine Prozession wurde gesichtet«, meldete er betont leise. »Vor uns. Sie hat die Alkali-Wüste im Westen umgangen. Man hält es für möglich, dass es sich um die Schar des Priesters Khumanos handelt, welcher die heilige Götterstatue nach Süden, nach Qjara, bringt.«

Anaximander dachte kurz nach. »Gut so«, erklärte er. »Das bedeutet, er hält sich genau an den Zeitplan, den ich für ihn ausgearbeitet habe.« Nach weiterer stummer Überlegung fuhr der König fort: »Seit geraumer Zeit habe ich nur wenig über seine Fortschritte gehört, und das auch nur über Kuriere. Sorge dafür, dass er zu mir kommt. Ein Gespräch unter vier Augen ist unabdingbar.« Nachdenklich strich er durch die geölten Bartlocken. »Und schicke zwei Offiziere zu ihm. Sie sollen dafür sorgen, dass die Sklaven während seiner Abwesenheit weitermarschieren, damit sich die Ankunft des Götterbildes nicht unnötig verzögert.«

»Euer Befehl wird sofort ausgeführt, Euer Hoheit.« Der Kommandant versetzte seinem Pferd einen kurzen Peitschenhieb und sprengte davon. Gleich darauf erteilte er einem Untergebenen barsch Befehle. Dieser ritt zu seinen Männern, um die Befehle weiterzugeben. In Windeseile galoppierten Soldaten los. Als Anaximander die Staubwolken sah, welche die Pferde aufwirbelten, war er zufrieden, dass seine Kavallerie so schnell ausgerückt war. Von seiner schwankenden Sänfte aus erhaschte er mehrmals einen Blick auf die Reiter, wenn sie auf der Kuppe einer Sanddüne auftauchten. Mit jeder Düne wurden sie kleiner.

Die Reiter kehrten in weniger als einer Stunde zurück. Diesmal näherten sie sich der königlichen Sänfte von hinten. Der König bemerkte sie erst, als sie bereits auf dem Scheitel der letzten Düne waren. Er klatschte in die Hände, damit die Sklaven am Fuß der Düne anhielten. Inmitten der Schar erblickte er Khumanos.

Der Erzpriester hing kläglich im Sattel und hielt sich krampfhaft fest. Augenscheinlich war es für ihn eine neue Erfahrung, sich auf dem Rücken eines Pferdes fortzubewegen. Anaximander war sicher, dass er etliche blaue Flecken und schmerzhafte Abschürfungen erleiden musste, ganz zu schweigen von den Schmerzen in den Muskeln und Knochen, die noch folgen würden.

Sobald die Abteilung der Kavallerie neben der Sänfte hielt, glitt der Priester vom Pferd und schaffte es, auf eigenen, wenn auch wackligen Beinen zu stehen. Die hagere, wettergegerbte Gestalt des Priesters strahlte eine Kraft und Entschlossenheit aus, wie sie der König bislang nicht gesehen hatte.

»Hoheit.« Der Priester verneigte sich knapp und schlug die Augen kaum einen Herzschlag lang nieder.

»Sei gegrüßt, junger Priester«, rief der König beinahe fröhlich. »Zeit und harter Dienst scheinen dich verändert zu haben … zum Besseren, glaube ich. Auf alle Fälle bist du gealtert. Doch komm her und setz den Weg in meiner bequemen Sänfte mit mir fort. Die Sklaven werden dein zusätzliches Gewicht mit Sicherheit bewältigen. Es ist ein großes Vergnügen, in diesem schwankenden Kasten über die Dünen der Wüste zu gleiten – komm her und nimm Platz!«

Auf steifen Beinen kam Khumanos näher, blieb jedoch vor der Sänfte stehen. Er ließ sich von den persönlichen Dienern des Königs das mit Sand verklebte Gewand über den Kopf ziehen. Dann holten sie aus einer Truhe aus Zedernholz, die zum Gepäck des Königs gehörte, einen weichen Burnus aus kostbarer Seide. Kurz sah Anaximander den braunen Körper, nur mit dem Lendentuch bekleidet. Er glich einem Skelett und zeugte von Entbehrungen und Askese. Abgesehen von dem rauen Lendentuch trug der Priester als einzigen Schmuck ein abgebrochenes verrostetes Messer an einem Lederriemen um den Hals, ein religiöses Emblem, das dem König irgendwie bekannt vorkam. Sobald Khumanos angemessen bekleidet war, schlug ein Diener den dünnen Vorhang beiseite, und der Priester stieg in die Sänfte, welche die Sklaven in den Sand gestellt hatten.

Khumanos nahm dem König gegenüber Platz, sodass er unter dem hohen Baldachin nach hinten blickte. Als die Sklaven auf Anaximanders Geheiß hin die Sänfte auf ihre Schultern hoben, taumelte der

Priester nach hinten und wäre beinahe hinausgerollt. Nur der schnelle und feste Griff des Königs um das dünne Handgelenk rettete ihn. Doch dann waren sie unterwegs und bewegten sich schwankend die nächste hohe Sanddüne hinauf.

»So, Erzpriester«, begann König Anaximander, »warst du imstande, die Befehle unseres großen Herren Votantha fehlerlos auszuführen? Was ist mit dem Götterbild? Wurde es genau laut der uralten Formel gefertigt?«

»Jawohl, Hoheit.« Khumanos betrachtete den König, ohne eine Miene zu verziehen, während er antwortete. Seine Stimme war vom Staub der Wüste und vor Erschöpfung sehr heiser. »Wir haben das heilige Metall aus den alten Stätten oberhalb Shartoums gewonnen, aus den drei geweihten Minen, wie es in den alten Schriften geschrieben steht. Die Siegel an den Schächten waren unverletzt, und das Erz entsprach genau dem Standard, welchen der alte Solon mir beschrieben hatte. Dann schafften wir das Erzgestein zur Schlucht des Feuers, um es zu schmelzen. Die Männer, welche für den Erhalt der Minen verantwortlich waren, kamen ihren Pflichten befriedigend nach – wie zuvor.«

»Und hat dieser hinterlistige Teufel, der Scheich, irgendwelche Unterstützung gewährt?«

»Allerdings, Hoheit. Gegen das entsprechende Entgelt stellte er mir Sklaven, und wir mussten keinerlei Überfälle durch Räuber in Shartoum durchstehen. Daher gelang es uns, die Segmente des Götterbildes in angemessener Zeit zu gießen und auf den Weg zu bringen.«

»Gut! Offenbar fürchtet mich der alte Shartoumi genug, um keinerlei Tricks zu versuchen. Ich freue mich, dass du dein Werk so mühelos durchführen konntest.« Anaximander machte ein ernstes Gesicht und dachte kurz nach, wobei er sich mit den Fingern durch die Bartlocken strich. »Was ist mit den anderen Abteilungen? Hast du Nachricht über deren Vorrücken?«

»Laut den letzten Meldungen, die mir Kuriere überbrachten, müssten beide Prozessionen in der Nähe Sarks sein. Die drei Teile des Götterbildes sind gleich groß und schwer, doch die östlichste Abteilung hat die längste Wegstrecke. Die in der Mitte muss steiles Gelände bezwingen, über die Berge, welche unsere Stadt und unser Land umgeben.«

»In der Tat darf das Götterbild unter keinen Umständen durch Sark geschafft werden«, meinte der König. »Das wäre ein äußerst schlechtes Omen.«

»Selbstverständlich nicht, Hoheit. Doch infolgedessen hängen die anderen Prozessionen etwas hinterher. Ich habe vor kurzem Läufer ausgeschickt, um ihre genauen Standorte in Erfahrung zu bringen.«

»Deine Jünger führen sie doch, oder? Ich hoffe, es sind verlässliche junge Männer.«

»So ist es, Hoheit. Ich habe mir größte Mühe gegeben, sicherzustellen, dass sie ihre Mission ernst und kompromisslos durchführen.« Bei diesen Worten nahm Khumanos den rostigen Dolchgriff zwischen die Finger, der an seinem Hals hing. »Doch, Hoheit, die Zahl meiner Arbeiter hat sich durch die Strapazen und Unfälle, die uns auf dem Weg zustießen, so verringert, dass ich gezwungen war, fast sämtliche militärischen Wachen für die Arbeiten heranzuziehen. Ich nehme an, das gilt auch für die anderen beiden Abteilungen. Falls Ihr mir einige Soldaten oder Sklaven für unsere Sache zur Verfügung stellen könntet…«

»Aber gewiss doch, Priester. Mein voller königlicher Wille unterstützt deine Mission. Du kannst ein ganzes Dutzend von meiner Leibgarde haben, wenn du es wünschst. Sobald ich nach Sark zurückgekehrt bin, werde ich einen königlichen Erlass ausgeben – nur Freiwillige, keinen unter Zwang. Das halte ich für besser. Bei den Bedingungen, unter denen die Bauern in unserer Stadt gelebt haben, sollten sie sich scharenweise in die Sklaverei melden, allein für die Zusage, so viel Wasser und Proviant zu erhalten, wie sie tragen können. Ich werde sie losschicken, damit sie die beiden anderen Prozessionen überholen. Das dürfte deinen Bedürfnissen Genüge leisten.«

Auf Khumanos' wortloses Nicken hin fuhr Anaximander fort. »Gut. Hier, Priester, iss und trink vor allem, da ich deine heisere Stimme leid bin.« Er deutete auf einen Korb hin, der offen neben ihm stand und in dem sich Obst, Käse, Brot und verkorkte Weinflaschen befanden. »Während du dich stärkst, berichte ich dir etwas, worüber dein Herz frohlocken wird und wofür du deinem huldvollen Herrn danken wirst.«

Der König räusperte sich. »Ich komme soeben aus Qjara. Wie du weißt, wollte ich dort den Weg für deine Priesterschaft ebnen. Es ist jetzt gewiss, dass der heilige Baum Votanthas dort schnell Wurzeln schlagen, wachsen und gedeihen wird.«

Khumanos aß und trank ohne besonderen Eifer. Schweigend lauschte er den Worten des Königs und machte keinerlei Bemerkung. Nur seine dunklen, hellwachen Augen hingen wie gebannt an Anaximanders Lippen.

»Alles in allem«, fuhr der König fort, »kann man meinen Besuch als vollen Erfolg bezeichnen, sowohl im Hinblick auf die Religion als auch im diplomatischen Sinn. Du musst wissen, dass man mich in der

Stadt, im Palast und selbst in den Gemächern meiner Feinde willkommen geheißen hat.« Der König lachte laut. So offen hatte er sich noch nie einem Menschen gegenüber, der unter ihm stand, geäußert. »Aus erster Hand sah ich ihre Mitleid erregenden Schwächen, welche sie für unseren Gott Votantha so verhasst machen. Die Freigebigkeit, die lockeren Sitten, die moralische Verkommenheit ... und ihre widerliche Arroganz! Vorausgesetzt, dass die Laster anderer Menschen den ihren gleichen.« Der Herrscher verzog zutiefst angewidert den Mund. »Zum Glück fordern derartige Schwächen selbst zu ihrer Ausrottung auf. Sei gewiss, Priester, ich habe in jeglicher Hinsicht, in religiöser, politischer und spiritueller, den Weg für die Ankunft unseres großen Gottes geebnet.«

»Dann darf ich annehmen, Hoheit, dass Ihr sie als Opfer an unseren heiligen Meister für geeignet haltet?« Khumanos hatte sein Mahl beendet und legte die Melonenschalen und die leere Flasche Dattelwein beiseite.

»Ja, in jeglicher Hinsicht! Der Reichtum und lockere Lebenswandel, die üppigen Äcker und Felder sowie ihre überladene Pracht an den Gebäuden, ganz zu schweigen von ihrer rührenden Einfältigkeit, machen sie zu den bestmöglichen Kandidaten, die man in einem Feueropfer gen Himmel schicken kann! Jede Einzelheit ist genau so, wie ich sie in jener seltenen Vision geschaut habe, die unser huldvoller Gott mir schickte.« Anaximander nickte eifrig. Er schien in der schwankenden Sänfte von einem heiligen Feuer ergriffen zu sein.

»Ich habe sie verhöhnt, weißt du. Doch in ihrer Selbstgefälligkeit haben sie es nicht gehört.« Der König schüttelte voller Verachtung den Kopf. »Möglich, dass sie sich später einmal an meine Worte erinnern werden – dann aber mit Bitterkeit. Vielleicht auch nur in einem letzten grauenvollen Augenblick, wenn sich unsere Opfer erfüllen. Meinst du, Khumanos, dass du dafür sorgen kannst, wenn du die letzten Worte sprichst? Ich weiß, dass ich es dir nicht befehlen kann, da dich das Opfer, das du darbringen wirst, sogar meiner Reichweite entzieht. Sag, gewährst du mir diese winzig kleine Genugtuung, diesen kurzen Augenblick der Rache?« Anaximander seufzte. »Ich hoffe es, Priester, da unser Herr Votantha auf seine Weise ein freigebiger Gott ist.«

Der Priester schaute ihn unverbindlich an. »Es ist nicht meine Aufgabe, persönliche Rache zu suchen, Hoheit. Meine Sorge gilt allein dem Ritual, dessen Schritte so ausgeführt werden sollten, dass sie den Weg erfolgreich eröffnen.«

Der König löste sich aus seinen Tagträumen und musterte seinen Gast mit neu erwecktem Interesse. »In der Tat, Khumanos. Du hast dich verändert. Vormals schienst du mir zaghaft und zimperlich zu sein und vor allem an den schwachen, blassen Seiten unseres Gottes im Tempel Gefallen zu finden, welche wir als Beschwichtungsmittel dem unwissenden Volk darbieten. Doch jetzt sehe ich dich erstarkt und unbeirrbar zielbewusst, endlich wie ein echter Verwalter! Körperliche Unbillen vermögen dir nichts anzuhaben, seien es deine eigenen oder die der Menschen, die minderwertiger sind als du. Ich glaube, du verdankst sehr viel Votanthas harter Hand und meiner, der ich in seinem Dienst stehe.«

»Jawohl, Hoheit. Doch verdanke ich meinen gegenwärtigen erleuchteten Zustand auch dem dahingeschiedenen Propheten Solon. Er spielte eine entscheidende Rolle, indem er mir … die Sinnlosigkeit der irdischen Hoffnungen und Leidenschaften, ja sogar die Vergänglichkeit des Lebens, vor Augen führte. Dieses Amulett ist ein Erinnerungsstück an seine Lehren.« Bei den letzten Worten hatte Khumanos den Lederriemen mit dem abgebrochenen rostigen Dolch über den Kopf gestreift und hielt ihn in Händen.

»Ja, der alte Solon«, meinte der König nachdenklich. »Älter als die Berge. Und dann endete sein Leben so abrupt – gerade zur Zeit deiner frommen Pilgerfahrt, wenn ich mich recht entsinne, nicht wahr? Nur gut, dass sein uraltes Geheimwissen noch in fähige Hände überging.«

»Ich war sogar anwesend, als er starb, Hoheit. Ein tragischer Fehltritt in seiner finsteren Höhle. Sein Dahinscheiden aus dieser Welt war für mich eine wertvolle Lektion, ein Beweis dafür, wie zerbrechlich und billig sogar das Leben eines der geachtetsten Menschen auf dieser Erde ist.«

»Und mit seiner Weisheit reichte er auch die Phantom-Klinge des Onothimantos an dich weiter.« Anaximander lehnte sich gegen das weiche Rückenpolster der Sänfte. »Ich warne dich, Priester, lasse jeglichen Gedanken fahren, diese Klinge je gegen meine ätherische Seele oder meinen Körper zu erheben.« Er zog mit der Rechten den Ausschnitt seines Gewandes leicht nach unten, sodass man den Kragen des silbernen Kettenhemdes sah, das er unter der feinen Seide trug. »Solltest du es dennoch wagen, lernst du eine Lektion, wie billig ein noch kostbareres Leben ist … nämlich dein eigenes.«

»O nein, Hoheit. Das würde ich nie und nimmer tun.« Khumanos sprach erstaunlicherweise ohne jegliche Spur von Angst vor der Drohung seines Herrschers. »Ich würde diesen magischen Gegenstand nur gegen jemanden einsetzen, dessen Gedanken oder Leidenschaften danach trachteten, den Willen unseres

Herrn Votantha zu behindern. Bis jetzt jedoch ist Euer rachsüchtiger Wille die treibende Kraft in dieser Mission zur größeren Ehre und Ruhm unseres Gottes – ja, in der Tat die Quelle. Solange es so bleibt, Hoheit, ist Eure Seele die Letzte, die ich auslöschen würde.«

»Dann bist du weise, Priester, und überaus geeignet, mir und unserem göttlichen Herrn fürderhin zu dienen.« Anaximander klatschte laut in die Hände, um die Aufmerksamkeit der Reiter neben der Sänfte zu erregen. »Reite nun weiter und sorge dafür, dass die Karawanen im Norden ihr Ziel erreichen. Ich werde die Meldung über die erfolgreich abgeschlossene Mission und dein eigenes ruhmreiches Opfer mit Ungeduld erwarten.«

Kapitel 10

VOR DER GÖTTIN

Conan hatte den Eindruck, dass ganz Qjara an diesem strahlend schönen Morgen zur Agora gepilgert war, um den Tempel-Zweikampf zwischen Zaius und ihm zu sehen. Er wusste natürlich, dass es Ausnahmen gab – die Wachen auf der äußeren Stadtmauer und die Bauern, die an den Schaufelrädern und Ziehbrunnen arbeiteten, um ihre Felder zu bewässern, damit die unerbittliche Sonne ihre Ernte nicht verdorren ließ. Doch gewiss schweiften auch deren Gedanken zu den Säulen vor Sadithas Tempel und zu dem Kampf zwischen dem Helden ihrer Stadt und dem Herausforderer aus einem fremden Land.

Höchstwahrscheinlich war auch ihr Geld hier und steckte in den Börsen der listigen Buchmacher, die sich deutlich erkennbar durch die Menge schoben. Diese bärtigen Shemiten betrieben ihr Geschäft ganz offen, während die Sonne zum Zenit emporstieg. Die Zufriedenheit, die sie ausstrahlten, zeigte Conan an, dass die Einsätze feststanden und niemand für den jetzigen Helden des Tempels eine ernsthafte Gefahr voraussah.

Inmitten der Zuschauermenge saßen die Königin und der König von Qjara unter einem farbenprächtigen gewebten Baldachin, der mit langen Stangen aufgestellt war, vor dem Tor zum Palast. Zwischen ihnen saß stumm Prinzessin Afriandra. Der beflissene Hofstaat drängte sich hinter den Majestäten und plauderte angeregt. Obgleich die Prinzessin lieblicher als je zuvor gekleidet und frisiert war, sah Conan sofort, wie blass und hohläugig sie war, als hätte sie die Nacht schlaflos zugebracht.

An den Seiten der Agora hatte man Gerüste mit Brettern errichtet, damit die Masse der Qjarer, die auf dem Platz selbst keinen Platz mehr fanden, alles gut sehen konnten. In der Mitte kennzeichneten Stangen die Bahn des Zweikampfs. Die Gerüste wirkten recht wackelig. Da die Zuschauer in der vordersten Reihe nicht knien oder sitzen wollten, mussten die hinter ihnen auf den schmalen Planken stehen und sich auf die Schultern ihrer Mitbürger stützen, um einigermaßen sicheren Halt zu haben. Die beste Sicht hatte man wohl von der mit Efeu bewachsenen Mauer zum Tempelviertel. Conan erspähte zwischen anderen jungen Burschen, die das Hinaufklettern gewagt hatten, Ezrel und die drei anderen Kinder, die ihn so oft im Lager außerhalb der Stadt besucht hatten. Seit dem Angriff der Nomaden aus der Wüste hatte er sie kaum noch zu Gesicht bekommen.

Trotz seines kürzlich erworbenen Ruhms gab es nur wenige Zuschauer, die der Cimmerier wahrhaft als Freunde bezeichnen konnte. Jetzt stand er inmitten dieser kleinen Gruppe am Rand der Arena. Es waren der Wirt Anax, Babeth und einige ihrer Freundinnen aus der Schenke, ferner eine Hand voll Diener und Gaukler aus dem Karawanenviertel.

Die Tänzerin Sharla befand sich nicht unter ihnen. Stattdessen nahm sie bei den in hauchdünne Gewänder gekleideten Priesterinnen einen vorrangigen Platz ein, welche jetzt mit genau festgelegten Schritten den rituellen Tanz vor der hohen und prächtigen Fassade des Saditha-Tempels eröffneten. Als ihr Tanz immer schneller und komplizierter wurde, verstummte das Murmeln im Volk und machte stummem Staunen Platz. Erwartungsvoll lauschten alle den gedämpften Klängen der Flöten, Trommeln und Zithern.

Als Musik und Tanz endeten, herrschte atemlose Stille auf der von der Mittagssonne beschienenen Agora. Alle warteten darauf, dass Königin Regula mit ihrer melodischen weithin tragenden Stimme als Hohepriesterin der Göttin den Beginn des Kampfes verkündete.

»Eine Herausforderung wurde ausgesprochen und angenommen. Ein Zweikampf wurde beschlossen. Im Namen Sadithas möge das Ritual beginnen!«

Nach ihren Worten hörte Conan kein aufgeregtes Schreien oder anfeuernde Rufe, wie bei einem kothischen oder zingarischen Kampf in der Arena, sondern lediglich ein Räuspern, wie zur Vorbereitung auf eine feierliche Handlung. Gleich darauf erhob Regula erneut die Stimme.

»Die Herausforderung des heutigen Tages hat angenommen der große Held Sadithas, ein ritueller Kämpfer des Achten Grades, Oberster Tempelkrieger und Verteidiger der Göttin! Es ist kein anderer als der tapfere, allseits beliebte Zaius, ein Sohn unserer heiligen Stadt Qjara. Zaius, tritt vor!«

Kerzengerade und steif wie immer trat der hochgewachsene Tempelkrieger unter dem königlichen Baldachin hervor, wo er mit dem Hofstaat gestanden hatte. Die Menge murmelte Seufzer der Erleichterung und ein Ausatmen aus Liebe zu dem prahlerischen Retter der Stadt waren zu vernehmen. Königin Regula umarmte ihn, wie eine Mutter es tun würde, dann stellte sie ihn der ihn anbetenden Menge vor. Dabei hatte sie einen Arm um seine Schultern gelegt. Sie erhob wiederum die Stimme.

»Zaius, möchtest du den Kampf des heutigen Tages und das Blut, das vergossen wird, als eine besondere Weihegabe an Saditha in ihrem himmlischen Reich darbringen?«

Zaius ließ die Augen über die Menge schweifen. Augenscheinlich war er völlig ruhig. Dann nickte er kurz dem König und der Prinzessin zu und neigte knapp den Kopf. Die übrigen Bürger der Stadt hielt er keines längeren Blickes für würdig, auch nicht Conan, der am Rand der Zuschauermenge ihm direkt gegenüber stand. Zaius erhob die Stimme, die durch viele Befehle und Belehrungen rau geworden war.

»In der Tat habe ich eine ganz besondere Weihegabe. Dieser Tempel-Zweikampf wird von allen, die je in der Geschichte unserer Stadt ausgetragen wurden, lange in der Erinnerung aller derjenigen bleiben, die ihn gesehen haben. Ich möchte euch gläubige Bürger Qjaras einen Schwertkampf zeigen, wie er besser nicht möglich ist.« In der anschließenden Pause flüsterte die Menge leise und blickte ihn erwartungsvoll an. »Auf dieses Ziel habe ich mich sorgfältig vorbereitet. Ich habe streng gefastet und lange meditiert. Viele, viele Stunden habe ich in tiefem und ernstem Gebet zu der Einen Wahren Göttin zugebracht.« Er blickte auf die Menschenmenge, die von seiner außergewöhnlichen Tugend tief beeindruckt war. »Das Opfer, welches ich am heutigen Tag Saditha darbringe, geschieht im Namen der edlen Prinzessin Afriandra, der künftigen Königin von Qjara.«

Wieder spiegelte das Murmeln, das seinen Worten folgte, keinen Beifall wider, sondern ungeheure Verehrung und Bewunderung. Conan lauschte angestrengt. Doch er hörte keinerlei Murren oder Empörung. Selbstverständlich hatte er keiner sterblichen Seele ein Wörtchen über seine Beziehung zur Prinzessin gesagt, und er war sicher, dass die beiden anderen Beteiligten an der Dreiecksbeziehung ebenfalls den Mund gehalten hatten. Daher konnten die Zuschauer den zugrunde liegenden Hass und die Eifersucht in den prahlerischen Worten des Tempelkriegers nicht vernehmen. Sie hörten nur seine frömmlerischen, selbstgerechten Behauptungen.

In Conan weckte Zaius' Rede den Wunsch, der Zweikampf möge sogleich beginnen. Er vermochte seine Ungeduld kaum noch zu unterdrücken. Seit Afriandras Flehen hatte er sich im Kopf bizarre Ausgänge des Zweikampfs ausgemalt: Eine wie tiefe Wunde könnte er ertragen, um damit seiner Ehre und dem Wunsch der Prinzessin Genüge zu tun? Oder wie sehr könnte er Zaius verwunden, ohne ihn zu töten oder ihn für immer so verstümmeln, dass er als ausgestopfter Held in dieser Stadt nicht mehr tragbar wäre?

Er hatte sich beim jungen Ezrel Rat geholt und erfahren, dass die Eine Wahre Göttin keineswegs so blutrünstig war, dass sie den Tod eines oder beider Zweikämpfer verlangte. Traditionsgemäß genügte eine tiefe Wunde, um einen solchen rituellen Zweikampf zu beenden. Um Afriandras und des Fortbestands der königlichen Dynastie willen sollte er gewisse lebenswichtige Teile Zaius' unversehrt lassen. Das sah der Cimmerier ein, doch engte es die Möglichkeiten etwas ein. In letzter Zeit hatte er über eine Doppelverwundung nachgedacht – selbstverständlich sollte Zaius stärker verletzt sein als er –, aber keine Wunde sollte einen Kämpfer besonders erniedrigen. Beide Männer würden genügend Blut vergießen, um sämtliche Parteien, sterbliche wie auch unsterbliche, zufrieden zu stellen.

Doch vielleicht war er bei diesen Gedankengängen zu anmaßend. Nachdem er Zaius hatte kämpfen sehen, wusste er, dass es sehr schnell zu der Entscheidung kommen konnte, zu töten oder selbst getötet zu werden. Selbstverständlich war ihm die erstere Möglichkeit lieber. Besaß er wirklich den Mut, für Afriandras königliche Launen zu sterben? Nein, das war keine Frage des Mutes. Als Cimmerier war er nicht gewillt, sich für die Launen eines Weibes zu opfern. Bei Crom, nein!

»Wie inspirierend, wie selbstlos!«, rief Königin Regula. »In Zaius sehen wir die Reinheit und den Adel, welche einem Leben im Dienste unserer Göttin entspringen. Bürger von Qjara, sendet ein stummes Gebet empor für unseren Tempel-Helden und seine hohen Ziele.«

Nach einer Minute der Stille fuhr die Königin fort: »Die Herausforderung an Zaius wurde aus Gründen persönlicher Klage vorgebracht von einem Mann, namens ...« Sie blickte auf das Wachstäfelchen in ihrer Hand. »... namens Conan, nicht von Adel, der nicht den Treueid auf unsere Göttin oder Qjara geleistet hat. Conan, tritt vor!«

Der hünenhafte Cimmerier mit der blauschwarzen Mähne löste sich von den wenigen Bekannten und schritt zwischen die bunt bemalten Stangen, welche die Arena, das Feld der Ehre, kennzeichneten. Die Menge murmelte, doch etwas leiser als zuvor bei Zaius. Offenbar regten sich bei einigen Zweifel, da sie von Conans Körperbau beeindruckt waren. Vielleicht störten sie sich aber auch an seiner spärlichen und schäbigen Bekleidung. Conan wusste nicht, ob man auch ihn bitten würde, eine Rede an die Menge zu halten. Als die Königin ihm bedeutete, mehrere Schritte vor ihr und Zaius stehen zu bleiben, erhob der Tempel-Held lauten Einspruch.

»Sein Schwert ...« Zaius deutete auf die nicht mehr

glänzende Ilbarsi-Waffe, die von Conans Schwertgurt hing. »Ein derartig widerlicher Gegenstand ist für diesen heiligen Zweikampf nicht geeignet! Das ist kein Schwert, sondern ein übergroßes Messer – und überdies unrein, da es vor Schmutz starrt!« Er wandte sich an die Tempelkrieger, die hinter ihm in Reih und Glied standen. »Aus Liebe zu Saditha, macht ihm eine ehrenvolle Waffe zum Geschenk!«

Conan händigte dem Krieger seine Klinge aus, der ihm ein Schwert mit goldenem Heft darbot. Dann erprobte er das Gewicht. »Ich warne dich, Zaius, ich habe schon ein weitaus schwereres Breitschwert geschwungen, als ich noch ein Kleinkind war.« Er zog die Scheide ab und warf diese dem edlen Spender zu, der sich wieder zurückzog. »Glaube keinen Augenblick lang, dass diese Klinge nicht deine Gedärme ebenso schnell findet wie meine alte.«

»Wenn du glaubst, das Ergebnis des heutigen Tages hinge davon ab, welches Schwert du benutzt …« Zaius verzog das Gesicht nicht einmal, um seine hochmütige Verachtung auszudrücken. Seine Augen streiften den Cimmerier nur. »Ich wollte lediglich dafür sorgen, dass die geziemende Form gewahrt ist. Du und die Waffe, die du besitzt, bedeuten für unsere Stadt und unseren Tempel überhaupt nichts. Du hast weder die Selbstzucht noch die Ehre, noch die Kraft für diesen Zweikampf.«

»Beleidigungen aus deiner Börse sind billige Münzen, Zaius«, rief Conan zurück. »Gib dir keine Mühe, mich damit zu beeindrucken. Damit wirst du deine elende Haut nicht retten.«

Der Tempel-Held hätte sich um Haaresbreite zu einem Schulterzucken hinreißen lassen, doch er blickte nur hochmütig über den Cimmerier hinweg. »Das alles ist völlig unwichtig, Barbar. Du siehst es nicht, doch du bist bereits besiegt! Am Ende dieses Kampfes wirst du und alles, wofür du stehst, vollkommen in Vergessenheit geraten und von einer Sturzflut reinigenden Blutes fortgespült sein … doch genug der Worte. Lasst uns den Kampf beginnen!«

Während des Austauschs dieser wilden Drohungen hatte sich Königin Regula zurückgezogen. Die Tempelkrieger stellten sich schützend an ihre Seite. Die Arena gehörte den Kämpfern.

Als die Männer die geziemenden Schritte auseinander gingen, hatte Conan seltsame Gefühle bezüglich der zuversichtlichen Erklärungen des Tempel-Helden. Zaius hatte den Cimmerier kämpfen sehen. Hatte er den Verstand verloren, so zuversichtlich in diesen Kampf zu gehen? Er war in der Tat ein echter religiöser Eiferer, aber vielleicht auch ein … Zauberer? War seine Herrin Saditha eine dieser seltenen Göttinnen, die sich eigenhändig in Kämpfe zwischen Sterblichen einmischte? Besorgt blickte Conan zur Säulenhalle vor dem großen Tempel hinauf, wo die Statue der Göttin auf ihn mit ernstem, maskenähnlich undurchdringlichem Gesicht herabstarrte.

Der arrogante Tempel-Held hob sein glänzendes Schwert und hielt es senkrecht vor sich, als Gruß an Saditha. Der Cimmerier führte diese Geste ebenso aus, da sie offensichtlich ein Teil der Tradition war. Die Entfernung zwischen den Kämpfern betrug immer noch über ein halbes Dutzend Schritte. Conan senkte die Klinge und schritt auf den Gegner zu, dabei setzte er die Fußballen zuerst auf.

Zaius hatte bereits sein Schwert hoch über den Kopf erhoben. Er hielt das Heft mit beiden Händen. Dann beschrieb die blitzende Klinge nach einem heftigen Ruck mit den Handgelenken einen Halbbogen in der Luft über ihm. Breitbeinig stand der Tempel-Held da.

Mit einem mächtigen Hieb trennte er sich selbst den Kopf vom Rumpf.

Conan hatte noch nie einen derartig kunstvollen Hieb, der vollkommene Körperbeherrschung verlangte, gesehen. Es steckte noch so viel Kraft in der schlanken Klinge, dass sie mühelos durch die Muskelstränge und Wirbel drang, aus denen der sehnige Hals des Kriegers bestand. Der Kopf des Schwertmeisters Zaius wirbelte auf einer Fontäne roten Blutes durch die Luft. Als er auf die Erde schlug, blieb er nicht liegen, sondern hüpfte noch mehrmals in die Luft. Zaius' kopfloser Körper fiel zu Boden und zuckte mehrere Male. Aus dem grauenvollen Spund seines Halses sprudelte weiterhin das Blut. Laut klirrend war das Schwert auf die Steinplatten der Agora gefallen.

Die Zuschauer starrten atemlos und stumm auf dieses grausame Bild. Kein Entsetzensschrei entrang sich einer Kehle. Die Stille währte zwei oder drei Augenblicke. Dann unterbrach sie der Cimmerier, indem er einen kurzen verblüfften Schrei ausstieß.

»Crom, was soll das bedeuten?«, rief er und blickte zu den ihm am nächsten stehenden Zuschauern. »Was für eine niedrige, alberne Posse ist das?«

»Schweig, Fremder!«, ertönte Königin Regulas Stimme scharf vor dem königlichen Baldachin. »Besudele nicht diesen heiligen Augenblick! Die Anrufung deines heidnischen Gottes ist bereits genügend Gotteslästerung.«

Sie hob die Arme. »Bei meinem Glauben an Saditha«, rief sie und trat einige Schritte ins gleißende Sonnenlicht vor. »Ich habe diesen Lauf des Schicksals nicht vorhergesehen. Unsere Göttin beschließt in ihrer Allwissenheit, gewisse Dinge vor uns armseligen Sterblichen geheim zu halten. Doch eines weiß ich gewiss: Für euch alle, die ihr heute hier anwesend seid, ist es ein einzigartiges Privileg. Ihr habt mit eigenen Augen eine Tat gesehen, welche von höchster Willenskraft zeugt und Ausdruck der größten Macht des Glaubens ist! Bürger von Qjara, ihr habt soeben ein Wunder geschaut!«

Auf ihre zu Herzen gehenden Worte hin lief Erregung durch die Menge. Die wie betäubt dastehenden Zuschauer begannen zu jubeln. Conan stand immer noch mit dem Schwert in der Hand da. Stumm, aber misstrauisch beobachtete er die Menge. Köpfe drehten sich, Stimmen wurden laut, als die Menschen über das Schicksal des Kopfes sprachen, der verloren in der großen Blutlache auf dem Pflaster lag.

»Nicht in dreihundert Jahren hat eine Tat wie die heutige unseren Tempel-Zeremonien so zur Ehre gereicht«, fuhr Königin Regula fort. »Und in der gesamten Geschichte unseres Tempels wurde noch nie ein Opfer mit derartig meisterlichem Können dargebracht. Kein anderer lebender Mann – außer dem großen Zaius – hätte das gekonnt. Kein anderer besaß seine Fähigkeiten, seine Disziplin und seine einzigartige Hingabe an die Lehre unseres Tempels. Saditha hat die Verdienste ihres Helden gesehen und ihm ihre Gunst geschenkt. Sie hat ihm gestattet, sich selbst als Opfer darzubringen. Mit dieser Tat hat er einen Platz unter den Unsterblichen errungen.«

Freudige Erregung breitete sich auf der Agora aus, die von der Hohepriesterin weiter geschürt wurde. »Zweifelt nicht, ihr Gläubigen, dass Zaius mit seiner Tat den Beweis für die Unsterblichkeit erbracht hat. Ihr habt sie gesehen. Der Beweis ist vor euren Augen. Wie vermochte Zaius eigenhändig seine sterbliche Hülle entzwei zu schlagen und so das Opfer zu vollenden? Nur durch ein Wunder an Willen, welchen allein der reine Glaube an die Eine Wahre Göttin hervorzubringen vermag – nur, indem er über den Tod triumphierte!«

Die Königin hielt kurz inne und ließ die Augen über die Menge schweifen. »Das, Qjarer, war die Lektion, welche Zaius uns erteilen wollte: Die Macht des Glaubens! Deshalb ist dies eine ruhmreiche, epochale Stunde. Hört auf meine Worte und vergesst sie nie, wenn ihr und eure Kinder in den kommenden Jahrhunderten zu Zaius betet. Unsere Stadt mag einen zukünftigen König verloren haben, doch dafür hat sie einen unsterblichen Helden gewonnen!«

Königin Regula war auf die Agora geschritten, bis ihre kostbar verzierten Sandalen dicht vor der sich dunkel färbenden Blutlache bei Zaius' Leichnam standen. Sie hob die anmutige Hand und gebot Dienern, zu ihr zu kommen. Die Sklaven knieten nieder und wickelten die grausigen Überreste des Tempel-Helden in weiße Tücher. Sie machten ein kleines und ein großes Paket. Dabei arbeiteten sie so schnell, dass kein Blut durch das schneeweiße Leinen sickerte. Während die Sklaven mit dieser Arbeit beschäftigt waren, ergriff Conan die Gelegenheit, um eine Frage zu stellen.

»Was ist mit mir, Königin? Zaius hat mich um die Gelegenheit betrogen, die Beleidigung, welche er mir zugefügt hat ...«

»Betrogen?«, unterbrach ihn die Königin empört. »Fremdling, du wurdest besiegt! Das ist so unbestreitbar, als läge dein Kopf jetzt abgetrennt auf dem Pflaster!« Sie glich einer Statue aus Stein, als sie so würdevoll vor dem Cimmerier stand. »Das rituelle Opfer wurde dargebracht, Blut wurde für die Göttin vergossen ... und es war Zaius' Hand, die es vergossen hat! Er ist der Sieger und sein Sieg wird für alle Zeit weiterleben.«

Die Tempelkrieger hatten jetzt hinter der Königin Aufstellung genommen, um sie zu schützen. Theatralisch streckte sie die Hand aus und deutete über die große Blutlache hinweg mit dem Finger auf den Cimmerier, der ihr gegenüberstand. »Und was deine Rolle betrifft…«, rief sie mit weithin schallender Stimme, »… es war nichts, nein, weniger als nichts! Denn du, als Fremder aus einem fernen Land, hast in hoffnungsloser Unkenntnis unserer Sitten und Gebräuche beim Dahinscheiden unseres Helden nur blöde gegafft! Du hast ihn verhöhnt und seinen heiligsten Moment durch deinen widerlichen heidnischen Fluch besudelt!«

Mit untrüglichem priesterlichem Instinkt hatte Regula erfasst, dass Zaius' Verherrlichung die Verdammung eines anderen forderte. Jetzt entfachte sie die Empörung der Menge gegen Conan. Gnadenlos schürte sie die Wut durch ihre ausgefeilte Redekunst. Der Cimmerier spürte es. Er sah die finsteren Mienen, hörte das erregte Murmeln. Er packte das Heft des Schwertes fester, da er halbwegs befürchtete, die aufgehetzten Menschen könnten ihn ergreifen und in religiöser Verblendung in Stücke reißen.

»Die Strafe für dieses ungehobelte Benehmen – nun, es ist die traditionelle Strafe für alle, die bei einem Tempel-Zweikampf Schande auf sich laden: Von dieser Stunde an bist du für uns ein Nichts, Conan aus dem barbarischen Norden. Für dich ist kein Platz mehr in Qjara, auch nicht vor dem Angesicht der Einen Wahren Göttin.«

»Wartet, Königin«, protestierte Conan. »Es ist nicht gerecht, was immer das bedeuten mag. Ich habe nichts getan, um eine Strafe zu verdienen. Ich habe niemandem zu Unrecht ein Leid angetan … ich habe geholfen, Eure Stadt zu retten!« Er wandte die Augen von der Königin ab zum König. »Semiarchos! Ihr habt meine Verdienste um Qjara gewürdigt und mich in den Schutz Eures Tempels gestellt…«

»Von welchem du ab jetzt ausgestoßen bist«, unterbrach ihn der König barsch. »Nicht anders als jeder Qjarer, dessen Benehmen unsere Prinzipien verletzt.« Dabei blickte er den Cimmerier bewusst nicht an. Auch Afriandra, die neben ihrem Vater unter dem Baldachin saß, hatte ihr tränenüberströmtes Gesicht abgewandt.

»Das ist doch Wahnsinn! Zaius war ein Narr, seht Ihr das nicht? Er hat sein Leben weggeworfen …« Ungeduldig blickte Conan zurück zu denen, die mit ihm zum Zweikampf gekommen waren. Der Wirt Anax, Babeth und alle anderen aus der Herberge sprachen kein Wort des Trostes. Sie waren auch von der so genannten anständigen Gesellschaft Qjaras ausgeschlossen. Doch jetzt wichen sie dem Blick des Cimmeriers aus und machten selbstgerechte, frömmelnde Mienen.

»Bei Crom, ihr seid doch alle elende Heuchler! Wie ist es möglich …« Conan ließ die Augen zu den vier Kindern in Fetzen schweifen, die ihre dürren Beine von der Mauer baumeln ließen. Auch sie schauten nicht in seine Richtung. Allerdings hatte Conan den Eindruck, Klein-Inos werfe ihm einen flüchtigen, tief traurigen Blick zu.

»Nun gut!«, erklärte der Mann aus dem Norden schließlich. »Ich hege keinerlei Liebe zu Qjara! Ich wollte ohnehin schon bald weiterziehen. Wenn dieses gute Schwert …« Er hielt das Schwert hoch, das ein Tempelkrieger ihm gegeben hatte. »… für ein gutes Kamel, Wasserschläuche und Proviant bezahlt, verlasse ich diesen Ort und falle euch nicht weiter zur Last.«

»So sei es!«, rief Königin Regula und blickte hochmütig über seinen Kopf hinweg. »Ich gestatte dir, Fremdling, die Geschäfte abzuwickeln, die unbedingt nötig sind. Doch musst du unsere Stadt bei Einbruch der Dunkelheit verlassen haben, denn sonst bist du dem Tode geweiht. Von dieser Stunde an bist du gemäß Sadithas heiligem Gesetz ein Ausgestoßener!«

Kapitel 11

DER AUSGESTOSSENE

Am Rande des Wüstenbeckens erhoben sich die Berge der Verzweiflung. Ihnen gegenüber ragten die karmesinroten Flanken des Bergzugs auf, der Blut des Attalos genannt wurde. Und noch weiter entfernt, im Westen, rissen die scharfen und bleichen Fänge von Zhafur einen Fetzen aus dem heißen blauen Himmel. Bizarre Umrisse, phantastische Berggipfel. So hatten die Shemiten, welche die Wüste kannten, dem Cimmerier im Staub der Lagerfeuer diese Berge geschildert. Die Namen und unheilvollen Legenden, die mit dieser Bergwelt verbunden waren, unterschieden sich wahrscheinlich bei den einheimischen Nomaden von Stamm zu Stamm. Mit Sicherheit gab es keine verlässliche Karte von dieser Gegend, abgesehen von der, die im Laufe vieler Jahre von der sengenden Sonne in die Köpfe von Räubern und Karawanenführern eingebrannt war.

Zwischen den Bergzügen schimmerte eine staubige rötliche Ebene wie der Boden eines riesigen Kupferkessels. Wenn Reisende nach den bereits überstandenen Entbehrungen und Gefahren hierher kamen, quälte sie eine weitere Frage: Sollten sie das öde Becken am Rand umreiten, wo ein schmaler Streifen gelegentlich Schutz vor der gnadenlosen Sonne bot und vergebliche Hoffnungen weckte, Wasser zu finden, oder sollten sie mitten hindurch reiten, um Zeit zu sparen. Conan saß allein auf seinem zweihöckrigen Reittier und hatte beschlossen, die direkte Route zu nehmen.

Er kannte die grausame, für jeden Unvorsichtigen tödliche Beschaffenheit der Wüsten im östlichen Shem und ihre Bewohner. Er hatte nicht geplant, so weit nach Westen zu reiten. Stattdessen hatte er in den Norden gewollt, über die niedrigen Pässe der Berge der Verzweiflung und die Grenzkönigreiche im östlichen Kotz nach Shadizar. Doch das Schicksal hatte ihm eine falsche Münze zugespielt, einen üblen Trick, denn die erste Wasserstelle auf diesem Weg war trocken. Es war eine Oase, die von Kameltreibern in diesem Jahr als besonders ergiebig geschildert worden war, da das wasserreiche Qjara in der Nähe lag. Doch die Palmblätter waren braun und hatten sich in der Sonne zusammengerollt. Salz bedeckte den Boden der Wasserstelle. Auf der verzweifelten Suche nach Wasser hatten Menschen viele Löcher hineingebohrt.

Conans Vorräte des kostbaren Nasses waren zum Glück nicht so gefährlich knapp wie bei einigen Reisenden, die in letzter Zeit hierher gekommen waren. Verdorrte Kadaver im Sand zeugten von deren Notlage. Sie hatten Kamele geschlachtet, um die letzten Tropfen aus den Höckern zu saugen. Auch menschliche Leichname lagen da, deren Kehlen beim Kampf um das Wasser durchschnittenen worden waren. Hungrige Schakale hatten den Großteil des Fleisches von den Knochen gefressen.

Bis jetzt war der Cimmerier glücklicherweise noch nicht auf Überlebende gestoßen. Damit war ihm die Wahl erspart geblieben, die eigenen Wasservorräte zu teilen oder die vom Durst Wahnsinnigen von ihren

Qualen zu erlösen. Er verabscheute derartige Kämpfe, weil sie grausam und unmännlich waren. Das war einer der vielen Gründe, warum er in Qjara auf eine große Karawane in den Norden hatte warten wollen. Eine mit Reservetieren und Körben mit Ballons voller Wein. Insgeheim hatte er auch damit gerechnet, am Ende der Reise Sold oder einen Teil der Waren als Bezahlung zu erhalten.

Doch nun hatten diese Pläne sich in Luft aufgelöst. Immer noch quälten ihn die Bilder, wie man ihn aus Qjara ausgestoßen hatte. Warum nur hatte dieser Tempelkrieger Zaius solch einen bizarren Akt der Selbstvernichtung durchgeführt? Er wusste, dass die Fanatiker unter den Priestern in abgelegenen Wüstenregionen seltsame Glaubensvorstellungen hatten, aber dennoch entsprach diese Tat nicht der arroganten und kriecherischen Art dieses Mannes. Schließlich kam er zu dem Schluss, dass es etwas mit Prinzessin Afriandra zu tun haben musste.

Es konnte jedoch nicht Liebe zu ihr sein, denn dieser stocksteife Tempelkrieger schien unfähig zu der Liebe zu sein, wie sie ein Mann für gewöhnlich kannte. Nein, der Grund musste aus seinem Anspruch auf Afriandra kommen, der Gewissheit, sie zu besitzen, da ihre Eltern sie ihm versprochen hatten. Damit wäre er in die königliche Familie aufgenommen und später selbst König geworden.

Zaius war ungemein ehrgeizig und hatte sich gestählt, um dieses hohe Amt zu übernehmen. Eigentlich hatte er seinen Anspruch darauf bereits erklärt. Doch dann sah er, dass Afriandra sich ihm nie unterwerfen würde – besonders, nachdem er sie in Conans Armen vorgefunden hatte. Da hatte er wohl erkannt, dass sie die Freiheiten, welche ihr die lange Ahnenreihe von Königen und unabhängig denkenden Priesterinnen gewährt hatte, nie aufgeben, sondern eher erweitern würde. Und da hatte er sich vor der Vereinigung gefürchtet. Er sah die öffentliche Erniedrigung voraus, die zwangsläufig folgen musste, sobald die Kunde über ihre sexuelle und politische Freiheit zum Stadtgespräch wurde.

Conan vermutete, dass Zaius trotz – oder vielleicht auch wegen – seiner lebenslangen Unterwerfung vor einer Göttin sich nie und nimmer dazu zwingen könnte, im täglichen Leben eine Frau als höher gestellt zu akzeptieren, ja, nicht einmal als gleich gestellt. Sein verbohrter Stolz hätte ihm auch niemals erlaubt, die hohe Stellung, welche ihm das Schicksal zugedacht hatte, aufzugeben. Damit saß der Tempelkrieger in einer ausweglosen Falle.

Zum Glück – von Zaius' verzweifeltem Standpunkt aus – hatten ihm seine Priesterschaft und die merkwürdigen Traditionen der Kriegerkaste Sadithas den Ausweg gewiesen. Offensichtlich war ritueller Selbstmord bei den Tempelkriegern seit alters hoch geachtet, wurde sogar regelrecht verherrlicht. Der Tempel-Held hatte seinen Stolz gerettet, der für ihn heiliger als das Leben war, indem er die Königsherrschaft gegen die noch ehrenvolleren Rollen als Märtyrer und Gott eingetauscht hatte. Dafür hatte er sich seelisch und körperlich noch härter gestählt, um eine einzigartige Darbietung seines Könnens als Schwertkämpfer zeigen zu können.

Unbewusst hatte Conan das alles bei Zaius gespürt. Im Nachhinein war sein Schicksal gar nicht so unerklärlich. Den Cimmerier wurmte viel mehr die alberne Reaktion der Menschen in Qjara. Diese Schafe! Dabei hatte er diese Stadt gemocht, zumindest genug, um sich anfangs von ihr fern zu halten. Dann hatte er für sie sogar gekämpft und Blut vergossen. Für die königliche Familie hatte er sehr viel riskiert. Er hatte sogar daran gedacht – wenngleich nur kurz –, dort zu bleiben, als er in inniger Umarmung mit der schönen jungen Prinzessin lag. Das war überhaupt der Stachel in seinem Fleisch. Afriandras Reaktion war für ihn der Gipfel der Ungerechtigkeit.

Zaius hatte die Menschen in Qjara seit Jahren übertölpelt, allerdings mit der nicht zu unterschätzenden Hilfe der Hohenpriesterin. Da war es keine Überraschung, dass sie seinen letzten empörenden Betrug, den er unter dem Mantel eines gerechten und feierlichen Rituals ausführte, so schluckten, dass sie ihn auf Kosten des Fremden in den Himmel hoben. Conan war darüber nicht übermäßig erstaunt, da er die verblendete Torheit der zivilisierten Menschen kannte.

Aber Afriandra hatte Zaius durchschaut – oder das zumindest behauptet. Mit dem Misstrauen einer Tochter hatte sie auch die Hohepriesterin Regula betrachtet. Erst hatte sie Conan in die Palastintrigen gelockt, um ihre eigene und die Zukunft der Dynastie zu formen. Doch als sie sich den blutigen Folgen dieses Tuns gegenüber sah, stimmte sie schnell in das verleumderische Geschrei gegen ihn ein. Für den Cimmerier war das bestenfalls gedankenlos und schlimmstenfalls blanker Zynismus, da ein Wort oder ein Zeichen von ihr ihn wohl dazu bewogen hätte, zu bleiben und seinen guten Ruf zu verteidigen. Zumindest hätte sie ihn beruhigter fortschicken können.

Aber Afriandras Verhalten war nicht neu für ihn. Zum hundertsten Mal musste er sich wegen eines Weibes auf eine gefährliche und zermürbende Reise machen. Es war immer gefährlich, ganz gleich, ob er den mühseligen Weg auf sich nahm, um zu einer Frau zu gelangen, oder weil eine Frau ihn mit einem Auftrag ausgeschickt hatte oder weil er vor eifersüchtigem Hass fliehen musste.

Und jetzt war er hier in dieser verfluchten Oase, deren Wasserstelle ausgetrocknet war, und seinem Kamel mangelte es an Wasser und Kraft, welche es brauchte, um diese Wüste zu überwinden. Er wusste, dass das Tier unbedingt zuvor in einem Lager mit Wasser ausruhen und genügend trinken musste.

Statt sich zurück nach Qjara zu begeben, wo er unerwünscht war, entschied sich der Cimmerier, im Westen nach einer Wasserstelle zu suchen, von der die Nomaden nur im Flüsterton sprachen. Sie hieß Tal'ib oder Stadt in der Todeswüste. Obgleich es dort zuverlässig Wasser geben sollte, hatten sich die Wüstenreiter, mit denen er im Karawanenviertel gewürfelt hatte, gescheut, mit Conan darüber zu sprechen. Entweder wollten sie der Stadt einen schlechten Ruf anhängen, um andere davon fern zu halten, oder sie hatten tatsächlich Angst davor.

Letzteres Motiv schien zuzutreffen. Hätten sie Fremde von der Stadt fern halten wollen, hätten sie diese nur nie zu erwähnen brauchen – allerdings war es sehr schwer, Gerüchte über Wasser in der Wüste zum Verstummen zu bringen. Andererseits – welche Bedrohung konnte über einem Ort schweben, um den Menschen von der Flüssigkeit fern zu halten, die er zum Überleben brauchte? Wilde Tiere, gefährliches Gelände oder feindliche Stämme konnten die zähen Wüstensöhne spielend bezwingen, wenn es um den Zugang zu einer wasserreichen Oase ging.

Diese wettergegerbten tapferen Beduinen fürchteten sich nur vor einem: dem Übernatürlichen. Conan dachte über all das nach und gelangte zu dem Schluss, dass allein die Angst vor dem Übernatürlichen das scheue Raunen und die deutliche Weigerung, über die Stadt in der Todeswüste weitere Fragen zu beantworten, erklärte.

Dennoch lenkte er sein Kamel nach Westen, durch die menschenleere Wüste. Oft bewachten böse Geister einen Schatz oder Talisman. Noch hatte er Datteln und Feigen in den Satteltaschen, und sein Wasserschlauch gluckerte beruhigend, auch wenn er schon leichter war als beim Aufbruch. Die unbekannte Bedrohung in Tal'ib vermochte ihn angesichts der – wenngleich schwachen – verlockenden Aussicht auf einen wertvollen Schatz nicht abzuschrecken.

Am späten Nachmittag erhob sich ein heißer Wind und rauschte auf die Berghänge im Norden zu. Conan hatte im Schein der gleißenden Sonne das Ende des Tals erspäht, wie er glaubte. Doch jetzt wirbelte der Wind Wolken aus feinem Sand und ätzendem Alkali auf, sodass an ein Weiterreiten nicht mehr zu denken war. Er bereitete sich auf eine stürmische Nacht vor. Bei Sonnenuntergang jedoch legte sich der Sturm unvermittelt und die Wüste lag kühl und ruhig unter einem Baldachin aus schwarzem Samt, auf dem zahllose Sterne funkelten.

Eine Nacht wie diese war eigentlich vollkommen dazu geeignet, weiterzureiten, doch dann würde es während des Tages zu heiß für eine Rast sein. In jedem Fall würde die Sonne gnadenlos ihren Tribut verlangen. Daher legte sich der Cimmerier schlafen und genoss die Kühle der Nacht.

Am nächsten Morgen, vor Tagesanbruch, kehrte der Wind zurück. Diesmal toste er nach Süden und war eisig kalt, da er aus den Bergschluchten kam. Conan hatte ein eigenartiges Erlebnis, es glich einem Tagtraum. Kaum hatte er sich aus den Decken gerollt, war der vom Sturm hochgewirbelte Sand so dicht, dass es dunkel wurde und er kaum die Hand vor Augen sehen konnte. Inmitten des Sturms glaubte er schwere Wagenräder zu hören, als rolle ein Heer an ihm vorbei in die Dunkelheit.

Obgleich die niedrigen felsigen Hügel, welche das Ende des Tals anzeigten, dicht vor ihm zu sein schienen, brauchte er noch den gesamten Tag, um sie zu erreichen. So war es nun einmal in der Wüste. Ohne Warnung tauchte plötzlich eine Fata Morgana in weiter Ferne auf und gaukelte in den Hitzeschlieren Seen und Phantomstädte vor. Diese Trugbilder lockten mehr Reisende in den Tod als die Sirenen mit ihren Gesängen auf dem schäumenden Meer.

Sobald Conans Reittier den letzten Hügel der Ausläufer des Bergzugs erklommen hatte, der Blut des Attalos hieß, bot sich ihm der Anblick eines noch trostloseren Wüstenstrichs. Das Tal hinter ihm schien der Boden eines uralten toten Meeres zu sein. Dort hatte sich bei Sonnenuntergang erneut ein schwerer Sandsturm gebildet, genau wie bei Tagesanbruch. Das Tal vor ihm schien ein Spiegelbild der bleichen Mondsichel zu sein, die von einem kobaltblauen bis purpurroten Himmel herabgrinste.

In der Dämmerung erstreckte sich eine Ebene von dem nahezu senkrechten Fuß der Berge im Norden bis zu den bizarren Zacken von Zhafurs Fängen in weiter Ferne. Auf dieser Ebene lagen und standen unzählige Felsbrocken, wie Fragmente steinerner Götterbilder, die ein Gigant mit der Faust zerschmettert und umhergeschleudert hatte. Dicht vor dem Fuß der Berge der Verzweiflung schienen die Ruinen einer Stadt zu liegen, welche zerstört und verlassen war. Und davor zog sich ein dunkler Saum von Vegetation dahin. Vielleicht fand sich bei dem schmalen Eingang zu einer Schlucht, welcher von Felsbrocken versperrt war, Wasser.

Aufgrund der spärlichen Beschreibungen, die Conan über die Oase von Tal'ib erhalten hatte, wusste er, dass er die Stadt in der Todeswüste gefunden hatte. Er trieb das Kamel vorwärts. Das Tier billigte seine Entscheidung und beschleunigte aus eigenem Antrieb die Schritte.

Als Reiter und Kamel den Fuß des dunklen Bergmassivs erreichten, war es bereits Nacht. Conan war dankbar, dass hier keine Sturmböen wehten. Die letzten Sonnenstrahlen färbten die dicken Bäuche der Wolken blutrot. Es war ein gespenstischer Anblick.

Conan ritt schnell zum Eingang der Schlucht. Er fand vielversprechende Zeichen. Dunkelgrüne Blätter schimmerten zwischen den Felsen und bald darauf sprudelte ihm ein Bergbach über Kiesel entgegen. Direkt am Eingang zur Schlucht fand er eine ebene Stelle, die Schutz vor Steinschlag und genügend Futter für sein Kamel bot. Schnell sammelte er einige trockene Zweige und zündete ein Lagerfeuer an.

Die Ruinen der Stadt waren nur schwach sichtbar, da sie ein gutes Stück weiter unten am Bach lag, doch offenbar ruhte dort kein Stein mehr auf dem anderen.

Conan beschloss, mit der Besichtigung bis zum Tagesanbruch zu warten. Offenbar diente der Bach, der aus der Bergschlucht floss, deren Eingang durch herabgefallenes Geröll versperrt war, der Wasserversorgung der einstigen Stadt. Er sah keinerlei Zeichen dafür, dass die Stadt noch bewohnt war, auch keine Spuren von Karawanen und Hirten. Wasser gab es überreichlich. Conan vermutete, dass eine dumpfe, dunkle Furcht vor der uralten Stadt die Menschen davon abhielt, hier ihren Durst zu stillen. Doch da der Cimmerier so weit entfernt von der Stadt lagerte, hoffte er, jeglicher Gefahr, die von den Ruinen ausgehen konnte, zu entgehen.

Ein heißer Brei Hafergrütze und gekochte Feigen schmeckten besser – zumindest anders – als die getrockneten Früchte, zumal er alles mit so viel Wasser wie er wollte hinunterspülen konnte. Satt und zufrieden legte Conan sich zwischen das Feuer und sein Kamel und wickelte sich in zwei Decken. Sogleich schlief er ein.

Das Feuer war längst ausgebrannt, und die schmale Sichel des bleichen Mondes war im Westen der Sonne gefolgt, als leise Geräusche den Cimmerier weckten. Außer dem Plätschern des Baches vernahm er Kratzen, Scharren und heiseres Flüstern.

Augenblicklich war er hellwach, er bewegte sich jedoch nicht. Langsam umschloss seine Rechte das Heft des Schwerts, das neben ihm lag. Dann spannte er die Nackenmuskeln an, um einen Blick auf die Störenfriede zu wagen.

Dem Geruch nach konnten es Schafe sein, auch die Größe war entsprechend. Im schwachen Schimmer der Sterne sah er das zottige Fell auf den Buckelrücken der Tiere, die zu seinem Lagerplatz liefen. Conan erwartete, jeden Augenblick ein Blöken zu hören oder das Scharren der Hufe auf den Kieseln … doch er hörte nichts, gar nichts. Seltsam zielstrebig, fast planvoll umrundeten sie ihn.

Jetzt erwachte sein Kamel plötzlich. Empört schnaubend entfaltete es die langen Beine und erhob sich mühsam. Drei dieser buckligen Scheusale waren bereits beim Kamel. Sie benahmen sich jedoch ganz und gar nicht wie Schafe. Sie richteten sich auf, sodass sie auf den Hinterbeinen standen, und wollten das Kamel zu Boden reißen.

Blitzschnell sprang der Cimmerier auf, schwang sein schweres Schwert und zerschnitt das Seil, mit dem er das Kamel festgebunden hatte, damit dieses sich gegen die Angreifer frei wehren konnte. Dann stellte er sich den Räubern. Diese schwärmten um ihn herum aus und knurrten und geiferten.

Es waren menschenaffenähnliche Wesen mit Höckern, in Felle gekleidet, die sie um die Mitte zusammengebunden hatten. Ihr ekelerregender Gestank wurde jetzt durch die offenbare Angst noch verstärkt. Dem Cimmerier wurde beinahe schlecht. Aufgrund ihrer wortähnlichen Laute und ihres Verhaltens konnten sie – bis zu einem gewissen Grad – durchaus menschliche Wesen sein. Sie schienen auch unter der Fellkleidung zumindest teilweise haarlos zu sein. Bewaffnet hatten sie sich mit Stöcken und Steinen. Mehrere von ihnen hatten beides zu einer primitiven Axt zusammengebunden.

Etliche hatten die Felle zu einer Kapuze gemacht. Conan vermochte im schwachen Schein der Sterne die Gesichter darunter nur undeutlich zu erkennen. Der obere Teil ähnelte einem Affen, der untere schien nur aus langen, spitzen Zähnen zu bestehen. Diese ragten aus hässlichen Wunden und Schwären an Kinn und Wangen hervor.

Das Kamel war fortgelaufen, nachdem es die Verfolger mit wilden Tritten und Bissen abgewehrt hatte. Jetzt wandten die affenähnlichen Wesen ihre gesamte Aufmerksamkeit dem Cimmerier zu. Er packte eine Wolldecke und wickelte sie um den Unterarm, wie eine Art Schutzschild. Als mehrere Scheusale sich gleichzeitig auf ihn stürzten, wehrte er mit dem geschützten Arm einen Stockschlag ab, trat einem Feind in die edelsten Teile und durchbohrte einen anderen mit dem Schwert. Dann ging er gegen den mit der primitiven Axt vor. Er versetzte ihm mit dem Schwertheft einen furchtbaren Schlag auf den Schädel.

Doch die anderen Affenmenschen ließen sich von seinen ungeheuren Kräften nicht abschrecken, sondern umringten ihn knurrend und geifernd. Etliche von ihnen schleuderten wütend Steine, womit sie allerdings häufiger ihre Artgenossen als Conan trafen, da er behende auswich. Mit ihren Klauen zerrten sie an Conans blauschwarzer Mähne und zerkratzten ihm die Haut, wo sie nicht von Kleidung geschützt war. Die Kratzspuren fühlten sich klebrig an. Im Sternenlicht schimmerten die langen Fänge, und widerlicher Aasgestank schlug ihm ins Gesicht.

Eine bleiche Hand schwang die Axt, um ihm den Kopf zu zerschmettern. Trotz des spärlichen Lichts sah er, dass die Finger, die den Stiel hielten, sehr viel mehr als fünf waren. Mit einem schnellen Hieb durchtrennte er den Axtstiel und etliche Finger. Die restlichen zuckten zurück. Auch diese zählten noch mehr als die fünf einer normalen Menschenhand.

Verzweifelt teilte Conan Schwerthiebe nach allen Seiten hin aus und trat wild um sich. Das brachte ihm eine kurze Ruhepause ein. Doch immer noch umlauerten ihn Dutzende dieser Scheusale. Die Weibchen beteiligten sich ebenso entschlossen am Kampf wie die Männchen.

Da wurde ihm klar, dass er sie nicht länger abzuwehren vermochte. Blitzschnell bückte er sich und packte die Wasserschläuche und Satteltaschen neben dem erloschenen Feuer. Er lief los, flussabwärts, in die Richtung, in die sein Kamel verschwunden war. Ein Affenmensch stellte sich ihm in den Weg. Mit sicherem Schlag tötete ihn Conan, ebenso das nächste Scheusal. Die Satteltaschen und die nahezu leeren Schläuche schlugen ihm gegen die Beine und behinderten seinen Lauf. Doch bald darauf spürte er, dass er die Angreifer weit hinter sich gelassen hatte.

Er blieb stehen und lauschte angestrengt. Vom Lagerplatz her drangen gedämpfte Laute zu ihm, doch niemand verfolgte ihn. Die Sträucher am Wüstenrand und die Berghänge lagen friedlich im Sternenlicht da.

Conan war ziemlich sicher, dass die buckligen Scheusale Mühe hatten, ihn einzuholen. Wahrscheinlich hausten sie zwischen den Felsen in der Schlucht und mieden die offene Wüste. Dennoch marschierte er eine längere Strecke im Bach, falls sie imstande wären, seine Spuren zu wittern.

Nachdem er die hoch aufragenden Felswände der Schlucht hinter sich gelassen hatte, wurde das Licht der Sterne stärker. Mühelos fand er sein Kamel, das auf dem üppigen grünen Uferstreifen weidete. Er beruhigte das aufgeregte Tier und führte es am Seil noch weiter fort von der Gefahr.

Er hatte den Großteil seiner Essensvorräte in einem Sack im Lager zurückgelassen, verspürte jedoch nur geringe Lust, ein weiteres Dutzend dieser Affenwesen zu töten, um diesen zu holen. Außerdem dürfte das Essen sie eine Zeit lang beschäftigen, da sie offensichtlich aus Hunger angegriffen hatten. Wenn diese menschenähnlichen Wesen bereit dazu waren, ihn zu verschlingen, würden sie jetzt wohl ihre Artgenossen verspeisen, die er getötet oder verwundet hatte. Das erklärte auch die gedämpften Schreie, die von den Wänden der Schlucht widerhallten.

Conan hatte noch nie eine Affenart gesehen, die diesen Scheusalen glich. Falls die Ahnen in der Tat Menschen gewesen waren, dürfte das geraume Zeit zurückliegen. Vielleicht waren es die Einwohner der Ruinenstadt in grauer Vorzeit gewesen – oder ein wilder Stamm, der diese zerstört hatte. Doch tief im

Innern wusste Conan, dass derartig niedrige Lebewesen nicht imstande waren, eine derartige Stadt zu schleifen, ganz zu schweigen davon, sie zu erbauen.

Er fragte sich, welche Macht sie so zurückgebildet hatte, ihnen den menschlichen Verstand weitgehend genommen und sie zu umherhüpfenden zottigen Affen gemacht hatte. Wer hatte ihnen die grauenvollen Gesichter gegeben, wer die Hände mit den vielen Fingern? Crom allein wusste, wie ihr Körperbau ansonsten verunstaltet war. Ein böser Zauber oder vielleicht dieselbe Macht, welche die Stadt zerstört hatte.

Jetzt erstreckten sich ihre Ruinen nicht weit von ihm entfernt. Bleich schimmerten sie unter dem gestirnten Firmament. Conan wollte sich nicht zu weit vorwagen, um auf keinen Fall noch einen nächtlichen Schrecken zu wecken. Er lagerte mit dem Kamel auf einer offenen Stelle, etwas vom Bach entfernt. Dann hackte er mit dem Ibarsi-Schwert trockene Zweige ab. Diese legte er einem Ringwall gleich um den Schlafplatz. Sollte sich jemand nähern, würde ihn das Knacken verraten. Dann legte er sich neben sein Kamel, den Kopf auf den Satteltaschen, und sank in einen unruhigen, leichten Schlaf.

Kapitel 12

DIE STADT IN DER TODESWÜSTE

Conan machte sich noch vor Tagesanbruch auf den Weg. Nachdem er die Wüste in der Nähe ausgespäht hatte, schlich er sich wieder zurück zu seinem letzten Lager. Vorsichtig umkreiste er es. Doch keines dieser affenähnlichen Scheusale war mehr zu sehen, kein lebendes und kein totes. Es lagen nur einige blutige, zerkaute Fetzen seiner verlorenen Ausrüstung umher.

Als er sich jetzt in der Morgendämmerung umschaute, sah er Fährten der Affenwesen. Ein Trampelpfad, ein abgenagter Kamelknochen weiter links. Er spähte zu dem Felslabyrinth oben bei der Schlucht hinauf. Dort musste sich die Behausung der Scheusale befinden. Zwischen den umgestürzten Monolithen und Felsbrocken war es zwar nicht übermäßig bequem, doch es bot ein hervorragendes Versteck. Vielleicht beobachteten sie ihn jetzt gerade. Dieser Gedanke hielt ihn davon ab, weiter hinaufzuklettern.

Er ging zum Bach, füllte die Wasserschläuche und verstaute seine spärlichen Habseligkeiten hinten auf dem Kamel. Ein morgendlicher Sandsturm verhüllte im Osten des Tals die Sonne. Die trostlose Wüste und die Berge ringsum waren in ein kupferrötliches Licht getaucht. Dieser Schein war gespenstisch, doch Conan brach auf, um die Ruinenstadt zu besichtigen, ehe die Hitze zu stark wurde.

Auf einem mit Gestrüpp bedeckten Hügel blieb der Cimmerier stehen und schaute auf die Ruinen. Noch nie hatte er irgendwo eine tote Stadt gesehen, die dieser glich. Bei den meisten toten Städten standen außen vereinzelte Schutthügel. Daran schlossen sich besser erhaltene Ruinen an, die zu einer in der Mitte auf einem natürlichen oder von Menschenhand aufgeworfenen Hügel aufragenden Festung führten. Doch hier gab es keinerlei Erhöhung. Conan sah die alte Stadtbefestigung, eine niedrige Mauer, die einen nahezu kreisförmigen Bezirk umschloss. Die einzigen nennenswerten Schuttberge erhoben sich darin. In der Mitte fanden sich keine starken Mauern eines Palasts oder Tempels oder eines Getreidespeichers, wie man es in jeder Stadt erwarten würde, sondern nur ein ebener Platz, der so glatt war, als hätte man ihn glasiert.

Conan dachte daran, dass auch die nahe Stadt Qjara im Herzen eine gepflasterte Plaza und ein großes Karawanenviertel besaß. Vielleicht zeigte sich bei der vor ihm liegenden Stadt die Neigung, offene Räume durch Mauern einzuschließen, wo die Bewohner vielleicht in Zelten lebten, nach Art der Nomaden, oder Vieh in offenen Pferchen hielten. Das war durchaus möglich bei einem Volksstamm, der so abgeschieden und zeitlos lebte wie die Erbauer dieser uralten Ruinen. Dennoch hielt es der Cimmerier für wenig wahrscheinlich.

Die bloße Existenz und Lage dieses Ortes wies auf eine blühende Landwirtschaft hin. Die Stadt lag am Rand eines flachen Talbodens, ein Fluss aus den Bergen lief an ihr vorbei. Man konnte dieses Wasser leicht durch Kanäle umleiten und damit riesige Obstgärten,

Weiden und Getreidefelder außerhalb der Stadtmauer bewässern.

Jetzt sah Conan im gelblichen Licht in der Ferne nur wenige Gräben, die Spuren einstiger Kultivierung. Der Fluss war durch die Ruinen der Mauer abgelenkt, hatte sich einen Weg gegraben und plätscherte jetzt vor den Ruinen flach dahin. Seine Ausläufer waren in der öden, durstigen Wüste versickert.

Der Cimmerier trieb sein Kamel vorwärts und hielt Ausschau nach den affenähnlichen Wesen oder – was noch schlimmer wäre – Geistern oder Dämonen, die an diesem verlassenen Ort spuken könnten. Hier gab es wenig Deckung. Nur Grasbüschel und knöchelhohe Büsche klammerten sich an die kärglichen Schatten der roh behauenen Quader. Die Schutthügel waren so niedrig, dass auch sie keinerlei Schutz boten.

Conan hoffte am Mauerring irgendwo einen Torbogen zu finden. So ein Bauwerk könnte die Identität der Stadt enthüllen. Vielleicht gab es sogar Reliefs oder Mauersprüche, die ihre Geschichte erzählten – selbstverständlich nur, falls die früheren Bewohner Menschen gewesen waren.

Doch seine Hoffnungen erfüllten sich nicht. Die Mauer maß an den höchsten Stellen weniger als der Cimmerier auf dem Kamel. Außerdem war es äußerst befremdlich, dass es so aussah, als sei der gesamte Schutt nach außen gefallen und während der folgenden Jahrhunderte mit Sand bedeckt worden, wodurch keinerlei sichtbare Zeichen der Steinmetzen und Baumeister geblieben waren, die äußerst geschickt gewesen sein mussten, wenn man die massiven Quader betrachtete.

Zum Namen der Stadt vermochte der Cimmerier nur vage Vermutungen anstellen. Die Nomaden nannten sie Tal'ib. Aufgrund seiner Erfahrungen im östlichen Shem war ein *tal* oder *tel* ein Hügel oder eine Ruine. Die Stadt hieß daher vielleicht schlicht die Ruinen von Ib oder so ähnlich. Wenn er sich recht erinnerte, hatte er nicht an den Lagerfeuern von einer uralten Stadt Ib flüstern hören? Richtig ausgesprochen Üüb, mit hochmütigem südlichem Akzent. Ein verfluchter Ort. Laut den Legenden hatte ein wütender Gott die Stadt wegen Sündhaftigkeit und Unglauben zerschmettert. Wenn ein Ort dieser Beschreibung entsprach, dann dieser. Conan sah einen Pfad, der über einen Schutthügel zur Stadtmauer hinaufführte. Er stieg ab und führte das Kamel auf diesem Pfad in die Stadt.

Er war überrascht, dass die Mauer auf der Innenseite bei weitem nicht so zerstört war wie außen. Hier gab es senkrechte, mannshohe glatte Flächen, und hier fanden sich auch die eingemeißelten Zeichen, nach denen der Cimmerier gesucht hatte. Allerdings ähnelten sie keinem der Reliefs oder Friese, die er je erblickt hatte.

Die noch vorhandenen stellten menschliche Gestalten anmutig und ganz natürlich dar. In der Tat waren die Darstellungen so natürlich, dass es Conan bei ihrem Anblick eiskalt über den Rücken lief. Ja, es waren eindeutig Menschen: gewöhnliche Bürger beim Tanz oder einem stilisierten Ritual. Eine junge Frau trug einen losen Chiton. Sie hielt die Arme vor dem Gesicht empor. War es Anbetung oder Scherz? Dicht neben ihr beugte sich ein Mann in einer feierlichen Robe zu ihr hin, als wolle er sie umarmen oder zum Tanz auffordern. Zu ihren Füßen sprang ein Hündchen mit beiden Vorderpfoten in der Luft. Wenige Schritte weiter saß ein spielendes Kind, das ebenfalls die Hände zum Gesicht emporhob.

Obwohl die Figuren im Lauf der Jahrhunderte

etwas verwittert waren, wirkten sie dennoch lebendig und natürlich. Offensichtlich hatte ein äußerst geschickter Künstler sie gemeißelt. Seltsam daran war nur, dass es Umrisse waren, flache Silhouetten, bei denen die Gesichter nicht ausgearbeitet waren, ebensowenig die Gewänder oder Gliedmaßen, wenn sie sich überlappten. Conan hatte den Eindruck, als hätte man die Schatten lebender Menschen mit Kalk auf der Mauer nachgezogen und dann mit Hammer und Meißel unsterblich gemacht. Doch bei näherer Betrachtung verwarf er diese Idee. Die fließenden Bewegungen des Mannes und des Hundes im Sprung konnte keine Menschenhand so schnell und unfehlbar zeichnen.

Nein, zweifellos hatte ein meisterhafter Künstler diese Gestalten nach der Erinnerung skizziert und dann gekonnt eingemeißelt. Und die Details – wie Gesichter – waren wohl in die Umrisse gemalt worden oder mit weichem Mörtel aufgetragen gewesen, welcher im Laufe der Jahrhunderte spurlos verwittert war.

Eigenartig war nur, dass der Künstler die Umrisse nicht tief ins Gestein eingemeißelt hatte, sondern die Gestalten erhaben herausgearbeitet hatte, sodass sie von Luft umgeben waren. Darauf vermochte sich der Cimmerier keinen Reim zu machen, da es so viel mehr Arbeit bedeutete, die großen Flächen um die Figuren wegzuschlagen. In den Reliefs, die er bisher gesehen hatte, gab es auch stets mehr Figuren: Sonnen, Monde, Drachen oder Sprüche, um den Raum zu füllen und dem Steinmetzen Arbeit und Muskelkraft zu ersparen.

Alles in allem war Conan diese Ausdrucksform völlig fremd … und wie jede große Kunst grenzte sie ungemütlich nah an Zauberei. Der Cimmerier wandte sich ab und führte das Kamel fort. Er bemühte sich, die Eindrücke zu verdrängen, doch ein Teil seiner primitiven Seele war davon überzeugt, dass er Sterbliche erblickt hatte, die durch Magie für immer erstarrt, deren lebende Schatten auf ewig in toten Stein gebannt waren.

Wenn man sich an der Mauer entlangbewegte, war es leicht, an einen solchen Fluch zu glauben, da hier die Stadt ins Nichts verbrannt war. Keinerlei Vegetation wuchs innerhalb dieser Mauer. Die Ruinen der Grundmauern waren kaum kniehoch. Alles vermittelte den Eindruck, als sei es von einer ungeheuren Flamme verbrannt worden. Das Feuer, das den Fall der Stadt begleitet hatte, musste unvorstellbar stark gewesen sein. An einigen Ruinen in Richtung des Stadtzentrums hingen Aschenkrusten, andere waren von Glasblasen überzogen oder glichen Schlacke aus einem Brennofen. Schwellen oder Ecksteine, die völlig intakt aussahen, lösten sich bei Conans Berührung in Asche auf.

Nach kurzer Zeit gab es auch diese zerbrechlichen Reste einstiger Pracht nicht mehr. Alles war eine harte, glatte Mulde aus Stein, die mit der gesichtslosen Wüste dahinter zu verschmelzen schien. Doch im Zentrum dieser Zerstörung erhob sich ein einsames Monument: ein gezackter Monolith. Conan führte das Kamel über den Boden, der aus glattem schwarzem Glas bestand, zu diesem eigenartigen Denkmal. Ihrer beider Schatten waren lang in dem unheimlichen rosigen Licht. Der hoch aufragende Monolith zeigte wie eine Sonnenuhr nach Westen.

Conan sah, dass der Stein auf einem Schieferboden ruhte. Offenbar hatte man ihn rau behauen und nach dem Untergang der Stadt hierher geschafft und aufgestellt, denn sonst hätte er die Zerstörung nicht überstanden, die alles andere eingeschmolzen hatte.

Der Obelisk trug als einzige Inschrift keine Worte, sondern eine Figur. Es war ein Baum oder etwas, das einem Baum ähnelte, mit einem dicken geraden Stamm und einem Wurzelgeflecht. An den geschwungenen Ästen hingen keine Blätter, sondern runde dicke Früchte mit Runzeln und Nähten, die menschlichen Gesichtern ähnelten. Das Symbol war tief eingeätzt und weiß gefärbt, damit es sich von dem schwarzen Monolith abhob.

Hatten affenähnliche Hände mit Klauen das vollbracht?, fragte sich Conan. Hände mit einer unnatürlichen Überzahl von Fingern? In Anbetracht der feinen Arbeit schien das unvorstellbar, ganz zu schweigen vom Behauen, Herschaffen und Aufstellen des Steins.

Der Monolith war offenbar ein religiöses Symbol, vielleicht dem einstigen Gott der Stadt geweiht. Conan fühlte sich unbehaglich und wandte sich ab. Er befahl dem Kamel zu knien, stieg ihm auf den Rücken und trieb es nach Westen auf der Suche nach einem offenen Pass über die Berge der Verzweiflung.

Die Ruinen Ibs, falls es diese Stadt war, lagen bald ein gutes Stück hinter Conan. Als die Sonne dem Cimmerier auf den Rücken brannte und sich vor ihm die geheimnisvolle dunkle Flanke des Gebirgszuges entfaltete, verblasste der mysteriöse Untergang der Stadt in seinem Kopf. Die erste Schlucht sah zu flach aus, um die Bergkette zu durchdringen. Die nächste konnte besser sein. Zuerst jedoch musste sich die Sicht etwas weiten …

Doch ehe der Cimmerier eine Route gefunden hatte, die für ihn und das tapfere Kamel vielversprechend aussah, kam erneut eine Ablenkung. Durch die Hitzeschlieren sah er in der Wüste eine Prozession, die immer wieder verschwand und auftauchte.

Die meisten Teilnehmer der Prozession schienen zu Fuß zu gehen. Sie scharten sich um einen Gegenstand in der Mitte, der auf einem Karren stand. Ihm galten sämtliche Anstrengungen. Anfangs hoffte Conan, dass es eine Karawane auf dem Weg nach Norden sei, aber sehr bald sah er, dass ihre Route sie durch das Tal nach Osten führte, seinem Ziel genau entgegen gesetzt. Bei dem langsamen Vorwärtskommen und der großen Bürde schien es unwahrscheinlich, dass diese Prozession die Berge im Norden in Angriff nehmen würde.

Doch die Schar wirkte nicht gefährlich, wer auch immer diese Menschen sein mochten. Conan ritt ganz offen auf sie zu. Unwillkürlich spürte er die Hochstimmung, die jeder Alleinreisende bei der Aussicht fühlt, mit Menschen sprechen zu können. Zumindest könnte er den letzten Rest seines Geldes bei dieser Karawane gegen Proviant und Ausrüstung eintauschen. Das dachte Conan, doch als er näher kam, sah er, dass diese Menschen in viel schlechterer Verfassung waren als er: halb verhungert, gebeugt, mit offenen oder von schwarzem Schorf bedeckten Wunden auf dem Rücken, wo ihre schmutzige zerfetzte Kleidung keinerlei Schutz gegen die mörderischen Sonnenstrahlen bot. Einige von ihnen marschierten sogar barfüßig über die heiße, gleißende Alkaliwüste. Etliche trugen keinerlei Kopfschutz. Ihre Schädel waren so übel verbrannt, dass nur wenige spärliche Strähnen Schutz boten. Die meisten dieser über vierzig Unglücklichen zogen an Seilen und Hebeln, um das schwere sechsrädrige Gefährt vorwärts zu bewegen.

Die Räder des Karrens waren aus dicken abgerundeten Bohlen gearbeitet. Auf ihm war ein langes unförmiges Gebilde festgebunden, das von Tüchern verhüllt war. Knapp ein Dutzend Wachen marschierten frei dahin, schleppten schwere Proviantsäcke und steife Wasserschläuche. Conan sah nirgends Tragtiere oder gesattelte Reittiere. Aber Kamele konnte man nicht zum Ziehen schwerer Lasten zusammenspannen, und Pferde hätten hier nicht überlebt. Die Beförderung einer so gewaltigen Last erforderte die Kraft von Menschen, nichts anderes.

Als der Cimmerier auf seinem Kamel in Hörweite kam, vernahm er die Mitleid erregenden Klagen der Unglücklichen, die diese aus verdorrten Kehlen und durch aufgeplatzte und vom Durst geschwollene Lippen ausstießen. »Wasser, edler Herr! Im Namen des Allmächtigen, nur einen Schluck Wasser, Herr, oder die Schale einer Frucht! Uns dürstet, Herr, wir sterben. Habt Erbarmen mit uns, wir flehen Euch an.«

Conan brachte sein Kamel einige Dutzend Schritte vor der Karawane zum Stehen. Die Pilger hielten den dahinrumpelnden Karren an und sanken vor Erschöpfung auf die Knie. Flehend erhoben sie die Arme zum Cimmerier.

Damit war er mitten in einer Lage, die er gefürchtet hatte. Doch dank der Gnade Croms hatte er genügend Wasser, um den Unglücklichen zu trinken zu geben, wenn auch nur wenig. Er band die Wasserschläuche los, nur den halbvollen nicht, den bewahrte er für sich auf, und ließ sie neben dem Kamel zu Boden gleiten.

Der große magere Schwarze, der den anderen vorangegangen war, trat zu ihm hin. Er beugte sich nicht, bettelte auch nicht, sondern schritt wie ein Anführer daher. Conan hielt ihn für einen Priester. Zwei bewaffnete Wachen folgten ihm so schnell, wie es ihr entkräfteter Zustand erlaubte.

»Seid gegrüßt, Reisende«, rief Conan ihnen zu. »Ihr könnt von meinem Wasser haben, da ihr es so dringend braucht.« Vergebens wartete er auf ein Wort des

Dankes. »Reichlich Wasser liegt kaum einen Tagesmarsch vor euch«, erklärte er. »Mit Glück könnt ihr dorthin gelangen.«

Der Priester betrachtete die Wasserschläuche, dann den Cimmerier. »Das Wasser wird helfen«, sagte er. Er sprach im Dialekt der Wüstenhändler mit starkem südlichem Akzent. Aber seine Stimme klang eigenartig ausdruckslos. »Ihr sagt, dass es zwischen hier und Qjara Quellen gibt?«

Etwas störte Conan bei der Frage dieses Mannes – als ob dieser die Entfernung nicht kenne, auch nicht die Zahl der Oasen, und es ihm gleichgültig sei. Er musste in der Tat ein Priester sein, der sein eigenes Leben und das seiner unglücklichen Anhänger den Launen eines wankelmütigen Gottes anvertraut hatte. Er war barfuß und ohne Kopfbedeckung, seine Kleidung war spärlich und ebenso zerrissen wie die seiner Herde – zweifellos ein religiöser Eiferer. Conan hatte nie zuvor einen Schwarzen gesehen, dessen Haut von der Sonne so verbrannt war, dass sie sich schälte. Als einziges Rangabzeichen trug er einen verrosteten, abgebrochenen Dolch an einem Lederriemen um den Hals. Eine nutzlose Waffe, da die Klinge nur ein rostiger Stumpf war. Conan hielt sie deshalb für eine heilige Reliquie.

Der Cimmerier war beeindruckt, dass der hochgewachsene Schwarze keine Bewegung auf das dargebotene Wasser zu machte. Jetzt nickte er mit dem Kopf, woraufhin die Wachen die Wasserschläuche aufnahmen und zu den wartenden Leidenden trugen.

»Nein, Fremder«, sagte Conan. »Es gibt keineswegs genug Quellen, um euch Wasser bis Qjara zu spenden. Der Storch Wadi ist ausgetrocknet und übersät mit den Gebeinen von Narren, die auf ihn vertraut, aber mit dem Leben bezahlt haben. Dort drüben die tote

Stadt…«, er nickte in Richtung des Osten, »… ist randvoll mit Wasser, aber Dämonenaffen treiben dort ihr Unwesen, die Reisende verschlingen. Ich muss dorthin zurückkehren, um meine Vorräte wieder aufzufüllen. Ich schlage vor, dass ihr das auch tut. Ruht euch aus, trinkt und füllt eure Schläuche, aber haltet die Augen offen – und dann marschiert zurück, dorthin, wo immer ihr hergekommen seid.«

Der schwarze Priester schüttelte nicht den Kopf, zuckte nicht einmal mit der Wimper. »Wir werden nach Qjara weiterziehen.«

Conan zuckte ungeduldig mit den Schultern. »Nun gut, wenn du glaubst, deine Leute können die Entbehrungen ertragen. Doch ruht euch zuvor aus und marschiert abends und früh am Morgen. Während der Mittagshitze sucht unter Sonnenzelten Schatten. Selbstverständlich werdet ihr nie und nimmer dieses … was immer es ist, mitschleppen können.« Er deutete auf das mit Tüchern verhüllte Ungetüm auf dem Karren. »Das könnt ihr gleich hier zurücklassen.«

»Es ist ein heiliger Gegenstand. Wir führen ihn mit uns«, erklärte der Priester. »Sag mir … du scheinst die Wüste zu kennen und die Straße nach Osten. Wie heißt du?«

»Conan der Cimmerier. Und du?«

»Ich bin Khumanos, Hohepriester des Tempels von Votantha, aus der Stadt Sark in der südlichen Wüste. Ich bedarf eines erfahrenen Führers. Kennst du Qjara?«

»In der Tat, Khumanos, ich komme direkt von dort«, erklärte Conan überheblich. »Ich kenne die Stadt und weiß auch über deine Mission Bescheid. Doch nun bin ich auf dem Weg nach Shadizar.« Er schüttelte den Kopf und machte eine ernste Miene. »So armselig wie ihr seid, glaube ich kaum, dass ihr mich so gut bezahlen könnt, dass ich euch den langen mühseligen Weg dorthin zurückführe, den ich gerade gekommen bin.«

»Warum hast du Qjara verlassen, Conan aus Cimmerien?«

»Ich habe es schon gesagt, ich will nach Norden.« Um der offensichtlichen Frage zu entrinnen, warum er sich so weit westlich der Stadt aufhielt, fuhr er schnell fort: »Wegen dringlicher Angelegenheiten mit einem Priester ihrer Göttin konnte ich nicht länger auf eine Karawane nach Norden warten. Reiner Unsinn, ich schwöre es! Doch aufgrund eines läppischen Tempelgesetzes gebot man mir, Qjara zu verlassen, und mein Stolz hielt mich davon ab, dagegen Einspruch zu erheben und …«

»Genug. Scharführer Astrak …« Ohne Conan aus den Augen zu lassen, schnippte Khumanos mit zwei Fingern über die Schulter. Ein kräftiger Mann mit Helm und staubigen Leinwandsäcken über den Schultern löste sich aus der Gruppe um die Wasserschläuche und lief eilends herbei. »Die Juwelen«, befahl ihm der Priester.

Aus einem Sack holte der Mann ein Holzkästchen. Knirschend glitt der Riegel beiseite. Er öffnete den Deckel. Das Kästchen war innen mit Silber beschlagen und barg einen Schatz ungefasster Juwelen, die in der gleißenden Sonne funkelten.

»Hoho!«, sagte Conan und bemühte sich vergebens, sein Staunen zu verbergen. »Noch nie habe ich Steine von derartiger Größe und Schönheit in so großer Zahl gesehen. Ich nehme an, sie sind einiges wert.«

»Du erhältst so viel Juwelen, wie du in einer Hand halten kannst«, erklärte Khumanos. »Das soll deine Belohnung sein, sobald dieses Götterbild sicher in Qjara angelangt ist.« Auf ein Nicken des Hohenpriesters hin schloss der Soldat das Kästchen und verstaute es wieder im Sack.

»Nun ja«, meinte Conan nachdenklich. »Wenn ich als euer Führer komme, können die Anhänger der Einen Wahren Göttin mich kaum hinausweisen.«

Khumanos betrachtete ihn mit ausdrucksloser Miene. »Du wärst ein Gesandter im Dienste König Anaximanders von Sark, ein Diener des Tempels von Votantha. Deine Stellung ist durch einen feierlichen Pakt zwischen den Königen von Sark und Qjara gesichert.«

»Verstehe.« Conan fühlte sich oben auf dem Kamel ziemlich überlegen und dachte gar nicht daran, sofort anzunehmen. Es war gewiss keine großartige Gelegenheit, irgendeinem arroganten Priester und seiner armseligen Herde zu helfen, einen heiligen Fetisch durch diese teuflische Wüste zu schleppen. Doch da waren die Juwelen von unermesslichem Wert und die wenig verlockende Aussicht, mutterseelenallein mit unzureichendem Proviant und spärlicher Bekleidung durch diese unwirtlichen Berge zu reiten. Diese unglücklichen Menschen würden zudem mit Sicherheit unter seiner Führung eher das Ziel erreichen als unter der Leitung dieses fanatischen Priesters. Eigentlich wäre es ein Akt des Mitleids, ihnen zu helfen. Und letztendlich ergab sich in Qjara vielleicht doch noch eine Möglichkeit, mit einer Karawane sicher und – dank der Juwelen – als wohlhabender Mann nach Shadizar zu reiten.

Irgendwo tief in seinem Innern spürte er eine Unruhe, die ihn zurück nach Qjara trieb. Noch war er mit dieser stolzen Stadt nicht fertig. »Nun gut, wenden wir uns nach Osten«, erklärte er schließlich Khumanos.

Kapitel 13

DAS SCHIFF AUS STEIN

Conan vermochte unmöglich vorauszusehen, wie langsam sich die Träger des großen Götterbildes vorwärts bewegten. Geduldig plagten sie sich, als wären sie durch die lange Entbehrung abgestumpft. Dem Cimmerier war unklar, ob es sich um willige Pilger oder Sklaven handelte, und er war sich nicht sicher, dass er die Wahrheit wissen wollte. Mit Sicherheit waren viele von ihnen unterwegs zugrunde gegangen. Helmtragende sarkische Soldaten hatten ihren Platz eingenommen und schwitzten jetzt unter der Peitsche, anstatt sie zu schwingen.

Die Soldaten waren bei weitem die körperlich kräftigsten Männer und legten eine Geschwindigkeit vor, der die Schwächeren kaum zu folgen vermochten. Conan hätte erwartet, dass die Pilger Hymnen sangen oder laut beteten, doch alle plagten sich stumm ohne Klage oder Streit. Selbst wenn sie nichts zu tun hatten, schwiegen sie, als seien ihre Seelen durch die Schmerzen und Entbehrungen abgestorben.

Alle hatten entsetzliche Verbrennungen und offene Schwären, selbst die Wachen, die ordentliche Uniformen trugen und nur Schulterlasten trugen. Ja, in der Tat, der Cimmerier fragte sich, ob die Verbrennungen tatsächlich von der Sonne herrührten. Er hatte noch nie derartige Schwären gesehen oder selbst welche gehabt, nicht einmal halb nackt unter der sengenden Sonne der Wüste. Jetzt vermutete er, dass die offenen Wunden der Arbeiter, vor allem der Verlust der Zähne und der Haare, von anderen Ursachen herrührten: Hunger oder schlechtem Wasser, das sie in der südlichen Wüste getrunken hatten, vielleicht sogar von vergiftetem Erdreich, das sie mit ihrer Bürde durchquert hatten. Schlimmstenfalls stammten die Verletzungen von einem bösen Zauber, der möglicherweise mit ihrem harten Gott Votantha oder seinen göttlichen Feinden in Verbindung stand.

Wie auch immer, ihr Marsch war mörderisch. Am ersten Tag, als Conan auf die Gruppe stieß, erreichten sie nicht einmal Tal'ib. Sie machten in der Wüste Halt und sanken unter den Rädern ihres Karrens zu Boden. Danach rührten sie sich kaum noch. Um ihr Elend zu lindern, ritt der Cimmerier voraus und holte ihnen Wasser für den nächsten Tag.

Als sie endlich die Stadt in der Todeswüste erreichten, schlugen sie das Lager ein gutes Stück flussabwärts auf, nahe der Stelle, wo der Fluss die zerstörte Stadtmauer berührte. Conan sorgte dafür, dass Khumanos Wachen aufstellte, trotzdem hielt er die meiste Zeit selbst Wache. Ein- oder zweimal glaubte er, leise Geräusche zu hören oder eine Bewegung in den Büschen zu sehen. Aber er hoffte, dass die Scheusale keine Kenntnis von ihrem Lager hätten oder sich zumindest nicht so weit flussabwärts wagen würden, um es anzugreifen.

Die gespenstische Szene ließ ihn nicht kalt – der schwache Mond, einem Fischerboot gleich, dessen schwaches Licht auf der Wüste wie auf einem erstarrten Meer glänzte. Auf einer Seite ragten die Berge riesig und formlos zum Himmel empor, auf der anderen hatten sie Zacken wie Fänge. Dazu das Lager ohne Feuer, die schlaffen Gestalten, die in der gespenstischen Dunkelheit entweder tief schliefen oder bereits tot waren. Das verhüllte Götterbild in ihrer Mitte ähnelte dem verrenkten, schlecht konservierten Leichnam eines Riesen auf einem Sarg. Im schwachen Schein der Sterne und des Mondes schien die Figur ein eigenes Licht auszustrahlen – den grünlichen Schimmer der Verwesung, der unter die schmutzigen Tücher gekrochen war.

Hinter dem Lager, jenseits des lustlosen versiegenden Flusses und der zerstörten Mauer, lag die flache Vertiefung, die einst das mächtige Ib gewesen war, der harte gläserne Kessel, in dem der Tod einer Stadt zusammengebraut worden war.

Conan hörte ein Rascheln – diesmal ganz deutlich und ganz nahe. Er wirbelte mit gezücktem Schwert herum und hätte beinahe Khumanos getötet, der sich als hagere, dunkle Gestalt gegen die Schwärze des Hintergrunds abzeichnete.

Conan stieß einen Fluch aus, steckte die Waffe zurück in den Gürtel und ging in die Hocke. »Bei Crom, Priester, wolltest du meine Wachsamkeit prüfen? Um ein Haar hättest du die Schärfe meiner Klinge herausgefunden. Schläfst du nie?«

Khumanos hockte sich gegenüber dem Cimmerier hin. »Du bist schnell mit der Klinge, dazu wachsam und misstrauisch.«

»Allerdings. Das muss ich sein, da erst vor zwei Nächten Kannibalen mit scharfen Fängen und Klauen mich angriffen – nicht weit entfernt von der Stelle, an der wir jetzt sitzen.« Einen Moment später schüttelte der Cimmerier seine Besorgnis ab. »Trotz alledem glaube ich, dass wir hier vor den Ungeheuern sicher sind. Ich rate dir ernstlich, mit deiner Schar einen oder zwei Tage Rast einzulegen, im Fluss zu baden und wieder zu Kräften kommen.«

»Wir werden morgen bei Tagesanbruch weiterziehen«, erklärte Khumanos, ohne den Kopf zu schütteln oder Conans Vorschlag direkt zurückzuweisen. Er legte sich auf den Boden, wo ein Feuer gewesen wäre, wenn sie eins angezündet hätten.

»Das ist unverdient hart gegen deine Leute, Khumanos«, sagte Conan. »Sie würden schneller vorwärts kommen, wenn sie jetzt rasteten, und damit eine bessere Chance haben, den Marsch zu überleben.«

»Mit der Hilfe des großen Votantha werden wir überleben«, erklärte der Priester entschieden. »In den Wüsten im Süden verirrten wir uns in einem Sandsturm und kamen vom rechten Weg ab. Dann griffen uns Nomaden an, die viele Wachen töteten, ehe wir sie in die Flucht trieben. Andere Wachen mussten den Platz der gefallenen Träger einnehmen. Und trotz alledem haben wir den Weg bis hierher geschafft.«

»In der Tat ein höllischer Marsch«, meinte Conan. »Es klingt so, als würde euer allmächtiger Herr euren Glaubenseifer auf die Probe stellen.«

Khumanos nickte mit dem kahl geschorenen Schädel und ernster Miene. »Für einige sind die Entbehrungen zu groß. Sie können es nicht ertragen.« Er hielt den verrosteten Dolchgriff von der Brust entfernt und betrachtete ihn im Mondlicht. Dann streifte er den Lederriemen über den Kopf und hielt den Dolchgriff in der rechten Hand, als wäre er ein Szepter oder ein Zauberstab. »Sie würden lieber innerlich zugrunde gehen, überhaupt nichts fühlen, als eine Schwächung des Körpers und die Vereitelung ihrer Hoffnungen in Betracht zu ziehen – oder es bei anderen mit ansehen.« Fragend blickte er den Cimmerier an.

»Ich würde nie den Tod suchen – ich kann auch keinen Mann verstehen, der das tut.« Augen und Lippen wurden schmal, während seine Gedanken zurück zu

Zaius wanderten. »Für mich gibt es immer Hoffnung, solange in meinem Körper noch ein Atemzug ist und Blut in den Adern fließt.« Er atmete tief aus und blickte etwas melancholisch drein. »Was ist das für ein rostiges Ding, mit dem du spielst, Khumanos?«, fragte er den Priester. »Ein Überbleibsel der Klinge, die den greisen Großvater eures Gottes tötete?«

»Das ist das Schwert von Onothimantos.« Der Priester hielt den abgebrochenen Dolch noch höher. »Es ist ein mächtiger Talisman, den mir ein weiser Alter vermacht hat. Es hat mein Leben verändert.«

»Zweifellos ein Symbol eures Glaubens. Doch was diese heilige Suche betrifft, um euren Gott zu verherrlichen...«, Conans scharfe Augen hafteten auf Khumanos, »... ich sage, dass sie völlig irrsinnig ist und du damit deinen hirnlosen Anhängern unnötige Qualen bereitest. Versuche daher nicht, mich zu deinem Glauben zu bekehren. Ich würde bei derartigem Schwachsinn nie mitmachen...«

»Es sei denn für den Lohn, den ich dir versprach«, führte Khumanos den Satz zu Ende.

»Nein, nicht einmal für diesen Lohn. Ich habe meine eigenen Gründe, mich euch anzuschließen«, erklärte Conan und schüttelte den Kopf.

»Du hast in der Tat eine starke, selbstbewusste Seele, die sich Überredung und Kontrolle widersetzt.« Der Priester wog nachdenklich den Talisman in der Hand.

»Jawohl, so ist es. Deshalb bin ich auch allein in dieser höllischen Wüste.«

»In der Tat.« Khumanos nickte bedächtig. »Dein sturer, misstrauischer Geist macht dich zu einem Furcht einflößenden Kämpfer und einem gewitzten Kenner der Wüste.«

»Ja, deshalb kannst du mich auch brauchen, richtig?« Conan warf dem Priester einen fragenden und drohenden Blick zu. »Hast du etwa einen Speichellecker ohne Rückgrat erwartet? Worüber machst du dir eigentlich Sorgen?«

»Oh, nichts. Es ist Votanthas Wille.« Der Hohepriester streifte den Talisman wieder über den Kopf und verbarg ihn unter dem Burnus. Dann erhob er sich und schritt zurück zu den schlafenden Gefährten.

»Nun, ich wünsche dir auch eine gute Nacht«, sagte Conan zu Khumanos' Rücken und fragte sich, weshalb der Priester mit ihm hatte sprechen wollen.

Später in der Nacht gab es noch einen Alarm, als Conan eine große hagere Gestalt in dunkler Kleidung sah, die über die Wüste zur toten Stadt huschte. Deutlich hob sich die Gestalt gegen den hellen Sand ab. Wiederum war es Khumanos! Schnell lief der Cimmerier zur Lagerstätte des Priesters. In der Tat, die zerrissene Schlafmatte war leer.

Aber was tat der Priester so leichtsinnig da draußen, weit weg von der Sicherheit des Lagers. Conan folgte ihm, blieb dann jedoch stehen. Er holte tief Luft, um zu rufen, ließ es aber. Der Priester schritt sehr schnell auf den Monolith in der Mitte der spiegelglatten Zone zu.

Khumanos erreichte die Säule, ging langsam weiter und blieb vor der Seite stehen, an der Conan die Skulptur des vielköpfigen Baums gesehen hatte. Trotz des schwachen Sternenlichts sah er gewiss das geheimnisvolle Symbol, das sich auf der glasartigen Oberfläche spiegelte. Der Priester beugte sich zur Säule hin, als wolle er sie näher betrachten. Und dann – Conan hätte geschworen, dass er sich nicht irrte – kniete Khumanos nieder und berührte mit der Stirn den Boden, in einer Geste tiefster Verehrung.

Conan lief es eiskalt über den Rücken, während er gebannt zuschaute. Das alles verhieß gewiss nichts Gutes, doch was bedeutete es tatsächlich? War der große Monolith für fromme Pilger ein heiliger Ort? Vielleicht konnte er von Khumanos mehr über das Schicksal der uralten Stadt erfahren. Er schwor sich, den Priester bei der ersten Gelegenheit in die Enge zu treiben und ihm diese Frage zu stellen – doch nicht in dieser Nacht.

Gemäß Khumanos' Wort setzte sich die Prozession bereits bei Tagesanbruch wieder in Bewegung und marschierte über die niedrigen, mit getrocknetem Blut bedeckten Hügel, welche die Wüstentäler vom Grund des toten Meeres trennten. Während der Mittagssonne schleppte sich das Häuflein Unglücklicher darüber hinweg. Als die Hitze am schlimmsten war, stieg Conan von seinem Kamel und schob – wenngleich widerwillig – mit der Schulter den Karren nach oben, dann musste er nochmals eingreifen, damit das riesige Götterbild nicht auf der anderen Seite zu schnell ins Tal hinabrollte.

Das Götterbild war aus der Nähe noch riesiger, als er erwartet hatte. Der in Tücher gehüllte Koloss speicherte die Hitze der Wüste und strahlte sie wieder aus, außerdem war er äußerst schwer zu lenken. Dennoch gelang der Abstieg, nur ein Mann geriet unter ein Rad, das ihm die Wirbelsäule zerquetschte. Sobald sie den harten Alkaliboden des einstigen Meeres erreichten, war der Weg klar. Da sie wegen des Wassers keinen Umweg machen mussten oder wollten, lag die Route deutlich vor ihnen. Kerzengerade führte sie zu der Kerbe zwischen den roten und den schwarzen Bergen.

Sie zogen bis zum Sonnenuntergang weiter, doch

dann erhob sich ein blendender Alkali-Sturm. Die Arbeiter krochen unter ihr Götterbild, um an ihrem kärglichen Abendessen zu knabbern und ihre spärliche Wasserration zu trinken. Conan verspürte kein Bedürfnis nach Gesellschaft und schmiegte sich an sein Kamel, das er als Windschutz benutzte. Er verhüllte das Gesicht gegen die beißenden Staubwellen, schlief ein und träumte wieder von den Rädern vieler Streitwagen.

Mehrere Male erhob er sich in der Nacht, nachdem sich der Sturm gelegt hatte, und spähte in die Wüste hinaus, die sich schneeweiß unter einem samtenen Firmament, übersät von kalten funkelnden Sternen, erstreckte. Es war friedlich und tödlich still. Doch mit dem ersten Schimmer der Morgendämmerung erhoben sich die Dämonenwinde wieder und hüllten die Welt in ein weißes Leichentuch aus Alkalistaub. Mit dem Sturmgebraus kam auch das unheimliche Geräusch der hölzernen Wagenräder.

Diesmal rasten sie näher an ihnen vorbei als zuvor. Conan zuckte zusammen, und sein Kamel schnaubte vor Angst, als ein riesiges Gebilde im Sturm vorbeirauschte. Der erste Gedanke des Mannes aus dem eisigen Norden war, dass sich ein Karren gelöst hätte, doch das war unmöglich. Außerdem waren die Räder, die ihn um Haaresbreite gestreift hätten, kunstvoll mit gedrechselten Speichen gearbeitet und mit Metall beschlagen.

Wurde seine unglückliche Schar im Sturm angegriffen? Doch wenn dem so war, von welchen nicht menschlichen Kriegern? Er blinzelte durch die tränenden Augen. Da näherte sich bereits der nächste Streitwagen im Alkali-Sturm.

Er packte sein Schwert und – aufgrund langjähriger Erfahrung – den Wasserschlauch, ging in die Hocke und schwang sich auf den Streitwagen. Er wollte das Geheimnis dieser Phantomkrieger aufdecken oder beim Versuch sterben.

Den Lenker mit den Zügeln musste er nicht töten. Er war bereits tot – eine lederne, grinsende Mumie in fleckiger Rüstung, mit Lederriemen an den vorderen Wagenaufbau gebunden. Über ihm flatterte ein Baldachin aus Schafsfellen wie ein Dreieckssegel, in dem sich der Sturmwind fing und das Fahrzeug vorantrieb. Die Überreste der Pferde, nur noch unvollständige Skelette, hingen in zerfetzten Riemen neben der Deichsel, und die Gebeine zweier Gefährten klapperten unten im Staub.

Die Stange, die als Joch die Pferde verbinden sollte, hatte sich unter den Streitwagen gesenkt und bildete jetzt mit der bronzebeschlagenen Spitze eine Art Ruder oder Stütze, damit der Streitwagen nicht nach hinten kippte. Allein vom Sturmwind getrieben, ohne von der Hand eines Menschen gelenkt zu werden, raste der Streitwagen dahin.

Das also war der Phantom-Streitwagen der örtlichen Legenden. Conan erinnerte sich nur noch halb an die Geschichte. Er hatte diese für ein Ammenmärchen gehalten, mit dem man Karawanenhelfer in Bann schlug, eine Furcht einflößende Geistergeschichte, an erlöschenden Lagerfeuern erzählt, um die Augen weit werden zu lassen und Albträume herbeizubeschwören ... Im nächsten Augenblick brachen die morschen Bretter. Conan musste blitzschnell Halt finden, um nicht mit den Skeletten vom Streitwagen mitgeschleift zu werden. Nur mit Mühe gelang ihm dies.

Die Geschichte des Streitwagens lag teilweise im Dunkel, doch jetzt entsann sich der Cimmerier an die Version, die der junge Jabed im Lager vor den Toren

Qjaras erzählt hatte: Vor ungefähr achtzig Jahren, während der Herrschaft des Vaters von König Semiarchos, Demiarchos, war der jüngere Bruder des alten Königs zu einer Expedition aufgebrochen, um den Reichtum seiner Familie und den Ruhm seiner Stadt zu vergrößern. Mit Hunderten von Bewaffneten, Kamelen, Pferden, Streitwagen und Proviantwagen war der tapfere Pronathos fortgeritten, um das legendäre Schiff aus Stein zu suchen, ein unvorstellbar altes Schiff, welches angeblich an einem äußerst abgelegenen Ort in der Wüste lag und bis zu den steinernen Schandeckeln mit Goldmünzen, Waffen und Rüstungen beladen war.

Es war eine äußerst zweifelhafte Geschichte und noch unglaubwürdiger als die Geschichte des Phantom-Streitwagens. Die gebildeten Bürger Qjaras glaubten sie nur zur Hälfte. Doch in einem Außenposten in der Wüste, ohne Nachbarn oder gar im Krieg mit fremden Reichen, waren die jungen Burschen aus der Stadt für derartige großsprecherische Eskapaden sehr anfällig, ebenso, wie sie sich dazu verführen ließen, Tempelkrieger zu werden.

Pronathos und seine zahlreichen wagemutigen Gefährten ritten hinaus, einer Legende folgend. Zwei Wochen nach ihrer Abreise erhob sich ein starker Sandsturm, der den Osten der Wüste wie mit einem Leichentuch bedeckte. Er wütete mehrere Tage lang und verwischte sämtliche Spuren von Pronathos und seiner Schar. Niemand hörte je wieder von ihnen, und nie wurde ein Beweis für ihr Schicksal erbracht, obwohl der trauernde König zahlreiche Suchtrupps ausschickte.

Doch in späteren Jahren flüsterte man sich in Beduinenzelten zu, dass die Seelen der Schatzsucher vom Sturm eingefangen worden waren und jetzt andere Abenteurer in ihren Bann lockten, damit auch diese ihr Leben verlören. Man raunte sich zu, dass so mancher schon während des starken Sturms, der durch die Wüstentäler im Morgengrauen und in der Abenddämmerung toste, quietschende Räder von Streitwagen gehört habe. Angeblich waren das die Reiter und Wagen von Pronathos' verlorener Truppe. Gejagt von der Goldgier und getrieben von den Flüchen der Wüstengötter, durchstreiften sie immer noch die Wüste auf der Suche nach dem legendären Schatz auf dem Schiff aus Stein – doch vergeblich.

Jetzt jedoch vermochte Conan aufgrund des zersplitterten Holzes, an das er sich verzweifelt klammerte, und der mannshohen Speichenräder, die sich rechts und links von ihm drehten, klar zu erkennen, welches der wahre Ursprung der Legende war. Die Streitwagen der Schar Pronathos' wurden wie trockenes Laub vom Sturm immer noch durch die Wüste getrieben, mitsamt den grausigen Überresten ihrer einstigen Lenker. Wegen einer seltsamen Laune der Götter durchquerten die Wagen regelmäßig das flache tote Meer – gegen Abend in die eine Richtung und im Morgengrauen in die andere, getrieben von den gespenstischen, wenngleich berechenbaren Sturmwinden, auf ewig unterwegs mit einem kosmischen Auftrag, den kein Menschenverstand je begreifen würde.

Und war das bleiche Skelett auf diesem kunstfertig gearbeiteten alten Streitwagen, neben dem sich Conan in brüderlicher Nähe festklammerte, einst Prinz Pronathos gewesen? Die Reste des Silberbeschlags auf der durchlöcherten Rüstung deuteten darauf hin. Conan murmelte einen ehrerbietigen Gruß und bemühte sich, dem bewunderungswürdigen Führer ein wenig mehr Platz zu machen.

Nachdem der Cimmerier all das wusste – oder vermutete –, behielt er mühsam das Gleichgewicht auf dem wild hin- und herschwankenden Gefährt und stand vor einer Entscheidung: Sollte er sich weiterhin festklammern oder abspringen und in dem Sturm den Weg durch die Wüste zurück zum Lager suchen? Seiner Meinung nach, vermochte er den Sprung auszuführen, ohne körperlichen Schaden zu nehmen – vorausgesetzt, dass nicht ein weiterer Streitwagen der Geisterkarawane ihn überrollte. Er war ziemlich sicher, dass er den Weg zurück zu seinem Kamel und der Gruppe des Priesters finden würde, sobald sich der Sturm gelegt hatte. Der Wasserschlauch, den er mit dem Schwert in einen Spalt festgeklemmt hatte, versprach ihm Überleben für einen oder zwei Tage.

Während er sich festhielt, spürte er die Geschwindigkeit und die Anziehungskraft eines phantastischen Abenteuers. Hier war der Schlüssel zu dem Rätsel, welches die Bewohner der Wüste seit Generationen beschäftigte. Er spürte den Zwang, dieses Geheimnis bis zum Ursprung zu ergründen. Falls am Ende eine Belohnung von König Semiarchos lag oder – wie die Legenden andeuteten – ein sagenhafter Schatz, nun, umso besser! Im Augenblick lockte ihn das Abenteuer unwiderstehlich.

Auf See hatte er gelernt, dass Fliegen vor dem Wind leichter war, als der Sturmgewalt mit einem Bein auf der Erde zu trotzen. Auf dem Meer schien die Gewalt sanfter zu sein und nicht so an seinem Umhang zu zerren. Gelegentlich knatterte das Fellsegel über dem Streitwagen, es flatterte jedoch nicht. Staub und Sand peitschte die Wanderer in der Wüste wie eine Springflut, ihm auf dem Wagen erschienen sie wie Vorhänge, durch welche immer wieder Sonnenstrahlen drangen. Nur selten gewährten sie ihm jedoch Blicke auf die anderen schwankenden Wagen – wie auf den, direkt vor ihm, der ihn um Haaresbreite überrollt hätte. Wenn er angestrengt lauschte, hörte er viele verschiedene Räder und spürte, dass er ein Teil einer schnellen und großen Heerschar war.

Das wahnwitzige Rennen währte nun bereits länger als eine Stunde. Nach Conans Schätzung ging es immer nach Süden. Doch nun wurde der Sturmwind etwas schwächer – und endete dann abrupt. Quietschend blieben die Räder stehen. Staubwolken lösten sich auf und legten sich in einer gespenstischen Landschaft wie sterbende Geister auf den Boden.

Es war eine abgelegene, menschenleere Schlucht in den Bergen, welche Blut des Attalos hießen. Auf allen Seiten führten blutrote Hänge zum weißen, an gebleichte Gebeine erinnernden Boden des toten Meeres herab. Am Ende der Schlucht schoben sich die Berge in einem Trugbild übereinander und verbargen damit den Eingang vor neugierigen Augen. Am anderen Ende erhoben sich die höchsten Gipfel des Bergmassivs in den Himmel. Um Conan herum stand eine Flotte verlassener Streitwagen und Proviantkarren in der sengenden Wüstensonne. Unweit dieser Gefährte sah Conan in einer Bucht, welche die blutroten Berge bildeten, eine schroffe Felsformation liegen, die einem Schiff ähnelte.

Ja, das war die Geisterkarawane Pronathos', zwanzig hervorragend gebaute Gefährte, inzwischen allerdings brüchig geworden. Die Wüstenwinde hatten Farbe und Gold abgeschabt, Wimpel und Baldachine zerfetzt, doch sie war immer noch imstande, mit dem Sturmwind durch die Wüste zu donnern und Furcht und Angst in den Herzen der Kameltreiber auszulösen. Conan stieg von seinem Streitwagen, der ungefähr hundert Schritte hinter den anderen stehen geblieben war, wohl wegen seines zusätzlichen Gewichts. Er ergriff Schwert und Wasserschlauch und nahm jeden einzelnen Wagen genau in Augenschein.

Auf etlichen von ihnen befanden sich noch sterbliche Überreste. Skelette in Rüstungen lagen dort, wo sie gestorben waren, vermutlich beim Versuch, dem ersten gewaltigen Sandsturm zu trotzen. Ansonsten war sehr wenig übrig. Die Böden der Wagen waren stark verrottet, Zaumzeug und Geschirre schleiften samt den Gebeinen der Pferde und Zugtiere hinterher. Sämtliche Wagen waren so leicht, als hätte sie eine übernatürliche Macht entworfen, um vor den Dämonenwinden dahinzufliegen.

Und dennoch schienen Pronathos und seine Schar, wenngleich im Tode, ihr Ziel gefunden zu haben, denn die Felsformation weiter vorn konnte aufgrund der seltsamen Umrisse nur das legendäre Schiff aus Stein sein. Hoch ragte der schlanke Bug auf, geformt von vielen Schichten porösen Gesteins. Der Rumpf war so lang wie eine turanische Trireme. Das Heck verschmolz mit dem weißen Gestein und dem Sand. Sogar der Stumpf eines Mastes war sichtbar, auch schmale Felsbrücken, die Rudern glichen. Ja, es war die äußerst verblüffende Nachbildung eines Schiffes aus grauer Vorzeit – und ganz aus Stein.

Der Cimmerier war sich jedoch sicher, dass keine Menschenhand diese Skulptur geschaffen hatte, denn für die Kopie eines echten Schiffes waren die Verzierungen zu kunstvoll, zu wild, der steinerne Zierrat zu schwer und zu phantasiereich. Conan hatte eher die Vorstellung, dass der Rohbau eines Schiffes niedergelegt worden war und ein launischer Titan es danach mit flüssigem Gestein geschmückt hatte, um eine Form zu schaffen, welche mit all dem Zierrat den zahllosen Jahren gieriger Wüstenwinde trotzen konnte.

Conan schritt näher. Verblüfft sah er, dass Bruchstücke von Rädern, Rüstungen und Skeletten aus dem Sand hervorragten. Das bewies ihm, dass die Expedition schließlich den Weg zu diesem Ort gefunden hatte, ehe sie ausgelöscht wurde. In der Tat eine grausame Ironie des Schicksals, dass Pronathos und seine Männer vielleicht vor ihrem Tod den Schatz erblickt hatten, den zu holen sie gekommen waren ... Von diesen Gedanken beflügelt, schritt Conan schneller. Mit einem Satz schwang er sich über die Bordkante des steinernen Monuments und blickte ins Innere.

Er war ganz sicher, dass er am Heck eines richtigen Schiffes stand. Obgleich aus Stein und uralt und überladen verziert, war es eindeutig ein Deck. Ruderpinne, Ankerspill und Ruderbänke waren vorhanden, als könne das Schiff mit der nächsten Flut in See stechen. Conan vermochte das klar zu erkennen, da er Erfahrung damit hatte, mit dem Wind über die Meere zu fliegen. Er schritt nach vorn zum Bug. Dabei fiel ihm eine, wenngleich bizarre, doch mögliche Erklärung ein.

Dieses Wüstenbecken war mit Sicherheit einst ein Meer gewesen. Von seinem Standpunkt aus blickte er über die Reling hinaus und sah hoch droben feine Linien und Felsbänder in den Wänden der roten Berge. Seines Wissens nach waren das ehemalige Wasserlinien und Strände aus einer Vorzeit, an die sich niemand mehr zu erinnern vermochte. Da das Tal offenbar einst ein Meer gewesen war, musste es hier auch Seeleute gegeben haben. Aufgrund des Aussehens des Schiffs nahm Conan an, daß die Seeleute die Größe heutiger Menschen gehabt hatten und ziemlich erfahren auf dem Meer gewesen waren.

Doch selbst die erfahrensten Seeleute verloren gelegentlich ein Schiff – und auf so einem stand Conan jetzt. Es war das Deck eines Schiffes, das in grauer Vorzeit in einem Sturm gesunken war. Offenbar ein Ruderschiff, mit zweihundert Männern oder Sklaven Besatzung. Bei genauer Betrachtung der Ruderbänke sah Conan hier und dort einen alten Knochen unter dem gelben Stein hervorragen, eine verkrampfte Hand, eine Schädeldecke, braun und knotig wie eine alte Brotkruste. Alles war halb vom Stein eingeschlossen und halb freigelegt.

Der wachsende, alles einhüllende Stein – das war der Schlüssel. Dem Cimmerier wurde klar, dass diese erstarrten Schaumspitzen Korallen waren. Er hatte in warmen seichten Buchten des Vilayet-Meeres Gegenstände aus Menschenhand erblickt – Amphoren, Ankersteine und Kiele gesunkener Schiffe –, die von hungrigen, schnell wachsenden Korallen verschlungen und fest an den Grund gebunden waren.

Offensichtlich war das hier auch der Fall. Dieses uralte Schiff war auf Grund gelaufen und zur Krone eines Korallenriffs geworden, das ringsum wuchs. Im Laufe der Zeit hatten die lebenden Korallen die Löcher im verrottenden Holz gefüllt und es so überzogen, bis nur noch eine lebende Statue des Schiffs übrig war. Als dann das Meer dahinschwand, überdauerten die harten, zähen Korallen die folgenden Jahrhunderte oder Äonen bis auf den heutigen Tag. In der Tat ein Scherz der Götter, dachte Conan – einer, der die Legende der Phantom-Streitwagen wie einen schwachen Abklatsch erscheinen ließ.

Als Conan mittschiffs war, kam er zu einer weiteren Schlussfolgerung: Welche Ladung dieses Schiff auch geführt hatte, Pronathos und seine Männer hatten sie gefunden und geplündert, denn hier an der breitesten und tiefsten Stelle des Rumpfs war in neuerer Zeit ein tiefes Loch gegraben worden. Korallenbalken waren zerschnitten und weggehackt worden. Die spärlichen Abfälle erklärten keineswegs das riesige Loch, das jetzt vor ihm gähnte und bis zu dem Bett aus runden Kieseln reichte, die der Cimmerier sofort als Ballaststeine erkannte.

Conan blickte umher, doch sah er nirgends ein Zeichen dafür, was mit dem Schatz geschehen sein mochte. Vielleicht hatte man ihn woanders vergraben, um ihn vor Dieben zu sichern. Oder die Finder hatten ihn auf ihrer unter einem Unglücksstern stehenden Fahrt in die Wüste mit sich geführt. Vier große Proviantwagen standen noch da. Die eingebrochenen Bohlen zeigten an, dass die Ladung irgendwo in der Wüste in den Sand gefallen sein konnte. Falls es Gold gewesen war, lag es wohl immer noch da draußen im Sand vergraben und wartete darauf, dass ein halb wahnsinniger Wüstenreiter es fand … und es gewiss für eine Fata Morgana halten oder vor Aufregung völlig den Verstand verlieren würde.

Ein Scherz nach dem anderen, Ironie folgte Ironie – die Götter waren heute in der Tat in seltsamer Laune! Conan wollte bis zum Bug gehen, um von der hoch aufragenden Spitze aus Korallen einen Blick in die Wüste zu werfen.

Als er das breite Vordeck betrat, klangen die verkrusteten Planken unter seinem Gewicht hohl. Er atmete die heiße Luft ein und spähte hinaus in die verlassene Schlucht. Doch nirgends blitzte Gold auf. Dann hörte er einen lauten Knacks, wie ein Peitschenschlag, die alten Planken unter ihm gaben nach, und der einsame Forscher stürzte in die Dunkelheit.

Am nächsten Tag, ziemlich spät am Nachmittag, stieß ein Wanderer im langen Kapuzen-Umhang zur Prozession des Hohenpriesters Khumanos, die noch keine große Entfernung zurückgelegt hatte. Es war ihr Führer Conan, der von seinem unerklärlichen Ausflug in die Wüste zurückkehrte. Er war die ganze Nacht und fast den ganzen Tag unterwegs gewesen, die letzten zwölf Stunden davon ohne Wasser. Er schwankte und war kurz davor, zusammenzubrechen.

Khumanos stellte ihm keine Fragen, und der Cimmerier gab keinerlei Auskunft über sein Abenteuer. Er trank gierig und war offensichtlich froh, wieder sein Kamel besteigen zu können, das mit Proviant und Decken beladen war. Nachdem er eine Nacht geruht hatte – und trotz des Sturmgeheuls gut und fest geschlafen hatte –, war er wieder bei Kräften. Kurz nach Tagesanbruch machte er sich auf, um aus der Oase Tal'ib mehr Wasser für alle für den Marsch nach Qjara herbeizuschaffen.

Kapitel 14

ZUSAMMENTREFFEN

In der schimmernden Hitze der Wüste näherte sich ein einzelner Reiter den Mauern Qjaras. Sein Reittier war in guter Verfassung, wenngleich schwer beladen. Der Reiter war ein hoch gewachsener, kräftiger Mann. Die Muskeln seiner breiten Schultern wölbten sich unter der von der Sonne bronzefarben getönten, schweißglänzenden Haut, als er sein Kamel zu größerer Eile antrieb. Vor dem Karawanentor hielt er an.

»Es ist der verbannte Ketzer Conan«, rief der Wachposten seinen Kameraden auf der Mauer zu. Sein Ruf löste höhnisches Gelächter aus.

»Nun, Nordländer, was willst du hier?«, herrschte er den Cimmerier an. »War unsere östliche Wüste zu hart für dich?« Der Mut des Torpostens war offensichtlich durch die Lanzen und Pfeile der Stadtwache auf der Mauer über ihm sehr gewachsen. »Wenn du trinken willst, gibt es genügend Wasser im Fluss«, höhnte er weiter. »Und wenn du einen Lagerplatz suchst … nun, leg deinen Kopf wieder ins Unkraut am Ufer, wie du es früher getan hast!« Der Posten hielt seine Hellebarde quer übers Tor, um den Weg zu versperren. »Da du vom Tempel der Einen Wahren Göttin geächtet wurdest, darfst du niemals wieder diese Mauern betreten!«

»Spar dir dein Geschwätz, du Wicht!«, fuhr Conan

ihn an und saß lässig, mit einem Bein über dem Buckel seines Kamels geschlungen. »Wenn ich jetzt dieses Tor hätte durchreiten wollen, wäre ich längst drin. Und dein Kopf wäre ein gespaltener Flaschenkürbis, an dem die Krähen sich laben könnten.« Seine Rechte ruhte auf dem Ibarsi-Schwert an seiner Seite. »Doch wäre eine derartige Tat für einen hohen Abgesandten Anaximanders, des Priesterkönigs von Sark und des Heiligen Tempels Votanthas, unziemlich. Deshalb bitte ich höflich um die Erlaubnis, die Stadt zu betreten.«

»Was?«, ertönte eine harsche Stimme von der Stadtmauer herab. »Willst du etwa behaupten, du seiest ein Repräsentant des Verbündeten unseres Königs? Du willst in Angelegenheiten der Götter hierher gekommen sein?«

»Wenn du mir nicht glaubst, frag die Wächter des Götterbildes.« Conan wandte sich im Sattel nach hinten und deutete auf das verhüllte Ungetüm auf dem schweren Karren, den Khumanos und seine Schar durch einen Dattelgarten auf der anderen Flussseite schoben. Sie kamen nicht auf der Karawanenstraße, sondern durch ein verlassenes Tal, das in die weite öde Wüste im Westen führte.

»Bei der Göttin!«, rief der Mann auf der Mauer. »Es ist die heilige Prozession aus dem Süden! Benachrichtigt den Tempel! Und ruft eine Schwadron Kavallerie zusammen, um sie in den Palast zu geleiten.«

Nach einigen Minuten voller Trompetenstöße, Trommelwirbel und lauten Befehlen aus Offizierskehlen trabte eine Abteilung Kavallerie durchs Karawanentor. Conan wendete das Kamel, um sie zu begleiten. Inzwischen hatte die Prozession beinahe den Fluss erreicht, sodass der Empfang nicht mehr der Sicherheit diente, sondern lediglich eine Frage des

Protokolls war. Die Soldaten stiegen ab und halfen, den Karren mit dem Götterbild durch den nassen Sand und die Furt zu schieben.

Khumanos verbat mit strenger Miene, dass die Pferde vorgespannt würden, um das Bild in die Stadt zu schaffen, oder dass die Soldaten Qjaras das Ziehen übernahmen. Die Pilger beendeten ihre schwere Aufgabe, bei der sie unsägliche Leiden auf sich genommen hatten. In Fetzen, schmutzig und von Wunden bedeckt, stemmten sie sich gegen die Räder und legten sich in die teilweise schon zerschlissenen Seile, um die Bürde vorwärts zu bewegen.

Schon bald rumpelte das Götterbild, gefolgt von der Kavallerie, durch das Karawanentor. Conan schritt neben Khumanos und führte sein Kamel am Zügel. Ehrfürchtig machten die Wachen Platz, die ihm zuvor den Zugang hatten verwehren wollen. Als sie in die Stadt kamen, trafen Priester und Offiziere der niederen Ränge ein, um sie zu begrüßen.

Khumanos bestand darauf, mit dem Götterbild im Karawanenhof anzuhalten und nicht weiter in die Stadt zu ziehen. Es war immer noch verhüllt, damit kein Qjarer oder sarkischer Soldat es entweihen konnte. Auf Befehl des Priesters mussten alle Helfer beim Götterbild in der Karawanserei bleiben, bis bestimmte Einzelheiten des Einweihungsrituals vollständig festgelegt waren.

Die Obrigkeit Qjaras hatte keinerlei Einwände gegen diese Entscheidung, vielleicht wegen des Mitleid erregenden, sogar abstoßenden Aussehens der Pilger. Trotz Conans Bemühungen, ihnen den Marsch zu erleichtern, hatte sich ihr Zustand während der letzten Tage nicht verbessert. Eher im Gegenteil. Es schien so, als würden sie mit ihrer verbrannten Haut mit den offenen Schwären und ihren großteils kahlen

Schädeln und blutenden, oft fast zahnlosen Mündern eine grauenvolle Seuche, womöglich die Pest, in die Stadt einschleppen.

Doch diese Furcht wurde öffentlich nicht erwähnt. In den Willkommensreden, zu deren Anhörung sich eine große Menschenmenge versammelt hatte, wurde der erbärmliche Gesundheitszustand der Pilger als fromme Kasteiung und Beweis für die Standfestigkeit in ihrem Glauben gepriesen.

Doch Conan, dem Führer der Schar, wurde keinerlei Ruhm als Held oder Heiligem zuteil. Obgleich sich die Obrigkeit noch sehr gut an seine kürzliche Verbannung aus der Stadt erinnerte, musste man ihn jetzt zähneknirschend als einen heiligen Gesandten aus Sark aufnehmen. Die Bürger waren ihm mehr gewogen. Außerdem schüchterte die hünenhafte Gestalt und die bekannte Kampftüchtigkeit des Mannes aus dem Norden die Bewohner der Stadt so sehr ein, dass sie es nicht wagten, zu fluchen oder ihn im Vorbeigehen anzuspucken. Nur ein Tempelwächter packte sein Schwert fester und schien ihn angreifen zu wollen, doch die Gefährten hielten den jungen Heißsporn sogleich zurück.

So wurde Conan der Cimmerier wieder in die Gesellschaft Qjaras aufgenommen – besonders von seinen ehemaligen Kumpanen in der Karawanserei.

Conan war es zufrieden, wieder die Straßen der Stadt zu durchstreifen, welche ihn verbannt hatte, die Vorbeigehenden finster anzublicken und die Annehmlichkeiten zu genießen, die er sich zuvor hatte versagen müssen: gutes Essen, eine bequeme Unterkunft und die Gelegenheit, sein Kamel innerhalb der Stadtmauern zu versorgen. Dabei hegte er für die weitere Zukunft große Pläne, wie er sich die Aufmerksamkeit der Obrigkeit der Stadt sichern konnte, doch im Augenblick hielt er das nicht für nötig. Er beschloss, die Entdeckungen, die er in der Wüste gemacht hatte, zu verschweigen, zumindest bis seine Arbeit bei der Mission aus Sark beendet war und er den Lohn des Priesters Khumanos sicher in der Hand hielt.

Als die Nachricht über das Eintreffen der Delegation den Palast erreichte, beschloss König Semiarchos, am folgenden Tag einen feierlichen Empfang zu geben. Wegen Khumanos' strenger Haltung und dem schlechten Gesundheitszustand der Pilger befahl er, dass dieser nicht im Palast, sondern im Karawanenviertel stattfinde. Während der Nacht wurde ein prächtiger Pavillon im großen sandigen Hof aufgestellt – um der königlichen Familie und dem Hofstaat den Aufenthalt in der rustikalen Karawanserei zu ersparen. Die Menschenmenge fand außen herum Platz.

Bei Tagesanbruch brachte man mit Eselskarren Speisen herbei, zündete Feuer an und schlachtete rituell Lämmer für die Feier. Als später die Bratendüfte durch die Stadt zogen, trafen die ersten Besucher ein, ebenso Priester, Diener, Musikanten und Tempeltänzer.

Am Vormittag ließ König Semiarchos seinen goldenen Streitwagen anspannen. Stolz stand er zwischen seiner Königin, der Hohenpriesterin Regula und der mürrisch dreinblickenden Tochter Afriandra auf dem Wagen. Die vier Apfelschimmel hielten vor dem Pavillon. Die königliche Familie stieg herab, um Khumanos zu begrüßen. Conan überragte die Menge und beobachtete alles.

»Hoherpriester, dein König hat mir dein Kommen angekündigt!« Semiarchos schritt zu Khumanos, um ihn zu umarmen, doch als er die hagere, ausgemergelte Gestalt des Priesters und die feierliche, ablehnende Miene sah, besann er sich eines Besseren und legte dem Mann aus dem Süden lediglich die Hand auf die knochige Schulter. »Als Tage und Wochen verrannen, fürchteten wir, dass wir dich überhaupt nicht sehen würden. Wir schickten Gesandte, doch wussten wir nicht, welche Route ihr nehmt. Sie kehrten zurück und meldeten, kein Zeichen von euch entdeckt zu haben.«

Khumanos verneigte sich mit ernster Miene. »Unser Weg war langsam und beschwerlich«, sagte er, ohne die übliche Höflichkeitsformel der Anrede hinzuzufügen. »Laut Tempelgesetz durfte unser heiliges Götterbild nicht durch eine Stadt oder andere Ansiedlung von Menschen getragen werden, bis hierhin, wo sie geweiht wird. Daher führte unser Weg durch die abgelegensten Teile der Wüste.«

»Ah – das erklärt alles, nehme ich an.« Semiarchos blickte an Khumanos vorbei auf dessen Schar, die am Feuerkreis lagerte. »Deine Anhänger haben einen teuren Preis entrichtet und unsägliche Entbehrungen auf sich genommen. Das sehe ich an ihren Schwären und Verbrennungen …«

»Ja, so ist es«, unterbrach ihn Khumanos. »Viele Tage wanderten sie halb verbrannt und halb blind durch die gnadenlose Wüste. Sandstürme peitschten sie tagsüber, und nachts erdrosselte sie beinahe der Durst. Anfangs waren es Bauern aus Shartoum und Krieger aus Sark, nicht alle wirklich fromme Menschen. Doch während des Marsches lernten sie, zusammen zu arbeiten, ohne einen Gedanken an sich selbst; jeder Überlebende hat feierlich dem Großen Votantha ewigen Dienst geschworen.«

»Es ist ein Wunder!«, rief Königin Regula. »Was für ein Mut, war für ein Opfer … und was für eine Probe des Glaubens! Qjarer, wir können von diesem leuchtenden Beispiel viel lernen: die Macht des Glaubens und wie schwache Sterbliche übermenschliche Widerstände überwinden können!« Die Matriarchin ergriff Khumanos' Hand und drückte einen leidenschaftlichen Kuss auf die ausgemergelten Finger. »Die heilige Verbindung, welche wir jetzt feiern, die Vermählung der Gottheiten und der Tempel unserer Städte, wird uns allen große Seelenkraft einflößen. Das sehe ich deutlich. Willkommen, Khumanos, und willkommen seien uns deine Anhänger und vor allem dein edler Gott.«

Die Handbewegung der Königin schloss auch das immer noch flach daliegende Götterbild, verhüllt von schmutziger Leinwand, ein. »Ich, Regula, verkünde als Königin Qjaras und Hohepriesterin der Einen Wahren Göttin, dass unsere Herzen, unser Tempel und unsere Stadt deinem Befehl untertan sind.«

Während dieser Präliminarien schob Conan sich durch die Menge, um einen Blick auf Afriandra zu erhaschen. Er näherte sich der königlichen Familie und wurde belohnt. Hinter den Eltern stand die Prinzessin.

Sie trug ein wirklich gewagtes safrangelbes Gewand, das eine braune Schulter und einen Schenkel frei ließ. Wegen der Sandalen mit den dicken, mit Skulpturen verzierten Sohlen und dem hoch aufgetürmten Haar war sie noch weniger zu übersehen als sonst. Sie sah gesund aus, wenngleich etwas nervös. Sie musterte den Priester Khumanos scharf, doch dieser tauschte die üblichen Höflichkeiten mit König und Königin aus und schien die Prinzessin nicht zu bemerken. Gelangweilt ließ diese die Blicke über die Menge schweifen und erblickte den Cimmerier, der die anderen um Haupteslänge überragte.

Einen Herzschlag später verließ sie die Familie und

wand sich zwischen den Tempelkriegern und verblüfften Zuschauern in den Schatten des Pavillons. »Conan!«, rief sie. »Dann treffen die Gerüchte zu und dieser seltsame fremde Gott hat dich zu uns zurückgebracht! Ich schätze, dann kann er nicht ganz und gar schlecht sein.«

Sie blieb vor Conan stehen und wiegte sich so aufreizend in den Hüften, dass mit Sicherheit nicht nur sein Herz schneller schlug. Dann schlang sie die Arme um seinen Hals, schmiegte sich an ihn und küsste ihn leidenschaftlich auf die Lippen.

Der Duft ihres Jasminparfüms machte Conan schwindlig, dennoch behielt er seine Umgebung im Auge, wenngleich alles leicht verschwommen war. Die Menschen in seiner unmittelbaren Nähe waren vor dem sich umarmenden Paar eilends zurückgewichen, zweifellos eingeschüchtert von Afriandras aristokratischer Schönheit, die im Vergleich zu seinem hünenhaften Körper einen reizvollen Gegensatz bildete. Der Cimmerier trug kein Hemd, sodass man seinen breiten muskulösen Oberkörper sah. In der Zwischenzeit breitete sich Unruhe bei den Tempelkriegern aus. Am liebsten wären sie zu ihrem königlichen Schützling marschiert.

Nach mehreren harten Küssen des Cimmeriers schmolz die Prinzessin dahin. Schnell schob er sie von sich, legte den Arm um sie und zog sie in die Menge. »Afriandra«, sagte er, nachdem er wieder Atem geschöpft hatte. »Ich freue mich, dich wieder zu sehen, doch nicht diesen Kameltrog, den du eine Stadt nennst. Komm, lass uns gehen und uns die Feierlichkeiten anschauen.«

Conan führte Afriandra in einen anderen Teil der Menge, die den Skandal nicht miterlebt und ihm daher weniger feindlich gesonnen war. Zum Glück begannen jetzt sechs Priesterinnen mit einem volkstümlichen Tempeltanz, der die Aufmerksamkeit der Menschen von dem Paar ablenkte.

Amüsiert sah Conan, dass die führende Tänzerin Sharla war. Doch von den Schritten, welche die Zuschauer so begeisterten, sah er fast nichts, da Afriandra sich an ihn klammerte und ihm Fragen und Scherze ins Ohr flüsterte. Ferner forderte sie immer wieder einen Kuss.

Kurz danach bat sie den Cimmerier, ihr bei einem Händler einen Kringel aus Salzgebäck zu kaufen. Es war eine Ironie, doch wollte er keine langen Erklärungen abgeben, weshalb er so wenig Geld in der Börse hatte. So holte er zwei Münzen heraus und bezahlte. Der Durst nach dem Salzgebäck führte sie in die vertraute Herberge, wo sie sich an denselben Tisch setzten, an dem sie sich kennen gelernt hatten. Diesmal zwängten sie sich auf eine Holzbank in der Ecke. Afriandra schmiegte sich an Conan und liebkoste ihn über und unter dem Tisch.

»Ist schon seltsam, wenn ich so zurückdenke«, meinte er. »Als ich dich zum ersten Mal sah, hatte ich keine Ahnung, wer du warst oder wie schön du bist.«

»Ja, das ist schon lange her!« Sie schüttelte den Kopf und legte den Kopf an seine Schulter, wobei sie das Risiko einging, ihre kunstvolle Frisur in Unordnung zu bringen. »Damals lebte Zaius noch und hat hier nach mir gesucht.«

»Ja, stimmt«, sagte Conan nachdenklich. »Um Haaresbreite wäre er an jenem ersten Abend in meine Klinge gelaufen. Vermisst du ihn?«

»Das ist schwer zu sagen. Auf seine Art liebte mich Zaius wirklich.« Sie streichelte Conans dicken Bizeps. »Mit ihm schien es so wenig für mich zu geben, aber ohne ihn – scheint überhaupt nichts mehr da zu sein.«

»Demnach haben deine Eltern für dich noch keinen neuen Gatten und Erben auf ihren Thron gefunden?«

»Nein.« Sie seufzte. »Sie sind so mit dieser Missionierung König Anaximanders beschäftigt ... einen Augenblick lang dachte ich, sie würden mich mit ihm vermählen, diesem Kerl mit dem widerlichen, öltriefenden Bart. Aber der Göttin sei Dank, in letzter Zeit wurde nicht mehr darüber gesprochen. Sie schenken mir keinerlei Beachtung ... als wollten sie mich bestrafen. Ich glaube, dass meine Mutter mir insgeheim für Zaius' Tod die Schuld gibt. Obwohl sie ein freundliches Gesicht macht, weiß ich, dass es sie tief schmerzte.« Afriandra schüttelte traurig den Kopf. »Und vielleicht hat sie Recht.«

»Aber, aber«, meinte Conan und tröstete sie mit einer brüderlichen Umarmung. »Wegen eines Selbstmordes sollte man nicht so viele Tränen vergießen. Zweifellos fühlt man sich irgendwie schuldig, wenn ein Nahestehender stirbt, besonders, wenn er von eigener Hand starb, aber ... he, Wirt, komm mal her!«, rief er Anax zu, der endlich aus dem Keller auftauchte. »Bring uns eine Kanne gutes Ale! Aber nicht, falls du dafür jemanden nach Belverus schicken musst, nein, dann tut es auch die warme Kamelpisse, die du einheimischen Arrak nennst.«

»Und für mich einen kleinen *Narcinthe,* Anax!«, fügte die Prinzessin hinzu. Bei der vertrauten Stimme kniff der Wirt überrascht die Augen zusammen, ehe er ging, um die Getränke zu holen.

»Und was ist mit unserer heiligen Mission ... diese Vereinigung der höchsten Gottheiten Qjaras und Sarks?«, fragte Conan. »Hast du dich inzwischen damit abgefunden?«

»Nein, das steht fest. Ich mag sie jetzt noch weniger als früher – doch meine Eltern messen meiner Ansicht überhaupt keinen Wert bei.« Sie atmete tief aus. Ihr wohlriechender Atem streifte seine Schulter. »Ehrlich gesagt, Conan, bin ich höchst erstaunt, dass du, nach allem, was du mir über die autokratische Art der Regierung unserer benachbarten Priesterkönige erzählt hast, dich zum Handlanger dieser elenden Schar des Priesters Khumanos machst.«

Conan wartete, bis Anax die Getränke auf den Tisch gestellt hatte. »Nun, Mädel, sag, hätte irgendetwas weniger Heiliges mir erneut Zugang in diese Stadt verschafft? Oder an deine Seite?« Er trank einen großen Schluck Arrak.

»Ja, gewiss – darüber bin ich auch sehr glücklich.« Sie streichelte seinen Arm. »Aber dennoch vermag ich den Anblick dieser elenden Sklaven nicht zu ertragen, den die bewaffneten Wachen grausam mit der riesigen Bürde vorangetrieben haben. Und meine Mutter heißt sie wie Heilbringer für die Zukunft unserer Stadt willkommen – aber in Wahrheit ist es eine Schande.«

»In der Tat«, pflichtete ihr Conan bei. »Ich hätte ihnen geholfen, die Freiheit zu erringen und ihren gestrengen Aufseher zu töten, wenn sie auch nur ein Fünkchen des Wunsches danach gezeigt hätten.« Er schüttelte den Kopf und machte ein grimmiges Gesicht. »Anfangs hegte ich den Verdacht, der Priester Khumanos würde sie auf einer so abgelegenen Route führen, um sie daran zu hindern, bei der erstbesten Gelegenheit zu fliehen. Doch diese Menschen würden das nie und nimmer tun, sie sind fügsam und sanft wie junge Katzen.«

»Diese Armen … soweit ich gesehen habe, sind sie schwach und krank, durch eine unwürdige Arbeit völlig ausgebeutet.«

»Das ist wahr.« Der Cimmerier nickte und trank

noch einen Schluck Arrak. »Das kann ich bezeugen, nachdem ich mit ihnen durch die Wüste marschiert bin und ihnen Wasser und Früchte besorgt habe. Welche Krankheit auch in ihnen steckt, sie ist tief im Innern ihrer armseligen Körper und Seelen verwurzelt … falls sie überhaupt Seelen haben. Auf alle Fälle mangelt es ihnen am Willen zu kämpfen.«

Afriandra hob ihren Becher und trank aus Mitleid einen großen Schluck. »Und diese bevorstehende Vermählung zwischen der Göttin Saditha und diesem Götzen aus Sark, was auch immer er sein mag, hat im Herzen meiner Mutter den Platz meiner Vermählung eingenommen. Doch meiner Meinung nach riecht es nach Abfall des rechten Glaubens an Saditha. Mir missfällt die Verbindung und es gibt noch andere in Qjara, die ebenso denken.«

»Ja, das ist ja gut und schön.« Conan senkte die Stimme. »Aber sei vorsichtig. Es wäre nicht gut für dich, wenn man herausfände, dass du unter den Bürgern deiner Stadt eine Meuterei anzettelst.« Er schaute ihr in die Augen. »Dir als verehrte Prinzessin mag man vielleicht kein Leid antun, doch deine Anhänger könnten ihre Köpfe verlieren, wenn sie zum unrichtigen Zeitpunkt losschlügen.«

»Ach, eigentlich habe ich keine Möglichkeit, diese Vermählung zu vereiteln«, sagte Afriandra. »Doch wenn ich mich jetzt zurückziehe, würde das womöglich zu einem Krieg gegen Anaximander führen. Das will ich nicht, denn er scheint ein recht unbarmherziger, skrupelloser Feind zu sein.« Conan schaute ihr zu, wie sie den *Narcinthe* austrank. »Komm«, sagte sie. »Meine Eltern machen sich gewiss bereits Sorgen um mich – jedenfalls hoffe ich das. Genügend Gründe dafür gäbe es. Lass uns zurück zu den Königen und ihrem Hofstaat gehen.«

Afriandra klammerte sich nicht mehr so an den Cimmerier, folgte ihm jedoch bereitwillig, als er den Arm um sie legte und sie führte. Je heißer es wurde, desto mehr Menschen drängten in die Herberge. Auch der Hof der Karawanserei war voller als sonst. Musikanten, Tänzerinnen und Scharlatane unterhielten die Menschen, die an den Feierlichkeiten im Zentrum der Stadt nicht teilnehmen konnten.

»Du scheinst mir benommen zu sein«, sagte Conan zur Prinzessin, als sie warten musste, bis eine Truppe Musikanten auf dem Hauptweg vorüberzog. »Spürst du bereits die Wirkung des *Narcinthes* und siehst die Zukunft dieser fröhlichen Menschen?«

»Nein, nicht deutlich … irgendwie ist es diesmal anders. Die Menschen und Dinge gleichen Schemen und sind verschwommen – manchmal habe ich das Gefühl, in der Wüste zu gehen.«

»Und bin ich nicht vielleicht in deinen Augen in einem Ärgernis erregenden gewandlosen Zustand?«

Afriandra schüttelte den Kopf.

»Schade«, sagte Conan, fühlte sich jedoch erleichtert. Abgesehen von der ihm eigenen Schamhaftigkeit war die Chance geringer, dass Afriandra durch irgendein Phantombild verstört wurde, wenn sie undeutlicher sah.

Schließlich führte Conan die Prinzessin zu einer Reihe Tempelkrieger. Dort verabschiedete sie sich von ihm, weil sie ihre königlichen Eltern nicht verärgern wollte. Conan blickte ihr noch einen Augenblick nach, dann machte er kehrt, um sich seinen eigenen Geschäften zu widmen.

Nach einer Weile spürte Conan seinen priesterlichen Arbeitgeber in der Menge auf und trat vor ihn hin. »Was ist mit meinem Lohn, Khumanos? So wie die Dinge hier laufen, sollte ich ihn möglichst schnell in die Hand bekommen.« Da der Priester ihn verständnislos anblickte, fuhr er fort: »Du hast mir gesagt, sobald das Götterbild in Qjara sei, würden die Juwelen mir gehören. Nun, dieser Zeitpunkt ist jetzt gekommen.«

Conan warf einen Blick über Khumanos' Schulter, wo dessen Anhänger sich in der Sonne vor dem Pavillon ausruhten. »Ich sah soeben deinen Zahlmeister Astrak. Er sieht in letzter Zeit übel aus mit den Schwären im Gesicht und an den Armen.«

»Noch ist der Zeitpunkt nicht gekommen, an dem du deinen Lohn erhältst«, erklärte Khumanos kühl und blickte dem Cimmerier unbeeindruckt in die Augen. »Du weißt nämlich nicht, dass das heilige Götterbild Votanthas aus drei gleich großen Teilen zusammengesetzt wird, von denen allerdings nur das erste hier in Qjara ist. Die Arbeit ist somit noch nicht ausgeführt.«

»Was? Willst du damit sagen, dass ich zurückreiten und zwei weitere Gruppen herholen soll?« Conan packte den Priester am Gewand und ballte eine Faust. »Priester, das ist Straßenraub!«

»Die anderen Teile des Götterbildes sind bereits hierher unterwegs.« Khumanos klang ungerührt, legte jedoch die Finger um den Talisman. »Sie dürften in den nächsten Tagen eintreffen. Doch ist es angebracht, dass wir ihnen entgegenreiten und sie gebührend durchs Stadttor geleiten. Wenn nicht, könnten sie vielleicht den Weg nicht finden, und dann wären die Bedingungen unseres Vertrages nie erfüllt.«

»Schurke! Gauner! Heißt das, dass noch weitere Unglückliche draußen in der Wüste leiden müssen? Befiehl doch den Soldaten Qjaras, sie zu suchen. Diese sind glücklich, für dich die schmutzige Arbeit zu erledigen.«

Khumanos schüttelte den Kopf. »Wir können eingeschränkt Hilfe beanspruchen, doch ich muss den Oberbefehl bei dieser heiligen Mission führen und ich brauche dich als meinen Führer.«

»Elender Lump! Woher weiß ich, ob diese Edelsteine überhaupt etwas wert sind? Du hast mich bereits einmal betrogen und ...«

»Zwei Hände voll«, unterbrach ihn Khumanos. »Erfülle mir gegenüber deine Pflicht, dann darfst du dir so viel Juwelen nehmen, wie du in zwei getrennten Händen halten kannst.«

»Das Götterbild besteht aus drei Teilen, richtig. Dann verlange ich drei Hände voll«, erklärte Conan. »Für weniger rühre ich für dich keinen Finger.«

»Nun gut, einverstanden. Du erhältst deinen Lohn jedoch erst, nachdem das Götterbild zusammengefügt ist, vorher nicht.«

Conan brummte zustimmend. Impulsiv ergriff er die Hand des Priesters und schüttelte sie, um das Abkommen zu besiegeln. Angewidert ließ er die Hand sogleich los, die sich leblos anfühlte – nicht kalt oder feucht, sondern steif und trocken, völlig gefühllos, wie der ganze Mann. Conan hatte sich zum Gehen gewandt, als der Priester ihm nachrief: »Wir verlassen die Stadt morgen bei Tagesanbruch und suchen die Wüste im Süden ab. Sorge dafür, dass dein Kamel bereit ist.«

Afriandra war nirgendwo zu sehen, als Conan zum Pavillon kam. König und Königin erledigten ihre hohen Aufgaben an verschiedenen Seiten des Pavillons. Der Cimmerier wollte das Königspaar nicht fragen, deshalb wandte er sich an einen älteren Mann, offenbar der Bürgermeister oder in einer ähnlich hohen Stellung. Conan packte den Würdenträger an der Schulter. »Kannst du mir sagen, wo sich Prinzessin Afriandra aufhält? Ich habe eine dringende Botschaft für sie ... hat man sie irgendwohin geschafft?«

»Hast du nicht gesehen, wie sie soeben unter Krämpfen zusammengebrochen ist?«, antwortete der Graubart und musterte den Cimmerier mit einer Mischung aus Furcht und Empörung. »Man hat sie in den Palast getragen.«

Da Conan ihn stumm anstarrte, fuhr er fort: »Sie hatte die Träger des Götterbildes drüben in der Karawanserei besucht. Doch dann schrie sie laut und brach bewusstlos zusammen.« Der Mann schüttelte wie ein besorgter Vater den Kopf. »Vielleicht war es nur die Sonne oder weibliche Unpässlichkeit. Seit dem Tod ihres Verlobten war sie ungemein nervös, doch mit diesem Anfall hatte niemand gerechnet. Ihre Augen waren weit offen, aber sie hörte nicht auf zu schreien ...«

Mehr hörte Conan nicht, da er bereits weitergegangen war.

Der Cimmerier konnte nicht bis zum Abend warten. Er musste Afriandra sofort sehen. Er war nicht darüber besorgt, dass ihre Eltern sie einsperrten, aber ihm war klar, dass sie bei ihnen kein geneigtes Ohr finden würde, wenn sie ihnen von ihrer jüngsten grauenvollen Vision erzählte, die sie aufgrund ihrer Gabe der Prophezeihung gehabt hatte. Conan hielt diese »Gabe« für ein sehr fragwürdiges Geschenk, besonders, wenn der hinterlistige *Narcinthe* im Spiel war.

Er hätte sie davor warnen müssen, mit Zauberei zu spielen, selbst wenn es harmlos erschien. Vor allem in dieser Zeit des religiösen Eiferertums in Qjara, wo zwei Wüstengottheiten mit riesigem Gepränge aufeinandertreffen und sich vermählen würden. Er hatte seine angeborene Abscheu vor jeglicher Magie zeitweilig überwunden und bei der heiligen Mission

Sarks mitgewirkt. Damals in der Wüste hatte er eine günstige Gelegenheit gesehen, nach Qjara zurückzukehren, doch jetzt war er nicht sicher, dass es richtig gewesen war. Eigentlich wollte er auch die Juwelen nicht mehr haben, die Khumanos ihm angeboten hatte. Bei diesem Kult Votanthas hatten mit Sicherheit finstere Mächte die Hand im Spiel. Er war nicht stolz darauf, den Qjarern einen neuen Gott aus dem Süden gebracht zu haben, trotz der schäbigen Art, wie sie ihn behandelt hatten.

Als er trotzig am Tor des Königspalastes Zutritt verlangte, um Afriandra zu sehen, schickten ihn die Wachen mürrisch fort. Es waren zu viele, um sich mit Gewalt Einlass zu verschaffen. Auch seine Fragen bezüglich der Gesundheit der Prinzessin wurden schroff zurückgewiesen. Hier nahm man ihn nicht wie einen Gesandten des Königs Anaximander auf. Missmutig ging er zurück ins Karawanenviertel, um nach seinem Kamel und der Ausrüstung zu schauen.

Den Großteil des Nachmittags verbrachte er damit, Einzelheiten zu ordnen und wertvolle Sachen aufzubewahren. Dazu nahm er die Hilfe Anax' und eines mit dem Wirt befreundeten Künstlers in Anspruch, dem er bis zu einem gewissen Grade traute, da dieser dafür bekannt war, äußerst diskret mit Gegenständen zu arbeiten, welche in die Stadt ohne Musterung der Zöllner gebracht waren worden.

Bei Sonnenuntergang saß Conan da, trank Arrak und frischte Bekanntschaften auf. Ungeduldig beobachtete er, wie die religiösen Feiern der ausgelassenen Fröhlichkeit der Massen Platz machten.

Als das letzte Tageslicht über der Mauer im Westen verblasste, verließ Conan die Karawanserei. Mit anderen, von den Feierlichkeiten ermüdeten Menschen, schob er sich durchs Tempeltor. Dann bog er schnell in eine verlassene Gasse im Tempelviertel ein. Hier gab es entlang der Palastmauer eine Stelle, an der die Bäume dahinter den Blick vom Wehrgang verstellten. Obgleich die Fugen und Risse in dem verwitterten Gemäuer nicht tief waren, erklomm der Cimmerier mit Leichtigkeit die Mauer, da er von Kind an gelernt hatte, wie man die steilen Felswände in seiner Heimat bezwang. Wie ein Insekt huschte er nach oben und rollte darüber hinweg, wobei seine Silhouette nur knapp am blassen Himmel über dem Mauerrand zu sehen war.

Lautlos wie immer landete er inmitten von Blumen und blühenden Büschen, die mittels handbetriebener Brunnen bewässert wurden. Da an diesem Abend die Höflinge bei den Feiern in der Stadt weilten, war der Garten menschenleer. Conan huschte im schützenden Schatten vorwärts.

Am anderen Ende des Gartens befand sich noch eine Mauer, die so glatt wie Glas war und deren Fugen jeder Klinge oder jedem Fingernagel widerstanden. Die Ecke des Palastes jedoch zierten kunstvoll gemeißelte Säulen. Conan presste sich zwischen zwei Säulen und schob sich nach oben, indem er abwechselnd auf die Schultern und die nackten Knie Druck ausübte. Schon bald vermochte er die Kapitelle zu packen und sich zum Rand hinaufzuziehen. Er spähte in die Dunkelheit. Zwei Wachposten näherten sich ihm zwischen den Zinnen auf dem Wehrgang.

Reglos wartete Conan, bis die beiden vorbeigegangen waren. Dann huschte er wie der Schatten einer Nachteule zur inneren Bastion des Palastes. Hier erleichterten die Balustraden und hervorragenden Skulpturen das Klettern, sodass er schnell den Balkon vor Prinzessin Afriandras Schlafgemach erreichte.

Es brannte kein Licht, doch den scharfen Augen des

Cimmeriers entging nicht, dass sich die Vorhänge am Bett bewegten … dann erschien ein blasses Gesicht. Es war Afriandra, die verzweifelt in die Dunkelheit spähte. Dann erkannte sie ihn und lief ihm in ihrem hellen Seidengewand in die Arme.

»Ich habe geruht«, flüsterte sie. »Aber ich habe von dir geträumt und dein Kommen gespürt.«

»Du musst in der Tat eine Prophetin sein«, sagte er. »Denn ich kam völlig lautlos.« Er legte ihr die Hand unters Kinn und hob ihr Gesicht an. »Hast du immer noch diese mystischen Visionen?«

»Das ist schwer zu sagen … diese seltsamen Gefühle kommen und gehen, aber ich sehe nichts Ungewöhnliches.«

»Dann geht es dir nach dem Zusammenbruch heute Vormittag wieder besser.« Er befühlte ihre Stirn. »Was hat dich so verstört? Erinnerst du dich?«

»Es war wie damals, als König Anaximander uns einen Besuch abstattete … doch diesmal viel schlimmer. Ein grauenvolles Verhängnis schwebt über allen, welche das Götterbild aus Sark hergebracht haben. Ich sah, wie sie von einem gewaltigen Feuer verzehrt wurden. Ihre Haut war von Blasen übersät und ihre Körper schrumpften zu schwarzen, rauchenden Klumpen.« Afriandras Stimme bebte, sie schmiegte sich noch enger an Conan. »Und als ich umherblickte, sah ich, wie die Flammen auch Qjarer ergriffen, darunter Menschen, die mir nahe stehen. Ich fühlte mich vollkommen allein und verlassen. Der Wind peitschte. Über mir schwebte ein riesiger Schatten, der irgendwo hinter mir entstanden war. Ich hatte Angst, mich umzudrehen. Die Furcht wurde übermächtig … dann muss ich ohnmächtig geworden sein.« Sie zitterte am ganzen Leib.

Der Cimmerier streichelte sie beruhigend und

dachte nach. »Diese Leute aus Sark bieten mit den offenen Wunden in der Tat einen schrecklichen Anblick. Jede junge Frau von Adel würde dabei aufschreien … vielleicht war es diesmal der Alkohol, der deine Ängste schürte …«

»Nein, Conan«, unterbrach sie ihn. »Ich bin ganz sicher, dass es eine Warnung von den Göttern war.« Sie löste sich von ihm und blickte ihm in die Augen. »Für mein geheimes Auge scharen sich die schlechten Omen wie Raben um einen sterbenden Esel in der Wüste. Ein grimmiges Schicksal steht der Stadt Sark bevor und allen, die mit ihr in Verbindung stehen … oder ist es meine Stadt Qjara? Das vermag ich nicht deutlich zu sehen.«

»Beruhige dich doch!«, tröstete sie Conan, obgleich auch er in ihrer Nähe einen Hauch unerklärlicher Angst verspürte. War es das flammende Unheil, das bereits die Sohlen der Prinzessin versengte? Doch dann zog Afriandra ihn zu ihrem Bett. Verzweifelt schlang sie die Arme um ihn, als gäbe es kein Morgen.

Als er sie verließ, wählte Conan einen anderen Weg. Er sprang von der glasglatten Palastmauer auf einen weichen Rasen. Dann kam er an eine Seitentür nahe des Tempels Sadithas, die verschlossen, aber nicht bewacht war. Hier kletterte er schnell hinüber und gelangte an einen Hof mit einem Seerosenteich in der Mitte. Es war der Ort seines ersten Stelldicheins mit Afriandra. Doch jetzt war er dunkel, nicht vom Mondschein erhellt. Aber hier stöberten ihn die Verfolger auf.

»Ho, Kameraden, zu mir!«, schrie jemand auf der anderen Seite des Teichs. »Der Fremde kommt.«

Der Cimmerier wollte fortlaufen, doch leise Schritte ertönten aus dem Schatten. Der Gegner war hoch gewachsen und wirkte sehr geschmeidig. Er trug die Sandalen und die dünne Tunika der Tempelkrieger und war ohne Rüstung.

»Bleib stehen und erwarte dein Urteil!« Der Krieger versperrte Conan den Weg um den Teich. Seine Stimme klang jugendlich und zugleich entschieden, mit einem Hauch von Überheblichkeit, die Conan schon bei Zaius so gehasst hatte.

»Fürchtest du dich vor dem Urteil der Göttin?«, fragte der Herausforderer höhnisch. Er zückte ein langes Schwert, dessen Klinge wie bei allen Tempelkriegern glänzte. Doch schon hielt der Cimmerier sein Ilbarsi-Schwert in der Hand, um sich zu wehren.

»Ich fürchte nur, ungerächt zu sterben«, rief Conan. Er führte eine Finte aus, sprang beiseite, um an seinem Gegner vorbeizulaufen. »Falls eure Gerechtigkeit aus vielen Schwertern gegen ein einzelnes besteht, würde ich das Ganze lieber auf morgen verschieben.«

Kaum war Conan an diesem Gegner vorbei, wollte er zum nächsten Tor des Innenhofs laufen, doch zwei weitere Tempelkrieger kamen ihm mit gezückten Schwertern entgegen. Von rechts, wo noch ein Tor war, erschallten laute Rufe. »Bleib stehen!« und »Ergreift ihn!«

Knurrend wandte Conan sich zurück und griff den ersten Verfolger an. Er zielte nach unten, um den Mann zu erledigen, ehe die übrigen Verfolger bei ihm waren.

Doch jetzt erwies sich der Wert der Ausbildung der Tempelkrieger. Obwohl der Templer dem Cimmerier entgegenlief, vermochte er den gewaltigen Hieb Conans abzuwehren. Die beiden Männer prallten aufeinander. Der hünenhafte Körperbau Conans siegte. Der schwächere Tempelkrieger wurde nach hinten in den Teich geschleudert.

Conan setzte ihm nicht in die Seerosen nach. Er brach in wildes Gelächter aus und blickte den nächsten Gegnern entgegen. Langsam schob er sich rücklings zu der Ecke des Innenhofs, wo die Außenmauer des Palasts und der Tempel aneinander stießen. Als er sein Ziel erreichte, ging er wie ein sprungbereiter Panther in die Hocke. Fünf Krieger mit gezückten Schwertern kamen auf ihn zu. Alle waren wie Tempelkrieger gekleidet. Einer wrang den Saum seiner nassen Tunika aus.

»Nun, wer möchte als Erster die Eine Wahre Göttin treffen?«, rief Conan höhnisch. »Ihr seid doch ihre Diener, nicht wahr?«

»Allerdings sind wir das«, erklärte der mit der nassen Tunika. »Ich bin Izmir, der oberste Novize, und töte jeden, der den hohen Namen Sadithas missbraucht.«

»Ach ja? Königin Regula schickt eine Hand voll Novizen gegen mich aus, damit diese das Werk vollenden, an dem der kürzlich verstorbene aufgeblasene Zaius gescheitert wäre. Nun denn! Kommt her und erprobt eure Schwerter.«

»Königin Regula? Nein, wir kommen nicht auf ihr Geheiß!«, erklärte ein ziemlich kleiner Mann streitlustig. »Wir sind Schüler Zaius', wie alle guten Verteidiger Sadithas. Doch ist die Königin von verschlagenen Gotteslästerern wie dir in die Irre geleitet worden. Und wir sind hier, um dem Abhilfe zu schaffen.«

»Genug, Hassad!«, sagte der tropfende Izmir. »Wir sind diesem ausländischen Abschaum keinerlei Erklärungen schuldig. Es reicht, wenn wir ihn töten. Diese Ehre beanspruche ich für mich, ihr sollt diese Ecke bewachen und ...«

»Wartet«, rief Conan. »Du sagst, ihr seid keine Marionetten der Königin und handelt auf eigene Faust?«

Der Anführer schüttelte ungeduldig seinen nassen Haarschopf. »Jawohl, wir sind Meuterer, doch keine Ketzer und unserer Göttin treu ergeben. Wir haben geschworen, sie vor der Besudelung durch unreine fremde Götter und Götzenbilder zu schützen, wie das, welches ihr in unsere Stadt gebracht haben.«

»Ihr meint den Gott Votantha.« Conan hielt das Schwert immer noch kampfbereit in der Rechten, doch war er offensichtlich nicht mehr so blutrünstig wie kurz zuvor. »Ihr seid Rebellen und unverbrüchliche Anhänger eures Glaubens und ihr beschuldigt mich. Doch bin ich keineswegs ein Anhänger Votanthas – ich war lediglich Khumanos' Führer.«

»Du hast diese Schar hergebracht, das ist doch richtig, oder?«, rief Hassad anklagend und schwenkte sein Schwert. »Und du hast dich bei unserer Königin eingeschmeichelt und sie überredet, dich in Qjara willkommen zu heißen, obwohl du dich durch die Gotteslästerung unserer Göttin Saditha und durch den Tod Zaius' versündigt hast.«

»Deine Sünden gehen noch weiter«, erklärte der Anführer. »Du hast die Moral unserer Prinzessin zerrüttet, sie von ihren Eltern fortgeholt und bist mit ihr durch die Stadt geschlichen. Du bist sogar nachts in den Palast eingedrungen, um sie mit einem schurkischen Plan oder einem Gift zu verführen, das nur unserer Göttin bekannt sein mag.« Er hob das Schwert und rief den Gefährten mit dem Fanatismus eines Zaius zu: »Verrat über Verrat!« Nun stimmten auch die anderen ein. »Unzählige Verbrechen, verübt durch die unreinen Hände eines Fremden, eines Elenden, den wir aus der Stadt gejagt haben.«

»Genug«, rief Conan mit donnernder Stimme. Alle verstummten eingeschüchtert. »Ich bin kein Freund Sarks oder seiner Götter – ebensowenig wie eure Prinzessin. Ihr habt mit ihr mehr gemein, als ihr ahnt. Wenn ihr Khumanos und sein Götzenbild vertreiben wollt, gibt es dafür gewiss gute Gründe. Womöglich könnte ich euch helfen …«

»Lügen, nichts als weitere Lügen!«, unterbrach ihn Hassad. »Jetzt will er sich bei uns einschmeicheln, wie er es bereits bei unseren Herrschern getan hat. Ich sage, ihm gebührt der Tod …«

»Wartet, bei allen Dämonen der Erde und der Ersten der sieben Höllen!« Wieder war Conans Fluchen und sein Äußeres stark genug, um die Novizen verstummen zu lassen. »Wenn ihr mich tatsächlich töten müsst, dann erkläre ich nochmals: Kommt her und versucht es! Du, Izmir, würdest mir ausgesprochen zusagen.« Er brach in wildes Gelächter aus. Seine weißen Zähne blitzten wie seine Klinge in der Dunkelheit. »Doch ich werde als Erster angreifen, gemäß dem Willen eurer Göttin! Und da euer Held Zaius mich nicht tötete, sehe ich darin ihr Zeichen, dass ich die Wahrheit gesprochen habe. Verhandelt mit mir, ehe ihr mich angreift. Möge Saditha uns die Gnade erweisen, dass dieser Zweikampf gerechter endet als der letzte.«

»Nun, das klingt eigentlich vernünftig.«

»Mach kurzen Prozess mit diesem Hund, Izmir.«

Schnell stellten sich die beiden Kämpfer auf. Schwerterklirren drang durch die Nacht.

Kapitel 15

WEIHE

Im topasfarbenen Licht der frühen Morgenstunden war Conan bereits im Karawanenviertel damit beschäftigt, sein Kamel zu satteln und seine Habe zu verstauen. Er hatte keinerlei sichtbare Wunden, litt jedoch unter dem Mangel an Schlaf. Der Hohepriester Khumanos wartete mit den am wenigsten Geschwächten aus seiner Schar. Bald gesellte sich eine Abteilung aus Stadtwachen Qjaras und einigen Freiwilligen zu ihnen. Manche waren beritten, andere zu Fuß. Sie verließen die Stadt durch das große Tor.

Am Fluss füllten sie die Wasserschläuche und ließen die Kamele nach Herzenslust trinken. Dann folgten sie der alten Karawanenstraße nach Südosten in die Wüste. Von der Sonne gebleichte Gebeine kennzeichneten die Route.

So begannen sie mit der Suche nach den zwei anderen Prozessionen, die ebenfalls einen Teil des Götterbildes schleppten und die König Anaximander von Sark nach Norden entsandt hatte. Es war nicht bekannt, wo sich die beiden Gruppen jetzt aufhielten, geschweige denn, ob sie überhaupt noch am Leben waren. Auf alle Fälle müssten sie zumindest die Teile der Götterstatue finden, sagte Khumanos zu Conan, da es höchst unwahrscheinlich sei, dass Diebe mehr als kleine Stücke des edlen Metalls forttragen könnten.

Conan war da nicht so sicher, da er wusste, wie leicht sehr große Dinge wie das Schiff aus Stein oder die königliche Expedition des Pronathos in dieser unermesslichen Wüste verloren gehen konnten. Doch er schwieg und widmete sich mit der in der Wüste erforderlichen Aufmerksamkeit seinen Aufgaben. Er ließ die Reiter fächerförmig ausschwärmen, um Wasserlöcher aufzuspüren, und befahl den Fußtruppen, sich nur so weit von ihnen zu entfernen, dass sie jederzeit lebendig zurückkehren konnten.

Er nahm die Route, die Khumanos ihm vorgeschlagen hatte. Der Hohepriester berief sich auf eine sehr alte und fragwürdige Karte, deren Pergament an mehreren Stellen Löcher aufwies und die durch häufiges Benutzen weitgehend unleserlich geworden war. Die am wenigsten wahrscheinlichen Schluchten erforschte der Cimmerier selbst. Zuweilen ritt er einen ganzen Tag öde Seitentäler ab. Oft stieg er vom Kamel, um hoch gelegene Aussichtspunkte aufzusuchen, von denen aus er große Teile der Wüste überschauen konnte. Bald waren seine Handrücken so schwarz wie die des Khumanos. Ständig hatte er die Lippen wegen des Sand aufwirbelnden Zephirs gespitzt und die Lider halb geschlossen. Vor seinen Augen erstreckte sich die öde Wüstenlandschaft wie ein endloses Leichentuch: voller Flecken, ausgebleicht, ausgefranst und menschenleer.

Acht Tage nach dem Verlassen Qjaras trafen sie auf die erste Gruppe. Conan saß auf einem nadelspitzen Felsvorsprung, vom immerwährenden trockenen Westwind umweht, als er in der Ferne die Schar in eine Schlucht mit roten Wänden wie eine Raupe hineinmarschieren sah. Als die ersten Reiter sie erreichten, hatten sie das Götterbild bereits tausend Schritte ins Wadi hineingeschleppt. Doch sie weigerten sich, die Arbeit zu unterbrechen, obwohl man ihnen sagte, dass sehr bald Wasser, Proviant und Helfer einträfen. Nach einer allzu kurzen Rast schleppten sie das Ungetüm schmerzlich langsam weiter durch den weichen Sand.

Für Conan war diese Plackerei schierer Wahnsinn. Doch wusste er, dass es sinnlos war, seine Kräfte damit zu vergeuden, diesen Menschen zu helfen. Sie waren in noch schlimmerem Zustand als Khumanos' Schar. Die gleichen offenen Schwären, zahnlos und mit kahlen Schädeln, ausgelaugt von Durst und Hunger.

Als der Hohepriester eintraf, drängte Conan ihn und den jungen Priester, der mit leerem Blick die Gruppe führte, das Götterbild zurückzulassen. Im Namen des Mitleids, der schlichten Menschlichkeit müssten sie das tun, forderte er unwirsch. Er hielt es für besser, die geschundenen Arbeiter auf Bahren heimzuholen, um sie wieder gesund zu pflegen. Dann konnten sie lebende Idole für die Macht und das Mitleid ihres Gottes Votantha werden.

Doch die beiden heiligen Männer schenkten ihm kein Gehör und blickten ihn mit den glanzlosen, von blindem Gehorsam zeugenden Augen echter Fanatiker an. Auch die Sklaven schienen geradezu erpicht darauf zu sein, ihre Körper erneut den grausamen Qualen vor dem Karren mit der Statue zu beugen. Conan zuckte mit den Schultern und schwieg. Mit Hilfe frischer Arme aus Qjara wurde wieder ans Werk gegangen, doch es waren nur Menschen, da Pferde oder Esel sich nicht vor den Karren mit dem Ungetüm spannen ließen. Danach setzte der zweite Teil des Götterbildes den Weg nach Norden fort, während Conan mit den anderen die Suche nach der dritten Gruppe wieder aufnahm.

Zwei Tage später fand der Cimmerier den dritten Teil des Götterbildes in einem breiten trockenen Tal, das den niedrigsten Pass durch eine nach Osten verlaufende Bergkette bildete. Der Karren stand still, da von den sechs Rädern drei gebrochen waren. Auch diese Menschen waren in erbarmungswürdigem Zustand. Hilflos lagen sie im Schatten des verhüllten Ungetüms. Etliche von ihnen waren bereits verhungert oder verdurstet. Der hartgesottene Cimmerier wagte nicht zu fragen, ob es zu Kannibalismus gekommen war.

Der Anführer, ein junger dunkelhäutiger Akolyth, erklärte, er sei zweimal fortgegangen, um nach Wasser zu suchen. Doch als er nach einem Tagesmarsch kein Wasser gefunden hatte, war er pflichtbewusst zurückgekehrt, um seinen leidenden Anhängern zu helfen. Jetzt saß er da und hielt den Kopf einer sterbenden jungen Frau im Schoß, für die das Wasser der Retter zu spät gekommen war. Conan blickte in sein ausgemergeltes Gesicht, in das die Entbehrungen tiefe Linien gezogen hatten. Unvorstellbare Qualen und körperliche Anstrengungen spiegelten sich in seinen Augen, die zwar vom Durst getrübt waren, aber dennoch Mitleidstränen hervorbrachten.

Der junge Priester war der Erste von Votanthas Anhängern, der normaler menschlicher Gefühle mächtig zu sein schien. Doch auch er unterstand Khumanos' stummem, kraftvollem Willen. Der Hohepriester nahm den Jünger beiseite, kniete sich vor ihn hin und murmelte Gebete oder Beschwörungen. Dann schien er ihn mit dem Talisman, den er um den Hals trug, mehrfach zu segnen. Danach kam der junge Priester stumm und mit stumpfen Augen zurück und folgte ohne Murren Khumanos' Befehl, das Götterbild weiterzuschleppen.

Mit teuflischer Voraussicht hatte der Hohepriester seine Sklaven einen zweirädrigen Karren aus Qjara als Proviantwagen mitbringen lassen. Jetzt nahm er die beiden Räder und ließ ein Rad vom Karren mit Teilen der anderen gebrochenen Räder reparieren. Schon war der Karren mit dem Götterbild wieder fahrbereit. Nach einem einzigen Tag Rast marschierte die Prozession wieder weiter. Es war unglaublich, wie sich die ausgemergelten Sklaven mit ihren Helfern in die Seile legten, um das Ungetüm weiterzuschleppen. Conan hatte den Eindruck, dass die geschundenen Kreaturen einen unheiligen Kraftstoß erhielten, als sie die Schultern gegen den Karren stemmten.

In weniger als zwei Wochen zogen sie wieder in Qjara ein. Conan war keineswegs sicher, dass dieses Unternehmen tatsächlich ein Akt der Barmherzigkeit war, wie er gedacht hatte. Vielleicht wäre es weitaus barmherziger gewesen, die armen kranken Menschen in der Wüste umkommen zu lassen, als ihre Qualen unter Khumanos' teuflischer Knute zu verlängern. Doch bei seinen Priestern und Anhängern gab es keine Unsicherheit und kein Nachlassen im Glauben. Die Menschen in der Stadt empfingen sie mit Freuden und arbeiteten willig an den umfassenden Vorbereitungen für den triumphalen Einzug der Götterstatue in die Stadt Qjara.

Laut Khumanos' sorgfältig geplantem Ritual sollten die Teile der Statue gleichzeitig durch drei verschiedene Tore in die Stadt gebracht werden – wobei das Karawanenviertel offenbar nicht der eigentlichen Stadt zugerechnet wurde, sondern eine Art Außenhof war. Die Vorstellungen des Hohenpriesters fanden den Beifall der Stadt, da diese drei Tore genügend Raum boten, um die Teile des riesigen Götterbildes hindurchzuziehen. Mit drei getrennten Prozessionen sollten die Teile zur Agora, dem Herzen Qjaras, gebracht werden, wo man sie zum ersten Mal zusammensetzen würde. Und danach sollte vor den Augen aller Gläubigen die heilige Statue geweiht werden.

Laut Königin Regulas Anordnung sollte sich die rituelle Vermählung zwischen der Göttin Saditha und dem Neuankömmling Votantha daran anschließen. Der Tempel hatte sich während der letzten Wochen überaus bemüht, dem fremden Gott die körperlichen und geistigen Vorzüge des toten Helden Zaius zu verleihen und diesen als Unsterblichen auferstehen zu lassen. Gemäß dem Erlass der Königin würde sich dann die Anbetung in der Stadt auf die beiden Gottheiten aufteilen.

Ein höchst eigenartiges Zugeständnis an die Religion eines ausländischen Königs … Conan vermutete, dass Semiarchos und Regula alledem nie zugestimmt hätten, wenn sie nicht daran glaubten, dadurch die Macht ihrer Familie zu vergrößern und in die Geschichte Qjaras als strahlende Helden einzugehen. Sie wussten, dass Sark weit im Süden lag und dass es äußerst unwahrscheinlich war, dass Anaximander eine bedeutende oder lang währende Rolle in den Angelegenheiten Qjaras spielen würde. Ihre eigene Macht würde jedoch durch die Annahme einer männlichen Gottheit, wie Votantha, der die traditionelle Ausgewogenheit zwischen Thron und Tempel wieder herstellte, schnell wachsen.

Das alles konnte aber nach Conans Meinung auch das Ende der Einen Wahren Göttin bedeuten. Damit würde Qjara für einen rastlos umherziehenden Cimmerier seinen eigenartigen Reiz verlieren – falls nicht doch die traditionelle Rebellenpartei, deren Bekanntschaft er gemacht hatte, diese Veränderung aufhielt. Er hatte keine Gewissheit darüber, dass diese während seiner Abwesenheit imstande gewesen war, ihre Botschaft zu verbreiten, auch nicht, wie viele einflussreiche Stimmen und starke Arme sie auf ihre Seite gezogen hatte. Insgeheim teilte Conan ihre Meinung, doch man hatte ihm, dem Fremden, klar gemacht, dass er sich lieber aus der Debatte heraushalten solle.

Zur Zeit schien dieser Meinungsstreit in der Stadt keine Rolle zu spielen. Die Einwohner Qjaras waren in frommer und festlicher Stimmung, die eher zu einer Vermählung als zu einem bewaffneten Zusammenstoß passte. Die drei weiß verhüllten Teile der Götterstatue wurden auf schwere Streitwagen gehievt, deren Plattform man verstärkt hatte. Genügend Männer konnten diese Wagen mit Hilfe der langen Deichseln ziehen. Die drei Ungetüme warteten vor den ihnen zugeordneten Stadttoren. Die Menschen bestaunten sie ehrfürchtig.

Conan war von diesen sorgfältigen und umständlichen Vorbereitungen fasziniert. Wenn sie wie die meisten Rituale einem praktischen Zweck dienten, war dieser ihm allerdings völlig unklar. Gewiss, das Götterbild war zu riesig, um es in einem Stück zu befördern … aber warum drei verschiedene Routen durch die Wüste? Warum hatten sich die drei Prozessionen aus drei verschiedenen Richtungen Qjara genähert? Und warum war die Statue überhaupt so riesig? Nach Conans Erfahrungen wohnte der stärkste Glaube nicht in irgendwelchen Götzenbildern, sondern in den Herzen und Köpfen lebender Menschen.

Zweifellos gab es einen ihm noch verborgenen Grund, warum Khumanos die Teile bis zum letzten Augenblick getrennt hielt. Gepränge war unbestreitbar wichtig. Das Mysterium der verhüllten Statuen, die großen Prozessionen durch sämtliche Stadtviertel, die Massen, die ihnen folgen würden, um die Zeremonien des Enthüllens und der Vereinigung zu sehen – das alles war mit Sicherheit äußerst raffiniert geplant. Conan fragte sich, welchen Höhepunkt Khumanos wohl vorsah, wenn die Statue zusammengesetzt war und die Weihe stattfand. Bis jetzt hatte er nur schwache Hinweise auf die Macht Votanthas gesehen. War es möglich, dass der schemenhafte Gott persönlich Qjara einen Besuch abstattete oder denen, welche ihn anbeteten, greifbare Manifestationen sandte?

Nachdem die letzte Prozession durchs Tor in die Stadt eingezogen war, blieb wenig Zeit, um Gerüchte zu verbreiten oder mit Freunden Verbindung aufzunehmen. Schon am nächsten Morgen sollte die Zeremonie stattfinden. Höflinge hatten die Ankunft der letzten Überlebenden gemeldet. Daher konnte man sich in Qjara mit Feuereifer auf die Vorbereitungen der Festlichkeiten stürzen. Jetzt war alles bereit.

Zu Conans Bedauern gelang es ihm nicht, Afriandra zu sprechen, nicht einmal, nachts in ihr Schlafgemach vorzudringen. Angeblich befand sie sich mit einigen jungen Priesterinnen im Allerheiligsten des Tempels Sadithas. Dort bereiteten sie sich durch körperliche und seelische Reinigung auf den Dienst als Brautjungfern der Einen Wahren Göttin vor.

Nachdem der Cimmerier sich um die kranken und ausgezehrten Überlebenden gekümmert, sein völlig erschöpftes Kamel versorgt und den Staub aus seiner Kleidung und Habe gebürstet hatte, war es bereits später Nachmittag. Er hatte kaum noch Zeit, mit seinem Waffenmeister einige Einzelheiten zu besprechen, die seine Pläne für den Festtag betrafen. Er bedrängte Khumanos nicht wegen des Lohns, da der Priester den Handel wohl nicht für abgeschlossen halten würde, bis das Götterbild vollständig in der Stadt stand. Der Cimmerier leistete sich ein üppiges Abendmahl, trank nach Herzenslust und legte sich dann in der Karawanserei schlafen. Seine Träume waren jedoch alles andere als friedlich.

Am nächsten Morgen rollten die Räder der Streitwagen langsam mit ihrer schweren Last unter der gnadenlos brennenden Sonne durch die Straßen Qjaras. Unzählige Menschen begleiteten sie mit Freudengesängen zur Agora und dem heiligen Tempel. Die Teile der Statue standen aufrecht und überragten nicht nur die Köpfe der Menschen, sondern auch die niedrigen, weiß gekalkten Häuser Qjaras. Da Conan mit Khumanos durch das Gitter-Tor die Stadt betreten hatte, lagen auf diesem Weg zum Tempel die niedrigen Häuser bald hinter ihm. Stattdessen ragten die Getreidespeicher, die Garnison und die Paläste des Tempelviertels zu beiden Seiten auf.

Wie überall in diesen südlichen Ländern erregte der Cimmerier aufgrund seiner hünenhaften Gestalt und besonders neben dem schwarzhäutigen ausgemergelten Priester großes Aufsehen. Beide Männer schritten direkt hinter dem Streitwagen mit der Statue.

Die Teile der Statue waren immer noch mit den vom langen Weg durch die Wüste vor Schmutz starrenden Tüchern verhüllt. Doch hatte man über ihnen weiße Baldachine mit Fransen angebracht, wodurch die wahre Gestalt nicht zu erkennen war. Nach Conans Meinung würde das zusammengesetzte Götterbild keine ganze Menschengestalt zeigen, da die Einzelteile ungemein kopflastig aussahen. Es sei denn, der Gott Votantha hielt Speer und Schild hoch, rang mit einer Schlange oder übte eine andere Raum beanspruchende Tätigkeit aus. Aber die offensichtliche Gleichheit der drei Teile des Götterbildes wies auf eine dreiseitige Symmetrie hin, die bei einem Menschenabbild unmöglich war … es sei denn, es wäre ein dreiarmiges, dreigesichtiges halbmenschliches Ungeheuer.

Die Gläubigen schienen sich derartige Gedanken offenbar nicht zu machen. Bis jetzt hatte Conan keine gotteslästerlichen Spekulationen über das Aussehen der Götterstatue gehört. Viele drängten sich vor und pressten die Schultern für eine kleine Strecke an den Streitwagen, als brächte die Berührung mit der aus Zedernholz gefertigten Deichsel oder mit den Eisenringen der Räder Glück. Mit so viel Hilfe bewegte sich das Gefährt fast von allein. Niemand musste Befehle erteilen.

Die ursprünglichen Begleiter des Götterbildes – zumindest diejenigen, welche noch zu stehen vermochten – waren anwesend und wurden von den Einwohnern Qjaras tief verehrt. Trotz ihrer Gebrechen fühlten sie sich verpflichtet, die ausgemergelten Schultern gegen die hohen Räder des Streitwagens zu drücken und mit den von Schwären bedeckten Händen das Götterbild die letzten Meilen des Schmerzensweges zu schieben. Im Vergleich zu den kräftigeren Wachen und Bauern, die von Sadithas Priesterschaft für diese Aufgabe eingeteilt worden waren, war ihr Beitrag gering.

Conan fiel auf, dass die Überlebenden der ersten Prozession sich während seiner Abwesenheit überhaupt nicht erholt hatten, sondern noch elender aussahen als zuvor, als würden sie an einer Krankheit dahinsiechen. Diese Pilger hatte die Priesterschaft in lange weiße, mit Fransen versehene Gewänder mit Kapuzen gehüllt, welche dankenswerterweise die kahlen Schädel mit den offenen Wunden verhüllten, sodass die Prozession einen schönen Anblick bot.

Doch für Conan blieben viele beklemmende Fragen offen. Während der letzten Wochen hatte er die Sklaven der drei verschiedenen Gruppen kennen gelernt, die in der Wüste weit voneinander getrennt marschiert waren. Bei seiner Hilfe für diese Elenden hatte er sich nie gefragt, weshalb alle von der gleichen Krankheit befallen zu sein schienen. Die Routen waren verschieden gewesen, damit auch die Anstrengungen und Widrigkeiten in der Wüste, denen sie unterschiedlich lange ausgesetzt waren. Sollten die körperlichen Symptome nicht unterschiedlicher sein?

Schlechtes Wasser kam als Grund ihrer Krankheit nicht infrage, auch nicht das Essen, da die Gruppen sich unterwegs bei verschiedenen Bauern und Oasen Proviant verschafft hatten. Und falls es sich um eine von den Ahnen ererbte Seuche handelte, hätte sie sich auf die Sklaven aus Shartoumi und die Soldaten aus Sark unterschiedlich ausgewirkt. Aber auch diese waren von den gleichen Wunden und Haarausfall gezeichnet. Der Cimmerier hätte gern gewusst, um welche unheimliche Seuche es sich handelte, die sämtliche an den Prozessionen Beteiligten gleichermaßen befallen hatte – mit Ausnahme von Khumanos und dessen Priestern.

Als er jetzt an Khumanos' Seite hinter dem Götterbild dahintrottete, traf ihn unvermittelt eine Erklärung wie ein Blitz aus heiterem Himmel oder wie ein eiskaltes Bad. Eins hatten alle Gruppen gemein: das Götterbild. Alle drei Teile waren aus demselben Metall gegossen … diesem eigenartig warmen, seltsam schimmernden Zeug. Die Priester marschierten und schliefen in einiger Entfernung davon, während die Sklaven tagsüber darunter schwitzten und nachts in seiner unmittelbaren Nähe schliefen. Diese Elenden entfernten sich nie weit von ihrem Gott, selbst hier in

Qjara, wo sie sich von den Entbehrungen erholen sollten. Ja, Conan war sicher: Das heilige Bild, an dem alle mit ihren Herzen hingen, tötete sie langsam und qualvoll.

Diese Gedanken wirbelten dem Cimmerier durch den Kopf, als das Götterbild die Agora erreichte. Dann wurde alles von den Wogen neuer Eindrücke fortgespült. Hier stand offenbar ganz Qjara erwartungsvoll. Es waren mehr Menschen gekommen als damals bei seinem Zweikampf mit Zaius. Die Alabasterstatue der Einen Wahren Göttin hatte man durch das breite Portal ihres Tempels herausgebracht. Jetzt schimmerte sie in der Mittagssonne. Stolz streckte sie den Silberspeer zum Himmel empor. Ihr Antlitz war der Stelle in der Mitte des Platzes zugewandt, wo Votanthas Abbild schon bald vervollständigt werden sollte.

Neben der Göttin stand in einem farbenprächtigen Pavillon die königliche Familie wie eine Abordnung bei einer Vermählung, die des Bräutigams harrte. König Semiarchos und Königin Regula trugen kostbare Gewänder und strahlten große Zuversicht aus. Prinzessin Afriandra stand an ihrer Seite. Sie führte die Reihe der Priesterinnen an, die ähnlich wie sie in hauchdünne Gewänder gekleidet und mit Blumen aus den Palastgärten geschmückt waren. Die Tempelkrieger standen in voller Rüstung im Halbkreis hinter der Göttin und den hohen Herrschaften. Sie hielten sich kerzengerade und hatten die Schwerter umgeschnallt. Wie immer waren sie wachsam.

Erstaunt sah Conan, dass Afriandra nicht mehr so gehetzt dreinschaute. Sie wirkte weder beunruhigt noch ruhelos. Sie nahm ihren Platz bei der Vermählung ihrer Göttin mit feierlicher Anmut ein. Der Cimmerier glaubte in der Schar der Tempelkrieger zwei von denen zu erkennen, die ihm im Hof des Palasts aufgelauert hatten. Jetzt standen sie fest ohne mit den Wimpern zu zucken da. Kein Zeichen von Protest gegen die Zeremonie. Conan staunte über diese Sinneswandlung und fragte sich, ob die magischen Kräfte des Priesters Khumanos auch irgendwie innerhalb des Hofes von Qjara gewirkt hatten.

Der Streitwagen mit dem Götterbild schob sich über die von der Sonne gebleichten Platten der Agora. Ehrfurchtsvoll staunend machte die Menge ihm Platz. Jetzt blieb er stehen. Wahrscheinlich, weil die beiden anderen Streitwagen wieder zu spät kamen. Doch dann sah Conan über den Köpfen der Zuschauer den zweiten Statuenteil. Dieser sah im gleißenden Mittagslicht missgebildet aus, wie eine schlecht konservierte Mumie. Dann wälzten sich weitere Menschenmassen von der Marktstraße auf den großen Platz, offenbar ein Zeichen dafür, dass der dritte Streitwagen vom Alten Tor bald eintreffen würde.

Khumanos wählte diesen Augenblick, um zur Statue Sadithas zu schreiten, wo König Semiarchos und Königin Regula mit dem Hofstaat warteten. Conan begleitete den Priester und half ihm, sich einen Weg durch die Menge zu bahnen. Der Cimmerier vermutete, dass es zu seinen Aufgaben gehörte, Khumanos und dessen Besitz innerhalb der Stadtmauern zu schützen, ehe er seinen Lohn erhielt. Andererseits benötigte der Hohepriester nicht wirklich den Schutz des Cimmeriers. Doch sollte er sehen, dass auch ein Barbar so viel Ehre besaß, dass er sich buchstabengetreu an ein Abkommen hielt. Conans Hauptaugenmerk war jedoch darauf gerichtet, seinen Arbeitgeber so lang am Leben zu halten, bis er ihm den Lohn ausgehändigt hatte.

Die beiden Männer schritten durch die Zuschauermenge bis zu dem freien Raum, den die Tempelkrieger vor den Statuen und dem königlichen Pavillon absicherten. Khumanos nickte seinen königlichen Gastgebern lediglich kurz zu und blieb nur widerwillig stehen, als Königin Regula mit ihrer Rede begann.

»Verehrter hoher Gast, Khumanos aus Sark, wir wissen den Segen wohl zu schätzen, welchen du uns bringst, diesen Schatz heiliger Traditionen aus dem Süden, ein herrliches Monument und einen kraftvollen Gatten für unsere einsame Göttin. Möge dieser neben ihr mit Weisheit und Gerechtigkeit herrschen! Wisse, o Hoherpriester, wir werden diese Gabe gebührend erwidern. Wir lassen ein neues Abbild unserer Göttin anfertigen. Es wird durch die Wüste nach Süden in dein Königreich Sark gebracht werden, als ein Symbol der ewigen Einheit zwischen unseren beiden Städten…«

»Ja, ja, großartig«, fiel Khumanos der Königin ins Wort, ohne auf den Schluss zu warten. Er trat vor und winkte den beiden anderen Teilen des Götterbilds. Der dritte Streitwagen war soeben hinter der Säulenhalle des Tempels der Saditha in Sicht gekommen. »Schnell, weiter!« rief Khumanos.

Conan blickte umher. Von den beiden Akolythen, welche die Götterbilder nach Qjara gebracht hatten, war nichts zu sehen. Zwei sarkanische Wachoffiziere führten jetzt die Streitwagen. Offenbar hatten sie den Befehl des Hohenpriesters gehört, denn sie trieben die Leute an, die Ungetüme schneller zu Khumanos zu bringen.

Regula schien in ihrer Rolle als Hohepriesterin von Khumanos' Mangel an Diplomatie verletzt zu sein. Sie beendete ihre wohlüberlegte Rede nicht, sondern schaute stumm zu, wie die drei Teile der Statue sich auf der Agora vereinigten.

»Vergiss nicht die Hüllen abzunehmen«, flüsterte Conan dem Hohenpriester ins Ohr. Er war überaus begierig, das Götterbild zu sehen. Allerdings fand er die brüske und hochmütige Art Khumanos' befremdlich.

Der Mann aus dem Süden schenkte ihm keinerlei Beachtung, sondern gab ungeduldige Handzeichen, die Teile schneller zusammenzuführen. Alle gehorchten. Aber etliche der freiwilligen Helfer aus Qjara wichen vom Streitwagen zurück und wischten sich den Schweiß von der Stirn, als verströme dieser unerträgliche Hitze. Jetzt bewegten sich die drei verhüllten Ungetüme auf einen unsichtbaren Punkt im Zentrum der Agora zu.

»Man muss die Leinwand zerschneiden und entfernen, ehe man die Teile der Statue zusammenfügt«, erinnerte Conan nochmals den Hohenpriester. Er umschloss den Schwertgriff unter der Tunika. Er war für diese Aufgabe bereit.

»Das ist nicht nötig«, erklärte Khumanos, ohne sich die Mühe zu machen, den Cimmerier anzuschauen. »Sieh doch!«

Beeindruckt von dem ernsten Ton des Priesters blickte Conan auf den nächsten Streitwagen. Ein leichter Rauchgeruch war ihm kurz zuvor in die Nase gestiegen. Bei näherem Hinschauen entdeckte er den Grund. An etlichen Stellen verfärbte sich der weiße Stoff über dem Standbild dunkel, als würde er versengt. Dann stiegen Rauchwölkchen zur hellen Sonne empor. Langsam löste sich der Stoff stellenweise vom Untergrund.

Dann hörte er ein lautes Verpuffen. Sogleich stand die Statue hoch oben auf dem Streitwagen in hellen Flammen und schickte graue Rauchwolken nach oben. Gleichzeitig hatten sich auch die beiden anderen Teile des Götterbildes entzündet. Die Explosionen waren fast lautlos gewesen. Jetzt rauschte das Murmeln der verblüfften Menge wie Wogen über die Agora.

Conan war sicher, dass es sich um einen alchemistischen Taschenspielertrick handelte. Das also war Khumanos' krönender Höhepunkt. Mit diesem Spektakel wollte er den Bewohnern Qjaras die Macht seines fremden Gottes vor Augen führen. Die Männer neben den Streitwagen schienen unverletzt, ebenso die Wagen und die Halteseile, mit denen die Kolosse aufrecht gehalten wurden.

Jetzt kräuselten sich die Seile und fielen von den rußgeschwärzten Bandagen ab und er sah die Umrisse deutlicher. Nein, die Statue glich keinem Menschenbild, nicht einmal entfernt. Sie sah wie eine sich schlängelnde Pflanze aus.

Die Basis war eine Art Keil mit zwei glatten Seiten, die zu den anderen Teilen passten und die dann einem dicken Baumstamm glichen. Eine Seitenfläche war überaus kunstvoll verziert. Der Stamm ragte kerzengerade in die Höhe. Auffällig waren die langen flachen Wülste. Oben befanden sich jeweils zwei Äste. Doch strebten diese nicht anmutig auseinander, sondern sahen wie die dicken Aststümpfe gekappter Ulmen aus. Diese kurzen Stümpfe trugen am Ende keine Blätter, sondern zwei runde Früchte, so groß wie Melonen. Obgleich die Oberfläche dieser runden Gebilde mit rauer Schale keine Augen oder andere Gesichtszüge aufwiesen, besaßen sie eine Öffnung, die einem aufgerissenen Maul glich. Darinnen sah Conan spitze Zähne. Man hatte den Eindruck, als wollten diese Mäuler sogleich zubeißen.

Beim Anblick dieser Gebilde verstummte die Menge auf der Agora. Das war keineswegs der heroische Gott, den die Qjarer erwartet hatten, wie ihr bestürztes Murmeln verriet. Mit großen Augen betrachteten sie die drei nunmehr identischen Teile.

Conan spürte, wie dunkle, bösartige Fäden an seiner Seele zerrten, welche von diesen höllischen Gebilden ausgingen. Flüchtige Gedanken und Bilder rasten durch sein Bewusstsein. Dieses Gebilde erinnerte ihn an etwas … Er dachte an die Reliefs und die Petroglyphen an der Flanke des Monolithen in den Ruinen Ibs, der Stadt in der Todeswüste. Ja, dort war eine Art Baum mit Köpfen abgebildet gewesen, die zu schreien schienen …

Ein unheimliches Gefühl der Vertrautheit stieg in ihm auf. Der Platz dort und dieser hier … die großen offenen Flächen glichen einander … jedenfalls erschien es ihm so. Selbstverständlich war der Unterschied, dass sich hier Menschenmassen versammelt hatten und die prächtigen Gebäude und Tempel keine Ruinen waren. Vor seinen inneren Augen tauchte die Vision der Stadtmauer Ibs auf, die menschlichen Figuren auf der Innenseite. Frau, Mann und Kind erstarrt, wie lebende Schatten in den Stein hineingebrannt …

Weiterhin erinnerte Conan sich, wie Khumanos heimlich und allein den Monolithen in der Stadt besucht und sich davor verneigt hatte, als bete er ihn an. Kein Wunder, wenn es ein Abbild des Gottes seiner Heimatstadt war! Wie er gerätselt hatte, in welchem Zusammenhang das Piktogramm mit dem Geschick der uralten Stadt stand … und dem ihrer unglücklichen, degenerierten Nachkommen, die jetzt zwischen den Felsblöcken in der Schlucht am Fluss hausten.

Khumanos … der Priester war überraschend von Conans Seite verschwunden und zu den Götterbildern gegangen, als die gespenstischen Flammen erloschen waren. Conan wusste, dass der Priester große körperliche Qualen und Risiken eingegangen war, um die Statue in drei verschiedenen Teilen auf drei weit voneinander entfernten Routen durch die Wüste hierher zu schaffen. Warum hatte er derartig übertriebene Vorsichtsmaßnahmen angewendet? Um zu verhindern, dass die drei Teile zu früh vereinigt wurden? Könnte es in diesem Fall zu einer Katastrophe kommen?

Ja, was? Hatte die Stadt Ib auch die Ehre eines Besuchs des großen Gottes Votantha gehabt? Hatte dieser Gott der Stadt zu Wohlstand verholfen oder sie vernichtet? Der Cimmerier dachte an den schlechten Ruf der Priesterkönige und ihrer blutrünstigen Gottheiten im Süden und an Khumanos' eiskalte unmenschliche Haltung gegenüber den Leiden seiner Anhänger. Alles schien auf einen bestimmten Weg hinzuweisen. Die Zeichen und Omen waren vorhanden… Afriandras übersinnliche Gabe fiel ihm ein und ihre schrecklichen Flammenvisionen in der letzten Zeit.

Benommen sah er, wie sich die Streitwagen wieder in Bewegung setzten. Sie machten eine Kehrtwendung und näherten sich rücklings, um die drei Teile zusammenzufügen.

Unter der Leitung des Hohenpriesters gelang das Manöver ohne Schwierigkeiten. Die Streitwagen knirschten auf den Steinplatten. Viele Hände schoben mit letzter Kraft. Die offenen Münder in den rauchgeschwärzten augenlosen Köpfen schrien ihre stumme Botschaft der Warnung und des Leids über die Köpfe der Menschenmenge. Langsam näherten sich die drei Teile aneinander an.

Der Cimmerier machte eine weitere beunruhigende Beobachtung. Die Mitte des Platzes war frei von Zuschauern. Ungehindert konnten die Streitwagen zusammenkommen. Doch von dem unsichtbaren Punkt, an dem sie zusammentreffen würden, schienen eigenartige Blitze und Staubwirbel aufzusteigen. Gläserne Hitzeschlieren waberten dort. Gebannt beobachtete der Cimmerier diese unheimlichen Erscheinungen. Er hatte den Eindruck, als schickten die drei Teile des Götterbildes ätherische, dünne, helle Strahlen ins Zentrum, um sich dort zu diesem Wirbel einer Phantom-Energie zu vereinigen.

Er spürte deutlich die Hitze. Das Gewand mit Kapuze schützte Körper und Gliedmaßen, doch im Gesicht und auf den Händen fühlte er die Hitzewellen, die wie von einem Hochofen von der ihm nächsten Statue ausgingen. Sehr überrascht war er nicht, da die Statue die sie umhüllenden Stoffe verbrannt hatte. Einige Sklaven, welche die Streitwagen schoben, wichen vor der Hitze zurück, doch mühten sich weiter viele mit den Deichseln und Rädern ab.

»Wartet!«, rief eine jugendliche Stimme laut über den Platz. Sie klang fest und befehlend. Es war Afriandra.

Die Prinzessin trat aus der Reihe der Brautjungfern heraus und wandte sich an die Menge.

»Haltet ein mit dieser lästerlichen Komödie einer Vermählung! Unsere Göttin braucht keinen Gatten … zumindest keinen ausländischen Tyrannen, der ihre rechtmäßige Herrschaft über Qjara schmälert. Schaut euch dieses Ungetüm an!«, bat sie die Menschen. »Das ist kein zivilisierter Gott! Es ist kein Mann, keine Frau, nicht einmal ein Tier, sondern ein unheiliges Scheusal! Wir Priesterinnen Sadithas befehlen allen ihren treuen Anhängern, dieser Zeremonie Einhalt zu gebieten und die bösen Fremdlinge hinauszuwerfen, die dieses Übel angestiftet haben.«

Nach diesen Worten riss sie sich den Blumenkranz von der Stirn und schleuderte ihn zu Boden. Offenbar hatte sie während ihres letzten Aufenthalts im Tempel den anderen Priesterinnen alles mitgeteilt, denn die meisten – darunter auch Sharla – taten es ihr nach und entledigten sich mit trotzigen tänzerischen Bewegungen des Blumenschmucks.

Afriandras Vater und Mutter standen hinter ihr an der Seite der bronzenen Göttin, ohne sich zu rühren. Offenbar hatte die Kühnheit der Prinzessin sie völlig überrascht. Auch die Menge auf dem Platz schien unsicher zu sein, was sie tun sollte – vor allem, da die Worte der Prinzessin nur die erreicht hatten, die etwas näher standen. Und von diesen waren viele von den seltsamen Lichtspielen abgelenkt, die im Zentrum der Agora stattfanden.

Fast alle Helfer aus Qjara hatten sich von den Streitwagen entfernt. Nur die wenigen Dutzend weiß gekleideten Überlebenden des Marsches aus Sark schoben die Teile der Statue noch vorwärts. Dabei wurden die geheimnisvollen Kraftlinien, welche die Teile verbanden, immer stärker, je näher die Metallungetüme sich kamen. Die gespenstischen Lichtstrahlen hielten die Zuschauer in Bann. Dann schien es, als würde sich im Zentrum der drei Lichtströme ein schemenhaftes Gebilde verdichten.

Prinzessin Afriandra blieben nur die Tempelkrieger als Verbündete. Fast gleichzeitig legten sie die Hände an den Schwertgriff, stießen einen lauten Schrei aus und verließen ihren Platz beim König, der Königin und der Göttin. Insgeheim beglückwünschte er Afriandra für ihre Wahl, allerdings war er nicht sicher, ob sich der Zorn der Krieger auf alle Fremden nicht auch gegen ihn richten würde, statt nur gegen die Fanatiker aus Sark. Auch er hielt den Schwertgriff fest in der Rechten und wartete die nächsten Handlungen der Tempelkrieger ab.

Doch dann zog der Hohepriester Khumanos alle Blicke auf sich. Mit hoch erhobenen Armen, die offenen Handflächen zum Himmel gestreckt, doch so, dass sie sich beinahe berührten, trat er einige Schritte vor. In dieser rituellen Haltung stimmte er seine Beschwörung an.

»Votantha, Gebieter der Wüste«, rief er. »Wir rufen dich herbei, unser Opfer zu empfangen. Die Rituale sind beendet, die Gebete gesprochen, die Feierlichkeiten vorbereitet. Nichts hindert dich mehr daran, von deiner Ebene herab auf unsere zu kommen und über die Erde mit all deiner Macht zu schreiten. O Unersättlicher, nimm dein heiliges Standbild in Besitz! Möge unser Opfer deine alles verzehrenden Münder zufrieden stellen!

Als Gegengabe, hoher Gebieter Votantha, bitten wir dich nur darum, unsere unwürdige Stadt Sark zu segnen. Schicke reichlich Regen, damit es denjenigen deiner Anhänger, welche diesen denkwürdigen Tag überleben, wohl ergehe, auf dass sie dir in den kommenden Jahrhunderten gebührend Tribut entrichten, bis wir dir das nächste Opfer darbringen. Um dieses und nichts mehr bitten wir dich, Großer Votantha, unsterblicher Baum der Münder.«

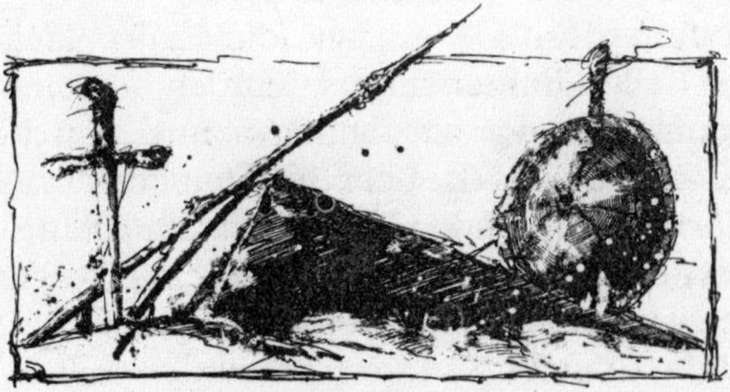

Kapitel 16

DAS URTEIL

Nachdem der Hohepriester gesprochen hatte, senkte er die Arme und schritt auf den Rand der Menge zu, ohne seinen Anhängern weitere Anweisungen zu erteilen.

Mit grimmiger Gewissheit war dem Cimmerier jetzt klar, dass die gesamte Stadt Qjara das Opfer war, von dem der Priester gesprochen hatte – mit all ihren Bewohnern. So wie Ib von der Landkarte gewischt worden war, sollte auch Qjara von einer unvorstellbaren Macht verbrannt und vernichtet werden. Er war versucht, sein Ilbarsi-Schwert zu nehmen und herauszufinden, ob dieser Schurke Khumanos ein Herz besaß – doch das war sinnlos, wenn der Priester an der weiteren Wirkung der Beschwörung nicht mehr beteiligt war. In der Tat bewegten sich jetzt die Teile der Statue aus eigenem Antrieb vorwärts und schleppten die entkräfteten Fanatiker mit sich.

Beklommen sah Conan, wie die Linien zwischen den drei Teilen immer stärker wurden, je näher sich diese kamen. In der gleißenden Sonne glänzten sie wie schmale Feuerbäche über den Steinen der Agora – sich schlängelnde Fäden aus flüssigem Licht, unermüdlich aufeinander zustrebend. Vor den Augen der Betrachter vermengten sie sich pulsierend an dem Ort, wo das Standbild aufgestellt werden sollte.

An dieser Stelle nahm dieser Schemen immer festere Gestalt an. Er verdichtete sich und verschmolz wieder wie eine Fata Morgana. Conan erkannte undeutlich das Bildnis Votanthas. Der uralte Gott Sarks und zahlloser anderer toter Städte, gefürchtet und angebetet als ein strenger und allmächtiger Herr und Gebieter, wuchs und wurde ständig größer. Votantha war in seiner wahren Gestalt dem Kreis seiner engsten Vertrauten als der heilige unsterbliche Baum der Münder bekannt.

Das Trugbild bestand aus lebender wirbelnder Energie, die ständig stärker und dichter wurde. Die drei zusammenfließenden Kanäle aus den Teilen des Götterbildes speisten es wie Wurzeln mit Kraft. Die Basis war ein turbulenter Wirbel aus Feuerströmen, wie das knorrige Wurzelgeflecht einer uralten Eiche. Der Stamm stieg wie ein dicker Energiestrom zum Himmel empor. Und der Kopf … vielmehr die Köpfe … aus diesen sprossen sich ständig vervielfältigende, neue hässliche Auswüchse. Bald waren es viel mehr als die ursprünglichen sechs des Götterbildes: Augen- und gesichtslose Kugeln mit grinsenden, hungrigen Mäulern, welche höhnisch und drohend auf die Zuschauer herabschauten.

Diese Mäuler wurden grauenvolle Wirklichkeit. Conan drängte sich der Eindruck auf, dass aus ihnen Flammen und Rauch strömten. Er vermeinte sogar, ihren heißen Atem auf dem Gesicht zu spüren. Diese Hitze war keineswegs die des Götzenbildes. Gleichzeitig ertönte in seinen Ohren ein leises Knurren oder Zähneknirschen, das aus weiter Ferne zu kommen schien. Es war unheimlich und unnatürlich. Es war das Toben der Dämonenköpfe, lediglich ein Vorgeschmack auf das höllische Chaos, das losbrechen würde, sobald das Götterbild zu voller Kraft gelangt war.

Angesichts des grausigen Schauspiels schritt einer der Tempelkrieger zur Tat. Er vertrat mit gezücktem Schwert einem vorwärtsgleitenden Götterbildteil den Weg und befahl den Sklaven barsch, stehen zu bleiben.

Doch während er den Befehl erteilte, berührte ihn oder sein Schwert der halb sichtbare, ungemein starke Energiestrom. Ein blendender Blitzschlag folgte. Der Körper des Kriegers erstarrte, Lichtflammen schossen aus ihm hervor. Nur einige Wimpernschläge später sank er als Aschehäufchen auf die Steinplatten. Die Macht des Gottes Votantha hatte den jungen Helden so verzehrt wie eine Kerzenflamme eine Motte.

Entsetzensschreie über den Tod des Kriegers wurden laut. Beherzt traten zwei seiner Kameraden vor, um seinen Platz einzunehmen. Sie bemühten sich, den Feuerströmen auszuweichen, und befahlen wild gestikulierend allen drei Sklavengruppen, sofort stehen zu bleiben. Doch dann waren sie der Energie offenbar doch zu nahe gekommen und ohne Warnung hüllte ein Flammenmeer sie ein. Es flackerte hoch auf – und verschlang die beiden Krieger wie den ersten. Auch sie waren im nächsten Augenblick nichts als Asche. Ihre Schwerter und Helme lagen als geschmolzene Metallpfützen auf den Steinplatten der Agora.

Geschockt wichen die restlichen Tempelkrieger zurück. Nur der Cimmerier war fest entschlossen, den Kampf aufzunehmen. In dem dunklen Gewand mit Kapuze sah der Hüne aus dem Norden beeindruckend aus. Dennoch hingen die Augen der meisten Menschen an den schaurigen Köpfen, bis Conan sein Gewand abwarf.

Darunter trug er eine Rüstung. Helm, Brustplatte und Beinschienen waren aus purem Gold, das in der Sonne glänzte. Es war die Rüstung des verschollenen

Pronathos oder eines anderen Helden aus grauer Vorzeit. Conan hatte sie im Bug des Schiffs aus Stein in der Wüste gefunden. Verblüfft schrien einige Menschen auf, als sie diese Rüstung sahen. Entschlossen schritt der Cimmerier an den rauchenden Aschehaufen, den Überresten der Tempelkrieger, vorbei. Unzählige Augen hafteten auf ihm, als er das Schwert schwang und sich mit dem markerschütternden Kampfschrei der Cimmerier auf das gleißende Trugbild des Baums der Münder stürzte.

Obgleich die Ilbarsi-Klinge schwarz und teilweise schartig war, war sie dennoch eine hervorragende Waffe. Ein hervorragend in der Hand liegender Stahl, mit dauerhaft scharfer Klinge. Im Kampf gegen feuerspeiende Götter war es vielleicht nicht die beste Waffe. Conan spürte das, als das Schwert in seiner Hand heiß wurde. Der Stahl schien die lebende Energie, die um das Phantom vor ihm waberte, anzuziehen und zu bündeln. Er spürte, dass das Feuer ihn im nächsten Augenblick verbrennen würde. Verzweifelt schleuderte er die Waffe auf den Höllenbaum.

Das Schwert erreichte nie das Ziel. Es schmolz ganz dicht vor seiner Hand. Ja, es löste sich in Luft auf. Der harte Stahl zischte und verschwand wie ein Wassertropfen, den man in ein Schmiedefeuer spritzte.

Diese Hitze … ein gewöhnlicher Sterblicher konnte sich nicht vorstellen, dass es eine derartige Hitze gab. Verblüfft stellte Conan fest, dass seine goldene Rüstung, diese weiche Prachtrüstung, die in der Schlacht keiner Lanze standhalten würde, ihn vor der verzehrenden Macht dieses Gottes schützte. Alle Körperteile, die Vorderseite vom Hals bis zu den Knöcheln, die von ihr bedeckt waren, waren kühl. Die bis ins Mark dringende Hitze schien sie nicht durchdringen zu können, wodurch seine restliche Haut die Hitze besser ertrug. Conan schlug das Visier des goldenen Helms herunter, wofür ihm seine Augen dankbar waren, ebenso die versengten Brauen. Wenn er doch jetzt eine geeignete Waffe fände …

Hinter Conan bewegte sich etwas, Schritte ertönten auf dem Steinpflaster. Er wirbelte herum. Khumanos! Der Priester hatte sich von hinten an ihn herangeschlichen. Er hatte ein Langschwert mitgebracht, das jetzt auf den Steinen der Agora lag. Eine hervorragende Waffe, wenngleich sehr alt, aus schimmernder Bronze und Eisen, von einer dicken Goldschicht überzogen. Der Cimmerier hatte keine Ahnung, woher Khumanos das Schwert hatte oder warum er es aus der Hand fallen ließ, anstatt die Klinge am waffenlosen Cimmerier zu erproben. Der Sarkadier stand wie erstarrt da, mit einer Hand nahe der Brust, blass und mit vor Angst geweiteten Augen – oder war es vielleicht Staunen? Beides war für den Priester Votanthas uncharakteristisch. Khumanos hielt den Lederriemen, den er ständig um den Hals trug, doch Conan sah das Amulett nicht, das stets dort hing.

Conan nahm das Langschwert auf und musterte Khumanos hasserfüllt. Er könnte die Güte der Waffe damit erproben, den Priester in der Mitte zu spalten, doch der Schurke war unbewaffnet. Außerdem drohte ein viel gefährlicherer Feind. Conan schritt auf das glühende, sich windende Phantom des Dämonengottes Votantha zu.

Das Schwert lag außergewöhnlich gut in seiner Rechten. Es war für diese Aufgabe ebenso hervorragend geeignet wie die goldene Rüstung. Die Bronzeklinge zog die unheilvolle Energie, die um das Phantombild des Gottes wirbelte, nicht an. Der vergoldete Griff lag kühl in Conans Hand. Die nächste Frage war: Würde die Klinge gegen das schemenhafte Abbild des

Gottes etwas ausrichten können? Mit einem gewaltigen Satz sprang er ins Flammenmeer und führte einen kraftvollen Schlag gegen den Dämonenbaum aus.

Die Wirkung war nicht ganz unbefriedigend. Die Klinge war fast unbehindert durch das Phantom gedrungen. Gleichwohl hatte Conan den Hauch eines Widerstands gespürt, so wie zähe Spinnweben sich gegen den Besen einer Haussklavin wehrten. Die in allen Farben schimmernden Linien des Schemens wirbelten umher und bemühten sich, wieder ihr ursprüngliches Muster zu weben.

Aus den höllischen Früchten des Baums ertönte ein Heulen, wie vor unterdrückter Wut und Schmerzen. Als Conan aus den Flammen heraussprang, neigten sich einige Köpfe und schnitten vor Conans Gesicht Grimassen; dabei spuckten sie ihm ihren heißen Atem entgegen. Sofort ergriff er die Gelegenheit zum nächsten Schwertkampf. Blitzschnell führte er mächtige Hiebe gegen die widerlichen Fangarme. Er hörte Schmerzensschreie, dann lösten sich die Trugbilder vor seinen Augen auf.

Conan sprang mehrmals in das Feuer hinein und wieder heraus. Dabei schlug er jeweils wutentbrannt gegen die merkwürdige Gestalt des Gottes. Das Ding blutete nicht, starb auch nicht, aber die heftigen Bewegungen ließen darauf schließen, dass es Schmerzen empfand.

Dennoch wuchs der Phantombaum ständig, indem er sich die Energie aus den drei Teilen der Statue holte. Diese waren jetzt kaum noch ein Dutzend Schritte voneinander getrennt. Die letzten kranken und ausgemergelten Sklaven des Hohenpriesters schoben sie zusammen.

Inzwischen beteiligten sich auch andere Bewohner Qjaras, vornehmlich die Tempelkrieger, am Kampf. Da es ihnen an der richtigen Rüstung mangelte und sie das Schicksal ihrer Kameraden nicht teilen wollten, gingen sie gegen die Elenden an den Streitwagen vor. Sie packten die Unglücklichen, zogen sie von den Deichseln weg und schleuderten sie aufs Pflaster, um sie daran zu hindern, die Teile weiter vorwärts zu schaffen. Prinzessin Afriandra und ihre Brautjungfer-Priesterinnen warfen sich ebenfalls ins Getümmel. Als Conan bei seinem Schweiß treibenden Kampf einen Blick zur Seite wagte, sah er Kinder und Jugendliche, die unter Ezrels Führung Steine auf die Sklaven warfen.

Es war jedoch nicht leicht, diese Verblendeten von ihrer Mission abzuhalten, da die Hitze von den Statuen sehr intensiv war. Jetzt leuchteten die riesigen Metallteile grün. Das gleiche unheimliche Licht pulsierte in den Feuerlinien. Auch die Streitwagen rauchten. Die dämonische Hitze löste die Farbe ab und setzte das Holz in Brand.

Aber die Pilger aus Sark und Shartoumi schienen in ihren weißen Gewändern die Hitze mittels übernatürlicher Kraft zu ertragen. Sie erhoben sich vom Pflaster und krochen zurück zu den Wagen. Sie glichen belebten Skeletten. Die normalen Sterblichen litten jedoch unter der Hitze, die sie blendete und ihnen Brandwunden zufügte.

Doch ihr Kampf war unwichtig. Conan war sicher, dass die Teile des Götterbildes sich zusammenfügen würden, auch wenn nicht eine einzige Menschenhand die Räder darunter in Bewegung setzte. Die Kraft des Kommens Votanthas zog sie unerbittlich über die Agora. Auch seine Arbeit, das Beschneiden des Baums der Münder, schien ebenso aussichtslos zu sein. Der Stamm wurde ständig dicker und brachte neue Köpfe schneller hervor, als er sie mit dem Schwert abschlagen konnte.

Er spürte, wie seine Kraft schwächer wurde. Es fiel ihm immer schwerer, in die Flammen zu schauen und die heiße, ätzende Luft einzuatmen. Die Laute des Baums quälten seine Ohren. Die teuflische Hitze setzte ihm zu. Diese entströmte hauptsächlich der dicken Basis, die allmählich eine Kuppel aus lodernden Flammen geworden war. Er spürte, dass der Samen für Qjaras Zerstörung an ebendieser Stelle ausgebrütet wurde. Von dort würde der wahre lebende Gott herauskommen und die Erde heimsuchen, sobald die drei Teile des Götterbildes fest zusammengefügt waren. Aber er erreichte mit der Schwertspitze diese Flammenhalbkugel ebensowenig wie den Flammenball der Sonne mit ausgestreckten Fingern. Die Hitze war zu stark. Er konnte seine Waffe auch nicht schleudern, da er sie brauchte, um die Feuerflammen zu bekämpfen, die sein Leben bedrohten. Trotz seiner unbezähmbaren Wut trieb ihn der unersättliche Baum Schritt für Schritt zurück.

Dann geriet er in eine sehr gefährliche Lage. Urplötzlich senkten sich viele Köpfe, deren Hälse immer länger und beweglicher wurden, zu ihm herab. Ihr Geheul dröhnte ihm in den Ohren, ihr Feueratem schlug ihm ins Gesicht und drohte ihn in ein Aschehäuflein zu verwandeln.

Verzweifelt schwang er das Schwert, um die widerlichen Fratzen zu töten, und sprang hektisch umher, um dieser Flammenhölle zu entrinnen. Die feurigen Zungen des Scheusals leckten den Schweiß von seiner Haut und züngelten um die Ränder seiner Rüstung. Die Spangen und Metallverbindungen der Rüstung schmolzen, sodass lebenswichtige Teile davon klirrend aufs Pflaster fielen. Flammen schlossen ihn ein und schnappten gierig nach seinen Gliedmaßen und ungeschützten Lenden.

Unvermittelt hörte er Höllenlärm um sich. Die Köpfe schossen schreiend nach oben und bildeten eine Riesenflamme. Der Angriff des Baums der Münder hörte auf. Conan sprang beiseite. Dann sah er den Grund.

Aus der Basis des Dämonenbaums ragte ein dicker Speerschaft auf, der den Feuerball in der Mitte durchbohrte. Um ihn herum schien das mystische Feuer schwächer zu werden, als würde es aufgefressen. Ein ausgezacktes Loch gähnte im Lichtleib des Phantombaums. Diese Leere saugte ständig Teile des zusammenbrechenden Trugbilds ein.

Jetzt klangen die Schreie der Köpfe über dem Cimmerier nicht mehr wild, sondern traurig. Sie schienen auch schwächer zu werden. Vor seinen Augen sank das gespenstische Gebilde in sich zusammen, als entziehe ihm jemand oder etwas die Lichtenergie, die sein Lebensblut war. Es wurde schwächer und schwächer. Es lag im Sterben …

Conan hätte gern gewusst, woher der riesige Speer stammte, der offenbar den Untergang verursacht hatte. Wunderbarerweise schmolz er nicht im Feuer, obgleich er aus einem weichen, nachgiebigen Metall gefertigt war … wahrscheinlich Blei. Plötzlich kam ihm ein Verdacht. Er blickte über die Schulter zurück zur Statue Sadithas. Es lief ihm kalt über den Rücken, als er seinen Verdacht bestätigt sah. Die Göttin stand mit hoch erhobenem Arm da, doch ihre Speerhand war leer.

Es war nahezu vorbei. Das Trugbild des Gottes Votantha war geschrumpft und nur noch so groß wie die Fata Morgana eines Busches in der Wüste. Die drei Streitwagen mit den Metallteilen der Götterstatue standen plötzlich in Flammen und bewegten sich nicht weiter vorwärts. Als das Feuer die hölzernen

Achsen verzehrte, stürzte eines der Ungetüme seitlich aufs Pflaster. Die beiden anderen sanken in der Asche zu Boden. Hinter ihnen knieten die treuen Anhänger, auch sie brannten lichterloh, da ihre Körper nur noch aus Haut und Knochen bestanden. Schon bald blieben von den Pilgern nur federleichte Asche und verkohlte Knochen übrig. Inzwischen war der heulende Gott verschwunden.

Conan hatte die Reste der goldenen Rüstung abgelegt und sich das rauchende Hemd vom Leib gerissen. Afriandra brachte aus dem königlichen Pavillon ein farbenprächtiges Gewand, womit er seine Blöße bedecken konnte. »Deine Vision ist wahr geworden«, sagte er. »Zum Glück hat mich die goldene Rüstung geschützt ... und mit dem Tod des Gottes haben die Zauberflammen ihre Macht verloren. Meine Brandwunden sind fast verschwunden ...«

Schnell wandten sie ihre Aufmerksamkeit Khumanos zu, der sich langsam aus der Menge löste. Der Priester zeigte nicht mehr seine harte, hochmütige Haltung. Er kniete über der schimmernden Klinge, mit der Conan den Baum der Münder angegriffen hatte.

»Das Schwert des Onothimantos«, sagte er ehrfürchtig und verblüfft. Dann griff er an den leeren Riemen am Hals. »Es ist wieder ganz – und ich...« Er schaute von Conan zur Prinzessin. Tränen schossen ihm in die Augen. Tief ergriffen wandte er sich demütig an Sadithas Statue. Aus seiner ausgetrockneten Kehle entrang sich ein Stöhnen und schluchzend schlug er die Hände vors Gesicht.

»Heute haben auch andere Zauber ihre Macht verloren«, sagte Conan. Afriandra schwieg. Sie kniete sich neben den verzweifelten Priester, um ihn zu trösten.

»Ein Tag der Wunder!«, erklärte eine Frauenstimme hinter dem Cimmerier. »Ein ruhmreicher und unvergesslicher Tag – an dem Saditha ihre göttliche Gegenwart offenbarte und ihre Stadt vor einer heimtückischen Bedrohung rettete«, erklärte Königin Regula laut, damit die Menge sie hörte.

»Indem sie den ihr zugedachten Gatten vorm Altar tötete?« Conan zog bei dieser Frage das bunte Gewand enger um sich.

»Ja, in der Tat«, entgegnete die Erzpriesterin. »Sie bediente sich der heiligen Wahl, welche das Recht einer jeden Frau ist. Indem sie das tat, rettete sie ihre Anhänger vor der grausamen Herrschaft eines gefühllosen Patriarchen.«

»Votanthas Herrschaft hätten sie in der Tat als grausam empfunden«, bestätigte Conan mit finsterer Miene. »Allerdings nur kurze Zeit«, fügte er hinzu. Er schaute zur Göttin hinauf. »Dann hat Sadithas Götterstatue den Speer geworfen?«

»Gewiss, zweifellos«, erklärte die Königin. »Mir wurde der Segen dieses Anblicks allerdings nicht vergönnt, da ich in den königlichen Pavillon getreten war, wo mir die Sicht verwehrt war. Doch hier sind viele in der Menge, welche das bezeugen werden, da bin ich sicher – Dutzende, Hunderte.«

»Dann muss es so gewesen sein.« Conan nickte. »Auch andere Dinge weisen auf göttliches Eingreifen hin ... zum Beispiel diese Klinge, mit der ich gegen Votantha kämpfte.« Er hob die Waffe hoch, die Khumanos das Schwert des Onothimantos genannt hatte.

»Und deine Voraussicht, sie zu führen«, ertönte die tiefe Stimme Königs Semiarchos', der neben die Königin trat. »Einst ein Ausgestoßener, jetzt ein makelloser Held in goldener Rüstung. Sag, hast du zufällig diese Rüstung in der Wüste gefunden?«

»Ja, o König. Es ist der letzte Schatz des Schiffs aus Stein. Ich fand die Überreste der Expedition Eures Onkels, doch nicht den großen Schatz, den sie angeblich mit sich führte.« Der Cimmerier deutete auf die Rüstung auf dem Pflaster. »Ich ließ die Spangen und Verbindungen von einem Waffenmeister erneuern, um sie als Beweis für meine Entdeckung zu Euch zu bringen. Doch hat sie jetzt im Kampf gelitten …«

»Das ist unwichtig! Es ist ein seltener Fund, den du doppelt verdienst, doch würdest du sie mir verkaufen, würde ich dir eine hübsche Summe dafür geben.«

»Ich glaube, es war mehr das Wirken unserer Göttin als Menschenhand, die zu dieser Entdeckung geführt hat«, unterbrach ihn Königin Regula, »da sie unserer Seite im heutigen Kampf so gut gedient hat. Wenn man bedenkt, wie dieses Schwert und diese Rüstung auf so mysteriöse Weise entdeckt und hierher gebracht wurden, um von einem Mann zu unserer Verteidigung eingesetzt zu werden, der beschimpft, als Ketzer beschuldigt und aus Qjara verbannt wurde …«

»Ich bin niemandem lange gram«, unterbrach sie Conan. »Ich bin durchaus bereit, Eure Entschuldigung für die schäbige Behandlung in Eurer Stadt anzunehmen.«

»Für eine Entschuldigung besteht kein Grund«, widersprach die Königin. »Es ist doch offensichtlich, dass alles, was geschah, ein Teil des großen Planes unserer Einen Wahren Göttin war, in dem wir alle nur hilflose Marionetten waren.« Sie zupfte die prächtige Robe zurecht. »Meine Bemerkungen sollten lediglich zeigen, wie weit die Macht der Göttin reicht – und wie mysteriös, ja verblüffend das Ergebnis ausfallen kann.«

»Aber Regula, meine Liebe«, protestierte Semiarchos. »Du musst dem Mann aus dem Norden ein gewisses Verdienst zubilligen.« Er bewies königlichen Takt, indem er Conan zu Hilfe kam, der nach der Erklärung der Königin finster dreinschaute. »Wenn dieser arme Bursche lediglich ein Werkzeug Sadithas ist, hat er sich zumindest als ein sehr scharfes und tapferes Werkzeug erwiesen, eine edle Waffe aus starkem Metall! Gewiss wünscht die Göttin, dass wir ihn belohnen und seine Leistung anerkennen.«

»O ja, in der Tat«, pflichtete die Hohepriesterin ihm bei und betrachtete Conan nachdenklich. »Sein Beispiel für Selbstlosigkeit und Ausdauer könnte für unsere Anhänger sehr wertvoll sein. Angenommen, er wäre willig, dem Tempel zu dienen und die Grundzüge priesterlicher Ergebenheit zu lernen, könnte er es in der Tat zu einer sehr hohen Stellung in Qjara bringen, durchaus vergleichbar mit der unseres verstorbenen Helden Zaius.« Ihr Blick huschte von Conan zur Prinzessin. »Ja, wahrlich, er könnte sogar sehr sehr hoch aufsteigen …«

»Ich danke Euch beiden sehr«, warf Conan hastig ein. »Doch mein Plan ist noch immer, Qjara zu verlassen.« Er blickte zu Afriandra, die neben dem Priester Khumanos kniete. Ohne sich um ihre Umgebung zu kümmern, hatte sie einen Arm um dessen bebende Schultern gelegt, lauschte seinen Geständnissen und teilte seine Tränen.

Dann schaute der Cimmerier auf den Halbkreis der Bewohner Qjaras, die sich genähert hatten, um mehr von den Worten ihrer Herrscher zu verstehen. »Ich kann noch eine Zeit lang hier verweilen und euch helfen, die Überreste dieser gottlosen Ungetüme zu beseitigen. Schließlich war ich auch daran beteiligt, sie herzuschaffen.« Er deutete auf die drei Teile des Baums der Münder, die immer noch widerlich grün schimmerten und rauchten. »Derartig gräuliche

Dinge sollten in die Wüste hinausgebracht und dort verscharrt werden. Und meiner Meinung nach weit voneinander entfernt, sodass eure Stadt nicht länger im Zentrum ihres Einflusses steht.«

Der König nickte, und etliche Zuschauer jubelten.

»Auf alle Fälle«, fuhr Conan fort, »kann ich in Euren Diensten bleiben, bis die nächste Karawane nach Norden eintrifft. Wir müssen uns noch über den Preis der Rüstung einigen und über das Zauberschwert. Es würde eine feine Waffe für eure Göttin abgeben. Mir liegt es ein wenig schwer in der Hand. Wenn all das erledigt ist, kann ich mich ausstaffieren und wie ein vornehmer Mann nach Shadizar reiten.«

Epilog

Die Stadt Sark erlebte ereignisreiche Tage. Zuerst die Ankündigung der heiligen Mission nach Qjara. Während der Dürre und der damit verbundenen Leiden hatte diese als ein vielversprechender Versuch gegolten, die Gunst des großen Gottes Votantha zurückzugewinnen. Für diese Pilgerreise war die Beteiligung von Soldaten und Sklaven nötig, ebenso für den diplomatischen Besuch Anaximanders im Norden.

Dann kamen die Nachrichten von Vulkanausbrüchen in den Bergen jenseits der Shartoumi-See. Noch jetzt sah man die Wolken, welche den Himmel im Süden seit Wochen verdunkelten. Den Vulkanausbrüchen folgten mehrere Erdbeben in derselben Gegend. Diese waren offenbar sehr stark, da die Erdstöße in den Palästen und Plätzen Sarks zu spüren waren.

Und schließlich hatte der Regen eingesetzt. Ohne Warnung öffneten sich die Schleusen des Himmels. Nach den ersten Wassermassen regnete es Tag für Tag stetig, aber so leicht, dass bald die Zisternen und Bäche gefüllt waren, doch ohne die Gefahr von Überschwemmungen oder Erdrutschen. Es war ein göttlicher Segen, eine Wohltat, welche den Glauben der Menschen an das Leben stärkte. Früher hatten sie sich mühsam durch die Straßen geschleppt, jetzt tanzten sie. Euphorie herrschte in der Stadt. Obgleich die Nahrung noch spärlich war, feierten die Menschen und schmiedeten Pläne für größere Felder und Ernten im nächsten Jahr.

König Anaximander gewährte ihnen fürs Erste die freie Zeit zum Feiern. Der Regen behinderte die Arbeit, und es bestand keine Notwendigkeit, die Untertanen mit weiteren Abgaben und Pflichten zu beunruhigen. Das würde noch früh genug kommen, da er für sein neues Zeitalter des Wohlstands einen Ausbau seines Heeres plante, um für Ordnung zu sorgen.

Der König war in diesen Tagen beinahe milde und wohlwollend gestimmt – obgleich er noch kein Wort aus Qjara gehört hatte. Das bereitete ihm Sorge. Die beiden Akolythen, denen er befohlen hatte, alle Vorgänge in der Stadt sorgsam zu beobachten, waren noch nicht zurückgekehrt. Vielleicht waren sie beim Anblick ihres Gottes erblindet oder tot zu Boden gesunken. Fest stand: Sollte ihre Verspätung durch einen Irrtum oder Saumseligkeit verursacht sein, würden diese Personen ihr Fehlverhalten bitter bereuen.

Bei all den Erdbeben und Vulkanausbrüchen der letzten Zeit war es schwierig zu sagen, ob der Besuch des Gottes in Qjara stattgefunden hatte. Einige Beben und Lichtblitze der vergangenen Tage konnten durchaus ein Echo Votanthas titanischer Schritte und seiner Feuerbolzen sein. Anaximander behagte diese Vorstellung.

Gedanken machte sich der König über die Auswirkungen der Vulkanausbrüche auf die uralten Minen seiner Vorväter und die vulkanischen Schmelzöfen im Süden des Landes. Doch mit etwas Glück müssten sich seine Nachfahren für die nächsten tausend Jahre über diese Probleme nicht den Kopf zerbrechen.

Trotz dieser kleineren Sorgen war Anaximander sicher, dass die Mission wie geplant verlaufen war. Der Regen war ein sicheres Zeichen dafür, dass Votanthas

Wohlwollen herabrieselte, so warm und weich wie das Blut der Könige und Bettler. Ein zufriedener Gott ist ein großzügiger Gott, dachte der König. Mit Zuversicht blickte er in die Zukunft.

Ein weiteres Zeichen stärkte diese Zuversicht. Aus Qjara trafen die Tribut-Geschenke auf einem sechsrädrigen Wagen, gezogen von Maultieren, ein. Die begleitenden Diener erwiesen Anaximander die gebührende Ehrfurcht und warfen sich vor ihm auf den Boden. Nun, diesen Speichelleckern stand eine gehörige Überraschung bevor, sobald sie zu Hause eintrafen. Offensichtlich hatte man das Geschenk vor Votanthas Erscheinen losgeschickt. Die begleitende Schriftrolle wies die feinsäuberlichen Schriftzüge Khumanos' auf und war mit den königlichen Siegeln des aufgeblasenen Narren Semiarchos und seiner hochmütigen herrschsüchtigen Gemahlin Regula versehen.

Das Geschenk war ein Bett – der Rahmen aus schwerer Bronze, kunstvoll geschmiedet und reich mit Blattgold überzogen. Das Königspaar hatte auch eine dicke weiche Matratze mitgeschickt, die auf das Geflecht aus Lederriemen gelegt wurde. In der Tat ein passendes Geschenk für einen König. Das Bett war weicher als Anaximanders bisheriges Lager. Anfangs plagte ihn ein wenig das schlechte Gewissen, ob das Bett nicht ein Zeichen der Verweichlichung sei. Aber dieser endlose Regen machte die Luft kühl und feucht, durchaus ein Grund, zumindest für die nächste Zeit ein wenig Luxus zu genießen. Der König ließ das Bett in seinem Schlafgemach aufstellen.

Die kostbarste Zierde des Betts waren die vier seltsamen faustgroßen Edelsteine auf den Bettpfosten. Es waren durchsichtige Steine, die im dunklen Raum aus eigener Kraft dunkelgrün leuchteten. Anaximander fand es faszinierend, wie sich die Lichtströme zwischen den Kugeln kreuzten. Er hielt die Hand dazwischen und spürte die stete, alles durchdringende Wärme ihrer inneren Energie.

Der neue Hohepriester, der kam, um das Geschenk zu segnen, schien die Freude des Königs nur halbherzig zu teilen. Doch war er ein junger Priesterschüler, vollkommen ohne Rückgrat und äußerst gefühlsbetont.

Anaximander ließ sich von seinen Dienerinnen entkleiden. Doch als sich eine scheu auf die Bettkante setzte, stieß er sie sofort beiseite. Er schickte alle hinaus, sogar die beiden Sklavinnen mit den üppigen Rundungen, die ihm mit Palmenwedeln Kühlung zuzufächeln pflegten. Genüsslich streckte er sich auf dem weichen Bett aus und schmiegte sich in die seidenen Betttücher. Ja, in dieser Nacht würde er gewiss tief schlafen und es warm haben.

CONAN-SAGA

Robert E. Howard / Lin Carter / Lyon Sprague de Camp · Conan · 06/3202

Andrew J. Offutt · Conan und der Zauberer · 06/4006

Andrew J. Offutt · Conan der Söldner · 06/4020

Andrew J. Offutt · Conan und das Schwert von Skelos · 06/3947

Lyon Sprague de Camp · Conan und der Spinnengott · 06/4029

Robert E. Howard / Lin Carter / Lyon Sprague de Camp · Conan von Cimmerien · 06/3206

Poul Anderson · Conan der Rebell · 06/4037

Robert E. Howard / Lyon Sprague de Camp · Conan der Pirat · 06/3210

Karl Edward Wagner · Conan und die Straße der Könige · 06/3968

Robert E. Howard / Lin Carter / Lyon Sprague de Camp · Conan der Wanderer · 06/3236

Robert E. Howard / Lyon Sprague de Camp · Conan der Abenteurer · 06/3245

Lyon Sprague de Camp / Lin Carter · Conan der Freibeuter · 06/3972 (urspr. 1972 erschienen als Conan der Bukanier unter der Nummer 06/3303)

Robert E. Howard / Lyon Sprague de Camp · Conan der Krieger · 06/3258

Lyon Sprague de Camp / Lin Carter / Björn Nyberg · Conan der Schwertkämpfer · 06/3895

Robert E. Howard / Lyon Sprague de Camp · Conan der Thronräuber · 06/3263 (urspr. 1971 erschienen als Conan der Usurpator unter derselben Nummer)

Lin Carter / Lyon Sprague de Camp · Conan der Befreier · 06/3909

Robert E. Howard / Lyon Sprague de Camp · Conan der Eroberer · 06/3275

Robert E. Howard / Björn Nyberg / Lyon Sprague de Camp · Conan der Rächer · 06/3283

Lyon Sprague de Camp / Lin Carter · Conan von Aquilonien · 06/4113

Lyon Sprague de Camp / Lin Carter · Conan von den Inseln · 06/3295

Lyon Sprague de Camp / Lin Carter · Conan der Barbar · 06/3889

Robert Jordan · Conan der Verteidiger · 06/4163

CONAN-SAGA

Robert Jordan · Conan der Unbesiegbare · 06/4172
Robert Jordan · Conan der Zerstörer · 06/6281
Robert Jordan · Conan der Unüberwindliche · 06/4203
Robert Jordan · Conan der Siegreiche · 06/4232
Robert Jordan · Conan der Prächtige · 06/4344
Robert Jordan · Conan der Glorreiche · 06/4315
Lohn Maddox Roberts · Conan der Tapfere · 06/4346
Steve Perry · Conan der Furchtlose · 06/4663
Leonard Carpenter · Conan der Renegat · 06/4664
John Maddox Roberts · Conan der Champion · 06/4701
Steve Perry · Conan der Herausforderer · 06/4745
John Maddox Roberts · Conan der Marodeur · 06/4781
Robert E. Howard · Conan und der Schatz des Tranicos · 06/4915
Robert E. Howard / Lyon Sprague de Camp · Conan und die Flammenklinge · 06/4930
John Maddox Roberts · Conan der Draufgänger · 06/4959
Roland Green · Conan der Wagemutige · 06/4988
Leonard Carpenter · Conan der Kriegsherr · 06/5044
Leonard Carpenter · Conan der Held · 06/5081
Steve Perry · Conan der Unbezähmbare · 06/5098
Leonard Carpenter · Conan der Angreifer · 06/5143
Steve Perry · Conan der Landsknecht · 06/5197
Steve Perry · Conan der Schreckliche · 06/5198
Leonard Carpenter · Conan der Große · 06/5345
Roland J. Green · Conan der Beschützer · 06/5436
John Maddox Roberts · Conan das Schlitzohr · 06/5437
Sean A. Moore · Conan der Jäger · 06/5657
Roland Green · Conan am Dämonentor · 06/5899
Leonard Carpenter · Conan der Gladiator · 06/5957
John Maddox Roberts · Conan und die Amazone · 06/9008
John C. Hocking · Conan und der Smaragd-Lotus · 06/9026
Leonard Carpenter · Conan der Ausgestossene · 06/9047
Roland Green · Conan der Gnadenlose · 06/9087 (in Vorb.)

DAS CONAN UNIVERSUM von *Erhard Ringer* · 06/4908